“十四五”国家重点图书出版规划项目
国家社会科学基金重大项目“中国近代日记文献叙录、整理与研究”（项目编号：18ZDA259）阶段性研究成果

中国近现代稀见史料丛刊【第十辑】

张剑 徐雁平 彭国忠 主编

# 君子馆类稿

毛昌杰 著

刘京臣 整理

本辑执行主编 张剑

凤凰出版社

图书在版编目（CIP）数据

君子馆类稿 / 毛昌杰著 ; 刘京臣整理. -- 南京 : 凤凰出版社, 2023.10
（中国近现代稀见史料丛刊. 第十辑）
ISBN 978-7-5506-4009-2

Ⅰ. ①君… Ⅱ. ①毛… ②刘… Ⅲ. ①中国文学－现代文学－作品综合集 Ⅳ. ①I216.2

中国国家版本馆CIP数据核字(2023)第203328号

| | |
|---|---|
| 书　　名 | 君子馆类稿 |
| 著　　者 | 毛昌杰 著　刘京臣 整理 |
| 责任编辑 | 李相东 |
| 装帧设计 | 姜　嵩 |
| 责任监制 | 程明娇 |
| 出版发行 | 凤凰出版社(原江苏古籍出版社)<br>发行部电话025-83223462 |
| 出版社地址 | 江苏省南京市中央路165号,邮编:210009 |
| 照　　排 | 南京凯建文化发展有限公司 |
| 印　　刷 | 江苏凤凰通达印刷有限公司<br>江苏省南京市六合区冶山镇,邮编:211523 |
| 开　　本 | 880毫米×1230毫米　1/32 |
| 印　　张 | 7.625 |
| 字　　数 | 198千字 |
| 版　　次 | 2023年10月第1版 |
| 印　　次 | 2023年10月第1次印刷 |
| 标准书号 | ISBN 978-7-5506-4009-2 |
| 定　　价 | 68.00元 |

(本书凡印装错误可向承印厂调换,电话:025-57572508)

袁行霈先生题辞

「音实难知，知实难逢，逢其知音，千载其一乎！」（《文心雕龙·知音》）今读新编稀见史料丛刊，真有治学知音之感也。

傅璇琮谨书

二〇一二年

傅璇琮先生题辞

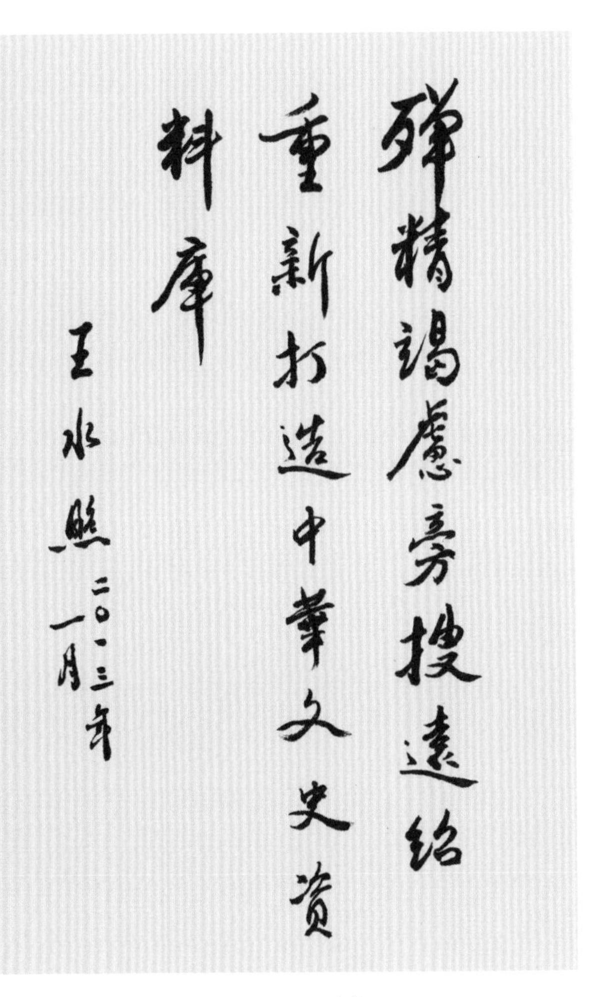


王水照先生题辞

# 《中国近现代稀见史料丛刊》总序

在世界所有的文明中，中华文明也许可说是“唯一从古代存留至今的文明”（罗素《中国问题》）。她绵延不绝、永葆生机的秘诀何在？袁行霈先生做过很好的总结：“和平、和谐、包容、开明、革新、开放，就是回顾中华文明史所得到的主要启示。凡是大体上处于这种状况的时候，文明就繁荣发展，而当与之背离的时候，文明就会减慢发展的速度甚至停滞不前。”（《中华文明的历史启示》，《北京大学学报》2007年第1期）

但我们也要清醒看到，数千年的中华文明带给我们的并不全是积极遗产，其长时段积累而成的生活方式与价值观具有强大的稳定性，使她在应对挑战时所做的必要革新与转变，相比他者往往显得迟缓和沉重。即使是面对佛教这种柔性的文化进入，也是历经数百年之久才使之彻底完成中国化，成为中华文明的一部分；更不用说遭逢“数千年来未有之变局”“数千年未有之强敌”（李鸿章《筹议海防折》），“数千年未有之巨劫奇变”（陈寅恪《王观堂先生挽词序》）的中国近现代。晚清至今虽历一百六十余年，但是，足以应对当今世界全方位挑战的新型中华文明还没能最终形成，变动和融合仍在进行。1998年6月17日，美国三位前总统（布什、卡特、福特）和二十四位前国务卿、前财政部长、前国防部长、前国家安全顾问致信国会称：“中国注定要在21世纪中成为一个伟大的经济和政治强国。”（徐中约《中国近代史》上册第六版英文版序，香港中文大学2002年版）即便如此，我们也不能盲目乐观，认为中华文明已经转型成功，相反，中华文明今天面对的挑战更为复杂和严峻。新型的中华文明到底会怎样呈现,又怎样具体表现或作用于政治、经济、文化等层面,人们还在不断探索。这个问题,我们这一代恐怕无法给出答案。但我们坚信,在历史上曾经灿烂辉煌的中华文明必将凤凰浴火,涅槃重生。这既是数千年已经存在的中华文明发展史告诉我们的经验事实,也是所有为中国文化所化之人应有的信念和责任。

不过,对于近现代这一涉及当代中国合法性的重要历史阶段,我们了解得还过于粗线条。她所遗存下来的史料范围广阔,内容复杂,且有数量庞大且富有价值的稀见史料未被发掘和利用,这不仅会影响到我们对这段历史的全面了解和规律性认识,也会影响到今天中国新型文明和现代化建设对其的科学借鉴。有一则印度谚语如是说:"骑在树枝上锯树枝的时候,千万不要锯自己骑着的那一根。"那么,就让我们用自己的专业知识与能力,为承载和养育我们的中华文明做一点有益的事情——这是我们编纂这套《中国近现代稀见史料丛刊》的初衷。

书名中的"近现代",主要指 1840—1949 年这一时段,但上限并非以一标志性的事件一刀切割,可以适当向前延展,然与所指较为宽泛的包含整个清朝的"近代中国""晚期中华帝国"又有所区分。将近现代连为一体,并有意淡化起始的界限,是想表达一种历史的整体观。我们观看社会发展变革的波澜,当然要回看波澜如何生,风从何处来;也要看波澜如何扩散,或为涟漪,或为浪涛。个人的生活记录,与大历史相比,更多地显现出生活的连续。变局中的个体,经历的可能是渐变。《丛刊》期望通过整合多种稀见史料,以个体陈述的方式,从生活、文化、风习、人情等多个层面,重现具有连续性的近现代中国社会。

书名中的"稀见",只是相对而言。因为随着时代与科技的进步,越来越多的珍本秘籍经影印或数字化方式处理后,真身虽仍"稀见",化身却成为"可见"。但是,高昂的定价、难辨的字迹、未经标点的文本,仍使其处于专业研究的小众阅读状态。况且尚有大量未被影印或数字化的文献，或流传较少，或未被整合，也造成阅读和利用的不便。因此，《丛刊》侧重选择未被纳入电子数据库的文献，尤欢迎整理那些辨识困难、断句费力、裒合不易或是其他具有难度和挑战性的文献，也欢迎整理那些确有价值但被人们习见思维与眼光所遮蔽的文献，在我们看来，这些文献都可属于“稀见”。

书名中的“史料”，不局限于严格意义上的历史学范畴，举凡日记、书信、奏牍、笔记、诗文集、诗话、词话乃至序跋汇编等，只要是某方面能够反映时代政治、经济、文化特色以及人物生平、思想、性情的文献，都在考虑之列。我们的目的，是想以切实的工作，促进处于秘藏、边缘、零散等状态的史料转化为新型的文献，通过一辑、二辑、三辑……这样的累积性整理，自然地呈现出一种规模与气象，与其他已经整理出版的文献相互关联，形成一个丰茂的文献群，从而揭示在宏大的中国近现代叙事背后，还有很多未被打量过的局部、日常与细节；在主流周边或更远处，还有富于变化的细小溪流；甚至在主流中，还有漩涡，在边缘，还有静止之水。近现代中国是大变革、大痛苦的时代，身处变局中的个体接物处事的伸屈、所思所想的起落，借纸墨得以留存，这是一个时代的个人记录。此中有文学、文化、生活；也时有动乱、战争、革命。我们整理史料，是提供一种俯首细看的方式，或者一种贴近近现代社会和文化的文本。当然，对这些个人印记明显的史料，也要客观地看待其价值，需要与其他史料联系和比照阅读，减少因个人视角、立场或叙述体裁带来的偏差。

知识皆有其价值和魅力，知识分子也应具有价值关怀和理想追求。清人舒位诗云“名士十年无赖贼”（《金谷园故址》），我们警惕袖手空谈，傲慢指点江山；鲁迅先生诗云“我以我血荐轩辕”（《自题小像》），我们愿意埋头苦干，逐步趋近理想。我们没有奢望这套《丛刊》产生宏大的效果，只是盼望所做的一切，能融合于前贤时彦所做的贡献之中，共同为中华文明的成功转型，适当“缩短和减轻分娩的痛苦”（马克思《资本论》第一卷第一版序言）。

《丛刊》的编纂，得到了诸多前辈、时贤和出版社的大力扶植。袁行霈先生、傅璇琮先生、王水照先生题辞勖勉，周勋初先生来信鼓励，凤凰出版社姜小青总编辑赋予信任，刘跃进先生还慷慨同意将其列入“中华文学史史料学会”重大规划项目，学界其他友好也多有不同形式的帮助……这些，都增添了我们做好这套《丛刊》的信心。必须一提的是，《丛刊》原拟主编四人（张剑、张晖、徐雁平、彭国忠），每位主编负责一辑，周而复始，滚动发展，原计划由张晖负责第四辑，但他尚未正式投入工作即于 2013 年 3 月 15 日赍志而殁，令人抱恨终天，我们将以兢兢业业的工作表达对他的怀念。

《丛刊》的基本整理方式为简体横排和标点（鼓励必要的校释），以期更广泛地传播知识、更好地服务社会。希望我们的工作，得到更多朋友的理解和支持。

2013 年 4 月 15 日

# 目　录

# 前　言

《君子馆类稿》六册十四卷，毛昌杰所撰。其中《文钞》一册四卷，《诗钞》一册两卷，《日记》四册八卷，始于民国七年（1918）三月二十一日，终于民国二十一年（1932）五月二十八日。

毛昌杰（1865—1932），字俊臣，又字俊丞。原籍江苏甘泉（今属扬州），光绪丁丑（1877），自故乡来秦中，占籍长安。既师承吕子玕、李淑洲、张理斋等名儒，又得伯父毛凤枝子林面授，学问大进，遂膺科第。"中光绪二十三年（1897）拔贡举人，又中经济特科征士，补用为广济县知事。辛亥革命后，任南京法院参事，旋即返秦"。刘镇华围困西安城之际，毛昌杰受时任省长刘治洲定五之邀，担任关中道尹，调护维持，心力交瘁。围解后，被陕西省政府主席聘为顾问，又曾任陕西省通志局分纂、总校之职[①]。有《石鼓文浅释》《续汉书郡国志释略》等。

清末民初，毛昌杰先后执教泾阳崇实、味经及凤翔凤起书院，继为三原宏道书院、凤翔中学教员。于右任、赵守钰友琴、胡景翼、李元鼎子逸、茹欲立卓亭、李仪祉等，皆在其门墙之列。无怪顾燮光称："追忆三十年前，三秦风气，蕲进文明。俊髦莘莘，得饶新智识者，实先生启迪之，固足与咸阳刘古愚先生并传不朽。"

毛昌杰治学，首推《说文》。他曾在民国八年（1919）十月五日的日记中记载："午后一钟，万文泉、旭如叔侄来谈，旭如云《说文统系

---

① 陕西省地方志编纂委员会编《陕西省志》第六十三卷《教育志》下册，三秦出版社 2009 年版，第 1420 页。

图》觅得，中题跋拟钞录后送来，忻喜之至。此图系商城杨铎为先大父所绘白描稿，吾家三世好治许学，吾好之尤笃。此图本贴吾斋壁，光绪中年万宾耀世兄借去，未几宾耀即世，今旭如觅得珠还，真大快也。"夫子自道"吾家三世好治许学，吾好之尤笃"。在《跋鲍子年先生书扇面赠楚材》中再次提及《说文统系图》失而复得后的欣喜："余夙好许洨长书，家藏商城杨氏临《说文统系图》，既失之矣。前岁故人子弟从其家书簏中检得，归于我，为之狂喜数日。"

次治金石之学。除《说文》外，金石之学也是其家学。《君子馆类稿》中屡屡提及的伯父子林公，即金石家毛凤枝，其有《关中金石文字古逸考》《关中金石文字古存考》等。毛凤枝与吕子玕为文字交，"皆有金石之耆"。其叔父"子静公工小篆兼古籀文，光绪中叶与吴县潘郑盦、吴愙斋歙、鲍子年、福山王莲生诸公，共治钟鼎彝器文字。是正伪误，辨识真赝，书札往还无虚日"，"同时关中为此学者，则有季父子淮公、渭南赵乾生、长安杨实斋、汾阳韩隐壶继云诸丈，及吾师临潼吕紫玕先生。赏奇晰疑，一时称盛"。家藏之金石拓片，自子静公见背后，"尽举以易盐米"。故而当其见到柯莘农"将举所蓄择其尤千余种付之石印"时，欣然为之作叙，认为金石之学"是亦治许学之一助也"(《柯莘农士衡金石拓片叙》)。受家学和师友治金石之学的影响，毛昌杰也兼及此道，民国八年七月的日记中，记载了他写作、誊录《石鼓文浅释》的经过。

再治史地之学。毛昌杰于经籍训诂之外，又旁及水道、舆地等学。《君子馆类稿》中记载了民国七年三月二十三至三十一日，除二十四日外，天天研读《水经注》的情形。民国十四年(1925)三月十三日，"读《水经注》颍、洧、濮、潧四篇，以王益吾《两汉志注》及杨惺吾《历代疆域图》注其今地名于书眉上，使全书能如是注释，则此书与今地合一，便成有用之书"。这种将今地注于古地之旁的作法，早在《续汉书郡国志释略》一书中便显端倪。

民国十二年(1923)十一月十一日，毛昌杰在日记中记载："改定

《汉郡国志释略》，程仲皋代纂《表》，甚可感也。"十三日，他又记载："注《三国郡县志》二卷。"民国十三年(1924)一月十一日记载："余至署治公后即注《三国郡县表》，拼一日之力补注二卷，尚未终。灯下补注《三国郡县表》完竣，漏已三下矣。此书已治前六卷，阁置数月，今日方了此事。然尚需切实考证，著书岂易言哉。"正与民国十二年十一月程仲皋《续汉书郡国志释略·跋》所云相吻合："长安毛俊臣先生好读书，老而不倦。尝取其书，改以今名，更访其例，为《续汉书郡国志释略》一卷，且嘱为作《表》。云窃以为地理之学，与史学关系至切，苟不明古今地理沿革，则于一代之政治得失、战事利钝，殊难领会。设历代史各有此一书，岂不较幡检《舆地韵编》《历代沿革表》便利万万耶？先生现方编《三国志》《水经注》两书，不日可成，益令学者愉快也。《表》成，爰缀数语于后。"①

张舜徽在《中国文献学》中指出："清人整理历史文献，也有从一书中抽出单篇进行考释的。投下的功力较专，取得的成绩较巨。"认为毛昌杰《续汉书郡国志释略》一卷，便是"其中重要的写作"②之一。

虽是旧学出身，毛昌杰的思想却颇为开通。他曾与阎培棠甘园等创办《广通报》，宣传维新救国之道。民国十二年十月二十三日，听韩镜湖讲演科学后，毛昌杰自称"余平生最厌听演说，独今日所听颇觉怡快"；民国十三年六月十日，见王勉之医士为人治目疾，"先用迷药注射，后用刀及毛刷刮目，血淋漓而病者略无知识，毫无痛楚"，遂有"西医之术精妙如是，安得不令人俯首至地。吾国旧书，专以五行五色五味等等渺茫之理求效，乌乎可"之感慨；民国十七年五月二日，读戴季陶《行易知难》一篇，认为其"极言国民革命不从科学着手研究，万一与外人开战，我国衣食、医药、战术、器械无一非自杀之具也，

---

① 程仲皋《续汉书郡国志释略·跋》，毛昌杰《续汉书郡国志释略》，《丛书集成续编》，台湾新文丰出版公司 1989 年版，第 226 册，第 347 页。

② 张舜徽《中国文献学》，华中师范大学出版社 2004 年版，第 227 页。

议论甚通”。由这些记载,能够看出毛昌杰对包括西医在内的自然科学的尊重与认可。

在东西方文化领域,毛昌杰也持较为公允通达的态度。民国十九年(1930)八月二十八日,路禾父拟开讲学会,请其讲《孝经》,毛昌杰力言不敢担任:“盖当今之世欲谈学,非能沟通中西、融会新旧不可,我实无此能力。若照旧时讲解,按之时势沮碍太多。吾辈不能开张新文化,亦不宜反背新文明也。”

本次标点整理,以《近代中国史料丛刊》所收之《君子馆类稿》为底本,其开篇有张佛千之前言,对《君子馆类稿》颇多绍介,可并参。

由于才疏学浅,时间仓促,所作整理定然存在疏漏、谬误之处,大雅通人,鉴之谅之。

# 凡　例

一、本次整理以《近代中国史料丛刊》所收之《君子馆类稿》为底本。

二、整理本以《现代汉语词典》(第7版)所收简化字为标准。

三、原稿中衍文与错字用圆括号( )表示,夺文与更定之字用方括号[ ]表示。

四、原稿中一些见录于《汉语大词典》的词语,如“欢忻”“椎拓”“朴遬”“逍摇”“乡壁”“身分”“左证”“较对”“逴越”“百寮”等,如不影响理解,一般不作更改。

五、整理本重新梳理文钞、诗钞、日记之目录,原稿中文钞、诗钞、日记之目录不再保留。

六、为保持原貌,对于文中双行夹注,不作位置变动,仅以小五号字排版。

七、原稿中凡避讳,如将“玄”写作“元”、“丘”写作“邱”等,一律不回改。

# 序

壬戌之秋，薄游关辅，访旧论学，与毛世叔俊臣先生过从尤密，略分言情，至为愉洽。夒光旋赴沪经商，时通问字之书，荏苒居诸，瞬息一稔。

迨壬申新秋，参与中国科学社年会，再入秦中，先生已先一月归道山。驰往哭奠，未尽所哀。匆匆南旋，心犹耿耿。卅余年文字之交，益切高山仰止之恸矣。

甲戌仲夏，又赴长安。硕彦时贤，深荷倒屣。建设厅长赵君友琴，渊雅嗜古，为先生及门高弟。缅怀师范，颇切梁木之悲，以出资刊印遗集为己任。搜辑丛残，属为整理，抗尘走俗，牵延岁余，计得文四卷、诗二卷，而以日记八卷附之。遗文以金石题跋为多，考订精确，尤夒光所最服膺者。

先生渊懿端雅，于学无所不窥。具江都天人之才，有长沙《治安》之策。历参军幕，未展所长，仅以词章文学传，论世者尤引为深憾。所可喜者，盈门桃李，备列四科。一经薪传，均已名世。若于右任院长，胡笠生将军，茹卓亭、李子逸两部长，李仪祉会长，赵友琴专使，其最显也。追忆三十年前，三秦风气，蕲进文明。俊髦莘莘，得饶新智识者，实先生启迪之，固足与咸阳刘古愚先生并传不朽。是知先觉觉人，功真无量；立言立德，君子之泽永矣。

时丙子四月，世愚侄会稽顾夒光，序于西湖遁世无闷楼。

# 跋

《君子馆类稿》，先师毛俊丞先生之遗著也。

先师殁后，搜罗编次，江宁吴敬之先生首任其难，会稽顾鼎梅先生重加校定。将付印矣，元鼎得与校勘之役。呜呼！先师夙精小学，而又以文章著称。元鼎赋资椎鲁，身列门墙三十余年，于师门之学，卒无所得，深滋愧已。昔者长安谢文卿同学，专以自任印行先师所著为请，先师曰："余一生无多著作，大半皆应酬之文，在古人例不入集。"语见《日记》。然则兹编之印行，非先师之意也明矣。要之先生自有可传者在，此特其绪余而已。同校勘者，咸阳张寒杉同学。寒杉与先师曾在日本有一日之雅，且素好金石之学，故因元鼎之请而乐于从事，虽风雨未尝少辍，可感也。

民国二十六年门人蒲城李元鼎敬跋。

# 序

自昔雍并之间，讲学最盛。子夏授经于田段，文中设教于河汾。迄乎清代，四库馆开。习训诂考据者，一时纷起。于雍有张介侯澍、路鹭洲德，于并有王霞举轩、杨秋湄笃。嗣是吾师毛俊丞、丰山昆季，亦奋迹西都，讲述许郑之业。小学金石，疏通证明，及门多俊达之士。守钰幼时在晋阳受业丰山师之门，后来关中复长从俊丞先生游。化雨春风，躬承讲授。顾以驰驱军旅二十余年，函丈久违，学殖荒落。然当羽书旁午、荷戈赴敌之际，偶一得谒两先生，语及经史诸学，未尝不诲之谆谆，若亲子弟。迄今思之，感激奋兴，不自知其涕泪之流落也。

二十一载六月，俊丞先生以疾遽归道山，而丰山师贫累益甚。守钰适缘军事来陕，稍以旅资济丰师。且值俊丞先生窀穸得安，因于荒郊奠醊。时商诸同人搜集俊师遗稿，都为一集，刊以传世。久之，吴君敬之以裒集遗著见示，复属顾君鼎梅、李君子彝覆加编校，定为《文钞》四卷、《诗钞》二卷、《日记》八卷，计十四卷，颜曰《君子馆类稿》。出资付印，托吴君提点其事。比已印就出书，吴君远道征序于守钰。西康差次，夐山大水之区，蔓草荒烟之境。绝徼栖息，一无听闻。日与榛榛狉狉羌夷接处，恍置身别一宇宙间。忽睹丛编飞至，手迹灿然，穷边蛮落中时时讽诵，得见先生教泽之存，则又不觉欢忻鼓舞、慷慨欷歔。深幸汉学渊源，犹绵延一线于雍并之域。衍石室之诗书，造河汾之将相。而张王诸氏之学派，由是益传之勿替。试观今日关陇士风，犹存两汉之遗。何莫非先生讲学之功，有以维持而策励之也。爰述印书始末，而具揭其大指于此，识者察诸。

民国二十七年一月，门人太谷赵守钰友琴拜手谨序。

# 编次例略

毛先生诗文集原名曰《君子馆》，日记原名曰《雪泥鸿爪》。今以“日记”名稍笼统，应仍以“君子馆”目之，合而名之曰《君子馆类稿》，而各标《文钞》《诗钞》及《日记》之名于本编之首，用示区别。

《文钞》用姚选《古文辞类纂》例，以论说等体列前，附辞赋于后。缘骈文及赋各仅二三篇，且赋皆应试之作也。金石诸跋甚夥，自成一类，应列辞赋之后。

先生所为《诗稿》，民国七年前者皆已毁失，仅存七年以后百数十首，姑按年抄入，不复区别古近体，藉归简易。

先生手录《日记》，计二十六册，每册按年月日记事，甚为详密。但涉及家庭，或朋辈应酬，暨汇录起居出入，琐琐之事，不无繁冗。叠与同人商酌，节去约十分之六七，其月日间有不相衔接者听之。专以有关学术、治道、时务为主，他如联语及函启之稿，亦分别登列，期不没作者苦心。

先生遗稿，初经富平张扶万、铜山李问渠两君检阅一过，嗣由廷锡从细择钞。迨编就后，复陈请会稽顾鼎梅、蒲城李子彝、咸阳张寒杉先生重加校勘。间有增删，要不失庐山真面。顾、张两君与先生有世交学谊，子彝则为先生及门高弟，精勤校订，渊源契合，正非偶然。今将付梓，例得叙诸简端，用志歆幸。

太谷赵友琴专使，亦及先生之门，于先生逝后即矢志勘印遗稿，厚谊挚情，令人感佩。此编印就，全借友公资助之力，敬为述及，俾识高风。

江宁吴廷锡敬之甫谨识。

# 君子馆类稿总目

# 君子馆文钞

# 君子馆文钞卷一

## “箕子之明夷”解

《易·明夷》“六五，箕子之明夷”，解人人殊。李鼎祚《集解》引马季良曰：“箕子，纣诸父，明于天道《洪范》九畴，德可以王，故以当五。知纣之恶，无可奈何，同姓恩深，不忍弃去，被发佯狂，以明为暗，故曰‘箕子之明夷’。”此一说也。

《汉书·儒林传》：蜀人赵宾为《易》，以为：“箕子明夷，阴阳气亡箕子；箕子者，万物方荄兹也。”《释文》引刘向说云：“今《易》箕子作荄滋。”此又一说也。

王辅嗣《易注》“最近于晦，与难为比，险莫如兹。而在斯中，犹暗不能没，明不可息”云云，此又一说也。

以蒙考之，《易》言“帝乙归妹”“高宗伐鬼方”，与“箕子之明夷”皆商代事。且彖辞明以文王箕子对举，爻辞亦周公作，故引近事以释明夷之义。马氏之说，自属精当不易。然考《说文》：“箕，籀文作其。”《淮南·时则训》“爨萁”注：“萁，读该备之该。”该与荄通，萁与箕通，萁可读该，箕即可读荄。《尔雅》：“山无草木峐。”《说文》：“山无草木为屺。”峐、荄同部，箕、屺同部。见段氏《六书音韵表》。屺可作峐，箕亦可作荄。《史记·律书》：“子者，滋也。”《三代世表》：“子者，兹兹益大者也。”《广雅》：“子者，孳也，相生孳孳也。”兹、孳均与滋通。子之训滋，盖古今之通训。然则训箕为荄，诂子为滋，说亦可通。特合彖传观之，终不若马说为长。至于王氏之说，词既迂曲，且近望文生义，显背汉儒家法，不足深辩。又按惠氏《周易述》读箕为亥，焦氏《易通释》读箕为其，二义俱前人所未发，而焦说尤精核。其书具存，故不赘述。

## “鸿渐于陆，其羽可用为仪”陆仪叶韵说

《周易》一书，其彖辞爻辞多能叶韵，亦有不尽然处，非如《诗》三百篇之皆合音律。昆山顾氏创撰《易音》三卷，考核精确。《渐》“上九，鸿渐于陆，其羽可用为仪”，陆、仪本不相叶，故顾书不著。宋范谔昌《[易]证坠简》中疑陆为逵，牵合成韵，安定取之，朱子《本义》遂沿其说，非也。

逵本作馗，馗从九得声，古音求。段氏《六书音均表》属第三部，《诗·兔罝》二章可证。至仪字，从义得声，义从我得声，我从戈得声，古音鱼何切，当读如俄顷之俄。段书在十七部，《诗·柏舟》与河、佗叶，《东山》与嘉、何叶，《相鼠》与皮古音婆、为古音讹叶，《菁莪》与莪、阿叶，《管子·弟子职》与磋叶，《淮南子·精神训》与和叶，《太元经》与颇叶，《孔庙碑》亦与和叶。古训昭昭，不一而足，尤不胜枚举。是逵、仪二字，无缘相合为韵也。唯江氏《群经补义》一说，最为精当，其言曰：“以韵读之，陆当作阿，大陵曰阿。九五为陵，则上九宜为阿。”今考《诗·考槃》二章“考槃在阿”，三章“考槃在陆”。《菁莪》首章“在彼中阿”，二章“在彼中陵”。《尔雅·释地》：“高平曰陆，大陆曰阜，大阜曰陵，大陵曰阿。”陆、陵、阿三字古书多连文。此卦九三曰“鸿渐于陆”，九五曰“鸿渐于陵”，上九曰“鸿渐于阿”，正合古书之例。今作陆者，即王伯申、江郑堂所云“涉上文而误者”也。故近人艮宧《经说》特用此义，其《古书疑义举例》，并取此说以为证云。

## “硕人之薖”解

《诗·考槃》“硕人之薖”，《传》：“薖，宽大貌。”《笺》云：“薖，饥意。”蒙案，《说文·草部》有薖字，训草名，与经义无涉。今以毛、郑之说求之，薖当是欵之假借。《淮南·原道训》：“窾者主浮。”《注》：

"窾，空也，读如科条之科。"《说山训》："见窾木浮而知为舟。"《注》："窾，穴，读若科。"窾可读科，即可读薖，经义昭然，出于通假。窾字许书所无，古只作款，欠部。款，意有所欲也，意有所欲，即饥意。《史记·太史公自序》集解、《汉书·宣帝纪》集注并引如氏曰："款，宽也。"训款为宽，正与毛同。又《尔雅·释器》："款足者谓之鬲。"《注》："款，阔也。"《汉志》作："空足曰鬲。"《庄子·达生篇》："今休款启寡闻之民也。"《释文》引李注："款，空也。"曰阔曰空，亦与宽大意同。然则《传》训薖为宽，必谓薖为款之借字无疑。郑云"饥意"者，饥则腹空也。孔冲远以为《毛传》之义不得与《笺》同，误矣。又案《孟子》"盈科而后进"，赵注："科，坎。""不盈科不行"，注："科，欿也。"《易·说卦传》释文："科，空也。"意亦与宽大近。薖或款之假字，而其声当从科字，即假借以证字，即字声以定义，通假明而薖之为款，彰彰矣。《释文》引《韩诗》："薖作㗙，美貌。"说亦通。然㗙字不见许书，许书从咼得声凡十二字，亦无训美者，当从盖阙之，例不得执此以驳毛、郑也。至金坛段氏以薖为窠，穿凿过甚，于义益不安矣。

## 笙诗有声无词辨

自古说经之儒，各守师法，其先皆口耳之学，而后乃传于竹帛。说《诗》唯《小序》最古，亦最精，不用《小序》以说经，于经义终多扞格。

笙诗六篇中，云有其义而亡其词，既云有义，则本有其词矣。昔人之为诗也，义以成文，文以立言以足志，而声之云者，又从其词出也。既无词矣，尚得谓为有声乎。郑《笺》申之云"孔子论《诗》时俱在耳，遭战国及秦之世亡之，其义与众篇之义合编，故存"等语，引申《序》义极为明确。汉唐诸儒相率沿用无异辞。至宋刘原父读亡为无，易义为声，始有"有声无词"之说。宋元以来，皆遵守焉，而古义遂失。

今案刘说有不可通者八，请详辨之。作诗者有义而后有词，说诗则因词始能见义。六诗之义，《序》载之矣，夫岂明其义而尚不知其词欤？不可通者一。

《仪礼·乡饮酒礼》："笙入堂下，磬南北面立，乐《南陔》《白华》《华黍》。"乐谓比音而乐之也，无词何以有音？无词且无音，何以比乐？不可通者二。

原父之说曰："六诗曰乐曰笙曰奏而不言(言)歌，则无词明矣。"案《仪礼》及经传，唯堂上曰歌，以瑟声清越不掩歌声也。若合之笙管钟鼓则曰笙曰管曰奏，诸言笙言管言奏者皆有其词，此独无词，抑又何说？岂歌者有词方有声，笙管奏皆无词而漫然成声乎？不可通者三。

孔《疏》、《乡饮酒》文曰："工歌《关雎》，则笙吹《鹊巢》合之；工歌《葛覃》，则笙吹《采蘩》合之；工歌《卷耳》，则笙吹《采蘋》合之。"三诗亦是堂下笙吹，皆有其词，而此六诗何独无词，不可通者四。

按《礼》：升歌、笙入、闲歌、合乐，各三终，于是工告"乐正"，曰"正歌备"。凡乐四节十八篇，皆曰歌，而此六诗何无词而尚列于笙诗耶？不可通者五。

凡诗名篇之例，多用诗中字，间有不全用诗字者，如《雨无正》《常武》《桓》之类。亦有诗词并存，而于词外命名者，如《酌》《赉》《般》之类。要未有本无其词，而可遽命之曰某诗某诗者，不可通者六。

《集传》因《戴记》载鲁鼓薛鼓之节，疑笙诗有谱无词，不知鲁鼓薛鼓有谱无词，则仅冠以国名不能更立别名，若笙诗《南陔》《白华》等名，讵知非诗中之字而用之以名诗？观夫晋人《补亡》之作曰"循彼南陔"，曰"白华朱萼"，似原诗本有是字而逸阙者。束皙在原父前，当有特识，否则诗既无词，名自何出？不可通者七。

又东发引琴谱"长侧短侧""长清短清"之类，以证无词有义。案：有词而后有声，有声而后有调，有调而后有谱，即如俗乐工尺，其先亦必用曲词谱出，厥后习之者众。但知工尺耳，岂有本未有曲词，而径能谱成声调者？不可通者八。

要知宋人解经，大都好为新说，变乱古义，而复惮于考订。每立一意，其罅漏乃不可胜指。又按张子有云："笙诗所以亡者，良以施之于笙，非若歌之可习，忽而不传。"其说甚精，正与《笺》说可相引证。然古人口耳之功著于诗者，此以口授，彼以耳学，要必义与词副，词与声谐，两相发明。至泐诸竹帛而简册之作脱舛者多。由刘之说，则耳学也。不揣其词，而但传其声，几疑为口授者之多讹矣。由郑之说，秦火始焚，古籍脱落。简失而词亡，词亡而义犹在，义在而声得所附，由声寻义，由义可想见其词。夫三百篇之逸诗多矣，若《素绚》，若《唐棣》，均以有词而逸，曾欲传其声而不可得。而此《南陔》《白华》数篇，虽曰逸诗，转以编入笙诗而赖乐以传，虽谓之词不亡也亦宜。

## 柯莘农士衡金石拓片叙

先叔父子静公工小篆兼古籀文，光绪中叶与吴县潘郑盦、吴愙斋歙、鲍子年、福山王莲生诸公，共治钟鼎彝器文字。是正伪误，辨识真赝，书札往还无虚日。生平藏器无多，而搜积彝器、砖瓦、印鈢、泥封、泉币、泉范拓本甚夥。同时关中为此学者，则有季父子淮公、渭南赵乾生、长安杨实斋、汾阳韩隐壶继云诸丈，及吾师临潼吕紫玕先生。赏奇晰疑，一时称盛。盖关中为周秦汉故都郡国，往往于山川得鼎彝，但有真知笃好，不必大有力皆可搜罗而蓄积之。今风气大异矣，东西学者争购吾国古物。沪津大贾常挟高资来陕采访，爬罗梳剔，无微不至。每出一器，不旬月已展转流驰于海外，而乡人虽拓本不及见者常有之。求之难，故有之者鲜。昌杰读《说文》，于其说解大籀文若扞格难通者，每于孙仲容、吴愙斋、刘幼丹诸家金文中得之，如高邮王氏父子之诂经，常有怡然理顺、焕然冰释之乐，因是亦思兼治此学。而家藏诸拓自子静公见背后，尽举以易盐米。杨、赵诸老辈亦先后归山，无从考注而问业焉。

莘农柯君，博雅好古，继诸公后搜积各种拓本十余年，得二千余种。有新得辄举以相示，间亦据为誃译考订，获益良多，然未睹其全也。今将举所蓄择其尤千余种付之石印，自是可尽观所有，供吾参互考订，是亦治许学之一助也。因识数言以弁其首。

## 吕子玕先生集序庚申立秋

光绪丁丑，余始自故乡来秦中。时余家与吾师子玕先生衡宇相望，才尺有咫。世父子林公故与先生为文字交，且皆有金石之耆，是正文字，判剖真赝，意多相合，以故性情契合尤深。岁大无，无力自延师，因命余从先生受经义。先生性和蔼，从无疾言厉色。其教也，循循善迪，随事指说。一言一动，有至教存焉，不乞灵于夏楚也。世父笃守汉儒家法甚严雅，不喜宋元人著述。家藏紫阳《纲目》一书，不甚爱惜。余因得纵情翻阅，时年才十三。童子无知，亦即肆口妄谈古今得失、人才废兴之故矣。师母武恭人频阳望族，博通经史，驰誉丹青。时或集家人招童子谈史事，旁通驳难，以为笑乐，而因是转见赏于先生，以为此子他年当不至为迂拙儒生。未几余家他徙，先生亦远宦山左，不复再亲謦欬。回首前尘，忽如梦寐。望先生蔼然之容，忾乎如见，不觉涕泗之承裳也。先生以某年卒于官，有伯道之戚。平生著作都不存留，此集则武孺人就故纸堆中掇拾而得者，虽非全璧，每一披读，仿佛四十年前耳提面命时也。敬缀数语，掷笔涕零。

## 李云白《企皋诗存》序

昔在光绪中叶，吾乡官秦中以文章震一时者，厥唯通州、兴化两顾先生。公同时以名进士来陕，历宰诸邑，所至称慈父母，未始以文章名。当是时，予已著秦籍，充县学弟子员。旧例长官月校文一次，公常膺襄校，阅予文必厕高等。其所指示，批大隙，捣大窍，昭若发蒙。嗣更与哲嗣竹虚交援，后进礼谒见，公风裁峻整而和蔼可亲，谭艺尤娓娓可听，而声华之茂独后于二顾，何耶？今者追惟曩昔近三十年矣。文孙问渠刊公遗集成，因得尽读公诗，而后今始知公乃深于道者也。遁迹玄中，脱屣人外，游心于寂寞，以无为为贵。文章之事，视同芬华，间有吟咏，不过摹写山水，自摅其天趣，未尝刿心秫肝，雕藻万物，务为才士之文也。此其所由与通州、兴化异欤？

## 小碑林记

西安碑林，经始于宋元祐庚午，历元明至胜国乾隆壬辰，镇洋毕公抚陕，重事修葺而扩张之。都计所聚古今碑版百七十余种，明清两代小家短书，多至不胜计，煌煌乎大观也哉！虽然，昌黎有言："莫为之前，虽美弗彰；莫为之后，虽盛弗继。"

中华人民建国之十有六年十月，乐陵宋公来主陕政。期年政通人和，治具毕张，以金石文字关于文化者至巨，故极力搜牢护惜之。去年既改新城为省廨，爰移旧廨所存《颜勤礼碑》及近代名人书画诸刻并置新廨中。近巡行东西路，复由兴平、华阴诸县辇归古刻多种，别建庭庑，周以栏楯覆翼之。穹碑大碣，罗列森然。比之碑林，若嵩高之有少室，西岳之有少华焉，故名曰"小碑林"。夫彭甘亭氏名其藏书之室曰"小谟觞馆"，黄小松氏曰"小蓬莱阁"，仪征太傅曰"小琅嬛仙馆""小沧浪亭"，马秋玉氏曰"小玲珑山馆"，皆仰冀古人而又有谦让不遑之意。宋公命名殆其意，倘亦与诸公同乎？可谓谦谦君子矣。

## 临潼陈骊阳先生墓碑九月初三夜脱稿

先生讳右铭，字子箴，临潼人，学者所称骊阳先生者也。父广文公，故老宿。先生幼从读，笃谨异常儿。年十九入邑庠，光绪甲午登贤书。淡于仕进，始终设教乡里，以作育人材为乐。其为教也，学规如鹿洞，而有阳明活泼之风，暗合新教育之旨，以故数十年成就甚众。学者爱敬，虽辍业久，罔或忘，遇必执礼甚恭，其感人也若此。虽然，此不足以尽先生也。

辛亥光复，群不逞之徒乘机为利，地方秩序大乱。先生出董自治，力保治安，一邑赖之。民国三年，有贪吏侵帑巨。忿然廉其实，闻于上，褫其官，民间称快曰："陈先生为民除害甚勇也。"六年，耿郭之变，群盗纷起。先生力请当道得械，归办团练，一邑无恐。今年春，大军驻县城。先生任备刍粮，时年已就衰，既念民艰，复忧军食，彷徨竟夜，虽神罢力竭不少懈，故事举费省而民勿扰。夏四月，邑议储粮亩科粮六升。先生弗谓然，以屡歉才有收，不宜重困，力争减其四，人曰："陈先生活我。"凡此诸端，皆先生心乎民事，德在一邑，岂第勤勤教授，被其泽者，只莘莘学子而已哉！先生终以筹备粮秣积劳致疾，迁延至九月二十六日卒，春秋六十有九。邑人孙君瑗既为铭幽之文，详述其生平矣。而惠之在民者，民终怀之弗能忘。故更为此文，揭橥其墓道云。

## 王母赵太夫人墓志铭并序

太夫人临潼赵氏，处士龙田公女，长安王公松山之配，今省议员德明之母也。距今六年，余与德明比户居凡四岁。其时慈亲健在，年未逾八十，太夫人亦在堂，余与德明晨夕洁养，作孺子慕至乐也。去年夏慈亲弃养，今年夏德明亦丁太夫人之戚，吾两人遂同为无母之人矣。天乎痛哉！间一月，德明踵门请铭隧石。余自丁惨变，衰病益增，人事都废，未有以应也。顷复捧状来请益坚，辞益哀，乃濡笔志之。

太夫人孝慈，能治家，教子严而有法度，乐善好施，与胥由于天性。少事父母宗族称孝，年十七归松山公，侍君舅君姑如事父母，故得堂上欢。无几何，丁花门之变，随松山公避荒谷中，屡濒于危。乱定归，庐舍悉毁。大兵之后，继以凶年。太夫人牵萝补屋，量米为炊，不令家人撄饥寒之害，而自杂糠粃和野蔬以充食。逮舅姑相继殁，附身附棺之具罔不备，悉太夫人屏当之。时太夫人已有三子，因与松山公议贸迁有无，博微赢以度日。命长子力农，次且耕且读，季子最幼，专心读书。光绪三十六年，松山公殁，经营丧葬亦如昔。虽至戟捆必如礼，而家计自是益艰难矣。太夫人愀然曰："困厄如斯，弗自奋，何以生为?"因是内命诸妇纺织，外督诸子耕读，躬自操持，日夕弗懈，以作之则，如是者数十年。当松山公之初丧也，家余薄田数十亩、屋数椽，而食指颇众，非太夫人刻苦措拄，何以有今日耶？今境遇稍充裕矣，而太夫人勤苦如昨，每岁底春则拾遗穗于陇畔，储偫之以为修筑寺观、周恤贫乏之需，曰："此吾勤苦得来者，施之神施之人，吾意方诚而吾心乃弥乐也。"又常训诸子曰："闻之汝祖，吾家上世多以科名著，今科举虽废，汝辈必思效力社会，光大门庭，以绍先业，以慰我心。"德明等谨受教。辛亥光复军起，次子德杰因出任民团局局长，亲率团勇剿匪，嗣历任地方事，不辞劳苦。德明投笔从戎，随前陕督张公翔初定大难，以军功得荐任职，今年乡里举为省议会议员，太夫人至是乃色然喜曰："继自今，吾数十年忧劳愁苦之心，庶乎其少慰矣。"

先是民国初元，革命军起山泽，群不逞之徒伺机抢劫乡居，一夕数警，太夫人因得怔忡手颤之疾，德明迎居省城医药之，时愈时发，今年夏陡增剧，遂于六月二十三日酉时卒于省寓内寝，距生于清咸丰元年二月二十八日子时，享寿七十有三。子三人，长德润，次德杰，次德明；女二，长适同邑邹哲卿，次殇；孙五，长鼎璋，次鼎馨，师范学校毕业生，三殇四鼎周，中学校毕业生，五金镡；孙女二，长适田，次适沙。兹卜于民国十二年夏历十二月初一日，奉安于城东乡铜人原贺韶村北阡新茔，巽山乾向，礼也。

呜呼！树欲静风不宁，子欲养亲不待。吾与德明昆弟，茹痛无终极矣，乃为之铭曰：

惟骊山之麓，山水清华。乃生贤媛，作嫔王家。孝以事亲，严以教子。之纲之纪，家政克理。饮冰履霜，艰苦备尝。否极斯泰，门庭大光。婴儿中路，倏悲风树。恻怛呼天，憯不知其故。我铭玄石，泣涕而雨。寄一痛于斯文，常无极矣终古。

## 玉版禅师小传

玉版禅师，嶰谷人，母慈氏，五月十三日生师，或曰以旬日内生。说见字书"旬内为笋"注。貌白皙，如好女子，性又方正，遂以玉版字焉。少孤，从母读。家无多书，所藏惟《汲郡》《冢中》数种，皆漆简蝌蚪文。

夙嗜酒，然遵母教，每岁生日饮一次，饮辄大醉。又好石，见石必下拜。与松大夫、梅处士交至厚，每遇清风朗月，招二子扫石坐谈。冬夜筛雪煮茗，逸情韵致，不可殚纪，人因目为“岁寒三友”焉。

未几，慈夫人殁，师一痛几绝，泪痕着衣，点点成斑，国俗化之，迄今潇湘之滨咸称师为“一个人”云。初，慈夫人好佛，间以释典授师，故师得通禅悦，常飘飘有出尘想，不数年入竹林寺为僧，一时名士乐与游。渭川太守某尤餍服之，食必与偕，尝曰：“三日不见玉版，胸中鄙吝复生。”又云：“坐无玉版，令人俗不可医。”六一居士，古之高尚人也，独不喜佛法，著《本论》三篇诋之。师作书与辩，往复数四，议论不相下。秋崖道人有句云“不肯避人当道笋”，为师作也，师闻而慨息不置。最后慕南海普陀竹林之胜，避地往居，未久遂遗蜕以去，今其遗象犹存。

呜呼！士有规方圆俗，龂龂以界尺自绳，及至盘根错节之会，顾俯仰自适，折腰不靦。问其往昔之所谓枝叶者，则曾是句萌旁达，巧于市誉而已，遑云遁迹世外，绝人生父母妻子之好，孑身以方丈为地哉？闻师之风，其亦可少愧矣。

汗青氏曰：“予往读东坡《与刘器之书》，于玉版倾倒甚，至未尝不废书而叹。后于懒馋上人席上乃见其人，执白玉麈柄说法，手腴润与尘尾都无分别，所论说亦醰醰有味，退绎其旨，十日芬芳不去齿颊。谚曰：‘名不虚立，士不虚附。’独玉版乎哉！”

# 君子馆文钞卷二

## 陈配岳先生及其配夏夫人七秩寿序

伏以星明南极，角亢腾紫府之辉；日永西都，黻佩合黄图之瑞。岁逢作鄂，月离于余。后浴佛以浃旬，先呼嵩而称庆。时则恭逢我柏生督军之尊人配岳太翁，暨太母夏夫人弧帨双悬，纯熙懋介。于是卢谌之至戚、韦睿之乡人、平津侯幕中之宾、孔文举座上之客，以及兜鍪战士、褶袴健儿，无不跻公堂，酌大斗，祝黎眉，介景福。而柏生督军斞长生之酒，着短后之衣，谨率宗族子侄，韨韝鞠跽，奉觞而上寿。礼仪既备，堂下乐作。鼓湘灵之瑟，弹素女之琴，调子晋之笙，击冯夷之鼓。訇訇闉鞈，纷缊蜿蟺。系音绕楹，歌吹沸天。觞政斯举，锦屏高张。善颂善祷，炳炳烺烺。（褥）[缛]旨星稠，奇思绮合。摛藻掞天庭，舒彩丽金牓。敷陈至行，𫍙缕淑德。评松颂柏，扬葩铺棻。鹅管三千，抒善门之庆；望邱十二，尽吉人之词。锦绣晔其满堂，光耀眯乎五色。奚容游夏，更赞一词。第思太翁太母，嘉言懿行，指屈难穷。穆行清芬，枚数曷既。褚少孙补史迁之缺，司马彪续孟坚之书。成例可循，赓言其概。

太翁湘中著姓，西城大家。世服先畴，并营商贩。服田力穑，乃亦有秋。庆著鬻林，其族益大。迨乎弱冠，痛称藐孤。爰助大父，代尸家督。崔孝昧尺布无私，孔君鱼脂膏不润。重帏既黯，家计稍艰。种春七世共居，顾训百口同爨。拮据予手，餍饫众心。暇更北走长安，躬贸缣素。逐什一之利，供甘旨之需。人靡间言，孝乎惟孝。群从昆弟，都十余人，食指既多，群情斯涣。因有创分财之议，将析产以居。太翁苦为陈说，厥谋始寝。周室葛藟，终芘其本根；田氏荆华，复欣其茂豫。天灾流行，国家代有。而穷檐无告，破突不黔。泌水岂可疗饥，神方穷于避谷。于是有鬻其子妇以求生者，劳燕判于东西，鸿雁悴于中泽。此生民之至苦，宜仁者所哀矜。事为太翁所闻，畫焉伤心。施以兼金，代毁冯驩之券。恤我妇子，人颂姬旦之仁。家有黠傭，克劬厥职。太翁嘉其勤奋，称之曰能，助以巨资，俾牟远利。乃甫获余羡，遽变初衷，托词关说，丐毁成约。太翁笑而允之，卒不与较。人心有山川之险，君子无锥刀之争。古闻斯言，今见其事，此其至行之尤异，而诸君所略言者也。至于广厦育材，创成德中学校。程工代振，复通济废漕渠。守冯翊严城，壮左右辅屏藩之蔽；修咸阳古渡，造千万人来往之船。暑路施浆，祲年设饩。赵孟一饭，活桑下之饿夫；彦方片言，驯邑中之鷙士。河润九里，化被群伦。

又如贵而不骄，富而好礼。黜奢崇俭，遵柳玭家规；惩怠习勤，奉王褒僮约。凡此门内之庸行，则又太母相助以有成者也。太母生长名门，幼娴姆训。来相夫子，逮事威姑。夕膳晨羞，亲调以进。钗荆裙布，操作而前。今既翟茀彰身，兰荪绕膝，而纺织烹调之细，蘋蘩薀藻之仪，事必躬亲，耄而不倦。若夫折葼励学，画荻教儿，则与太翁家法同其严厉焉。且夫干莫之器，经淬厉而弥铦；珪璧之章，得砻磨而益莹。

柏生督军，振古奇士，旷代逸才。投笔从军，仗剑杀贼三秦之地；誓扫欃枪，五年之间坐膺节钺。威棱侔于李郭，倚畀重于范韩。作保障于枌榆，矢敬恭于桑梓。勋在社稷，李晟虽出于天生；善保功名，陈婴实得之母教。由斯以谈，益知太翁太母诒谋之远，而其蒙庞褫、辏重祝者有由来已。

某伊洛下士，关陕末僚。家居抱犊山前，曾览数百城之图画；朅来濯龙池畔，适逢五百岁之昌期。幸厕宾筵，敬贡吉语。操觚率尔，陈义非高。不称述注之篇，聊博侑觞之言云尔。

## 祭豫西阵亡将士文

维中华民国十九年三月二十日，某等特具清酌素羞之奠，致祭于豫西阵亡诸将士之灵曰：

呜呼！痛二陵之风雨，侠骨长埋；永一代之馨香，英雄不死。背邙面洛，中原本鏖战之场；涧东瀍西，国士得归魂之地。望嵩云而雪涕，歌楚些以招魂。溯自北伐完成，中邦底定。卿云复旦，日月重光。掷千万人之头颅，涤十余年之瑕秽。方冀国基永奠，消异族鹰瞵虎视之谋；人心大同，苏黔黎火热水深之祸。何期奸雄窃柄，宵人盈途。虺毒潜吹，豺牙密厉。假共和而行专制，瘠天下以肥一人。文恬武嬉，罔恤民生之憔悴；内忧外患，畴知国本之飘摇。寰海沸腾，普天忠愤。

洪惟我爱国诸将士，闻风而起，投袂以兴，爰整车徒，大张挞伐。值双十之令节，誓万众兮一心。日曜潼津，关开四扇。秋高太华，师会三河。洎乎阵鼓雷阗，战云飙起。两军既接，矢交坠而争先；五旬相持，路迢远而不及。转斗千里，毙寇数万；冲锋夺隘，挫猛摧坚。日奏三战三捷之功，弥振不屈不挠之气。霓旌蔽日，敌军纷其若云；马革裹尸，男儿酬其夙愿。断脰穴胸而靡悔，握拳透爪而如生。孔曰成仁，孟曰取义。烈士所以徇名，生而为英，殁而为灵；厉鬼犹思杀贼，可谓壮矣，能不悲哉！今者暮春三月，杂花未生；恨血千年，宿草已积。追为此会，用妥幽灵。桂酒椒浆，表将军死绥之亟；春兰秋菊，达礼魂会鼓之诚。

尚飨！

## 腊日祀灶文

伏以某热不因人，羞乞爨余之烬；饥来驱我，常为庑下之佣。凤尾已焦，中郎未遇；羊头虽烂，李广不侯。无计送穷，有心祈福。惟神典隆七祀，望重三台。实司命于人间，功崇炎帝；每上天于月晦，职楙地精。昔者阴氏获祥，王孙工媚。鲁臣臧仲燔柴，窃上相之尊；汉代文成益寿，致荣封之号。神之为灵昭昭矣，某何为是硁硁然。敢具黄羊一蹄，胶饧数品。率我妇子仰蕲严君，际坡仙馈岁之辰，循岛佛祭诗之雅。善颂善祷，予取予求。用肃明禋，祈分利市。披发戴髻，君如美女之容；盛盆尊瓶，臣效老妇之祝。真诚既达，肸蚃斯通。上诣天曹，多言好事。举凡犬猫触秽，箕帚生嫌。乾糇有失德之愆，寒食违禁烟之例。宜蒙原宥，悉赖包涵。稍作痴聋，阿翁无妨从俗；暂时炀蔽，下界可得除凶。名任我呼，口祈君杜。所愿云车风马，少为留连；餔糟啜醨，尽其酩酊。骚除而洁板屋，醉饱以登天门。代邀九陛嘉祥，为雪三尸媒孽。文昌在迩，兆早岁之科名；禄神下临，锡流泉之货贝。从此儒家贫素，可洗寒酸。世态炎凉，都忘冷暖。徙薪宛转，卫邦之新妇初来；侧席仓皇，墨子之突黔无恙。焦烂奚为上客，扊扅幸可下堂。一瓣馨香，千秋鼓篇。除是茹毛之族，与火无缘；若逢钻燧之年，来春再见。神其昭格，鉴此苾芬。

尚飨！

## 拟王粲一赋以惟初太始道立于一为韵

粤自图呈太极，符启庖牺。布蓍而数虚大衍，抱式而治仰无为。德懋以咸，化孚荃宰；阳生于复，律应葭吹。悟乾坤擘画之原，清灵位矣；溯尧舜危微之旨，终始图惟。由是百端歧出，万类纷如。讫东南于尉候，统遐迩以车书。譬喻生乎指马，清浊判以龙猪。要语不烦，三字蔽全《诗》之旨；奇文共赏，五行为《洪范》之初。若夫后辟体尊，圻同道泰。五座相参，兆民斯赖。合文武之驰张，兴仁让于内外。抚秋梧之初落，珪或论封；笑粒粟之无多，仓应名太。又如闻与赐期，贯从参唯。本困勉以成功，合后先而同揆。薰莸别臭味之殊，阖辟悟神明之理。隅经三反，心自启其灵机；恕可终身，言无渝乎慎始。尔乃寄迹巢壶，娱情花草。摅觞咏之襟期，快豫游之怀抱。林间之枫叶初丹，竹外之梅花更好。春畦早韭，餍风味于田家；夜月寒潭，证吾心于古道。下至豹窥管兮纤纤，鹗抟风而习习。羊已成千，牛还费十。比鹪鹩之寄迹，所取不多；视蚯蚓之用心，无微不入。岂必矜凤毛之奇资，慕夔足之孤立。是知虑以千而得失判，能以百而愚柔祛。苟二心之不矢，宜万变而不居。如木支厦，似鬼载车。念千钧系发之危，寸衷懔若；仰四海为家之日，文命敷于。客有琴鹤相随，箪瓢不恤。悬陈榻兮寂寥，授韦经于秘密。赞辞则卜夏犹难，得善则颜回弗失。书三冬而足用，刻应值夫金千；山九仞而未成，功更勤夫篑一。

## 水仙花赋以天风吹梦落瑶台为韵

静女娟娟，凌波渺然。移根洛浦，锁梦湘烟。羌含睇而宜笑，乍凝娇而不前。烟水迷离，芳草白云之渡；神仙绰约，小廊黄月之天。尔其青霜未肃，绮日微烘。檐冰夜坼，岩溜春融。结檀心于（于）瓷斗，引绿带于芳丛。范大夫双桨烟波，载来西子；赵子固一生画债，欠与东风。独立瑶池，小名玉卮。飞琼捧袂，萼绿通辞。裁明珰而结佩，翦轻素而为綦。只宜玉宇高寒，星疏月朗；岂料珠宫小谪，雨打风吹。幽谷春迟，小溪云冻。雪后霜前，山迎水送。挹兰蕤之清幽，叙矾梅之伯仲。谁识冰心一点，雅爱冬暄；回思玉署三生，只如春梦。秀蕴荆台，价高莲勺。饮水上池，霏香东阁。伴棐几之薰炉，隔金闺之罗幕。描出双钩粉本，偕香草以同笺；酌将一盏寒泉，淡秋花而不落。是知茵藩莫非命，垢净惟所招。但存真蒂，何损清标。梅丈人呼为前辈，松大夫与作同僚。招来姑射之仙，亭亭冰雪；赠以宓妃之赋，字字琼瑶。故宜裳垂缟素，花饤玉杯。定瓷渍粉，冰井生苔。态娉婷而影瘦，姿艳冶兮香猥。花也怜侬，春意暗回阆苑；仙乎如画，此身合住瑶台。

## 跋文衡山八十七岁除夕诗册

戊辰秋，问渠世兄得此册，狂喜过望，因嘱题跋。老病萎顿，未有以应也。书来敦迫，乃姑还之，与定后约。老夫今年六四矣，使衡山多病多寿之言不虚，二十三年之后定当为子题之。敢渝此盟，有如白水。

## 跋路润生先生《老安司行》诗稿卷子

林清之变，发其伏者韩城强忠烈，而实始吾邑刘公简斋。第公识居万人之先，官压百僚之底。奉常议恤，既薄于酬庸；史家载书，亦侪之附传。以故历时未久，其家遂衰。尸祝犹盛其馨香，后嗣已迫于寒饿。练裙葛帔，谁怜任昉之儿；寝邱负薪，路有叔敖之子。先生目击其事，乃著斯篇。陈汤之功，耿育颂之而始著；睢阳之烈，昌黎写之而如生。表扬乡贤，扶持公道。杜陵诗史，足以当之已。

## 跋路禾父寿诗卷子

乐天诗云："鬓发苍浪牙齿疏，不觉身年四十七。"东坡云："四十七年真一梦，天涯流落涕横斜。"康节云："我今行年四十七，生男方始为人父。"夫四十七岁，未可云老。诸人之咏，亦何颓唐。

乃观吾禾父，则虎头燕颔，熊胫鸟伸。勇迈廉颇，每饭三斗之粟；年过潘岳，曾无二毛之侵。十年长守田园，一官不出乡里。有故国钓游之乐，无江关萧瑟之悲。咏厥草之油油，南陔洁膳；乐夫栘之韡韡，西颂共居。高柔贤妻，恣其爱玩；谢家宝树，罗于庭阶。尉佗行且抱孙，田文亦将生子。今兹老蚌，更产明珠。借佳儿汤饼之筵，祝老子眉黎之寿。斯真圣事，可傲古人者也。聊为小言，用志歆羡。

## 跋鲍子年先生书扇面赠楚材

考订古泉为金石学之附庸，道咸后其风日盛。近时吾乡方氏、项城袁氏，搜罗益富，考之益精，恢然为大国，而究以鲍子年先生为斯学之泰斗。此扇子年先生书赠先王父者，所拓皆精品，诗典雅，书挺秀拔俗，藏之箧笥五十年。近知楚材笃好此，因取赠之。余夙好许洨长书，家藏商城杨氏临《说文统系图》，既失之矣。前岁故人子弟从其家书簏中检得，归于我，为之狂喜数日。鲍亦泉学中之祭酒也，楚材得此，其忻快为何如耶！

## 跋杨惺吾书旧扇为柯莘农

此宜都杨惺吾先生书，真采内含，如古柏苍老，郁然深秀。刘彦和论文有“隐秀”之目，先生书足以当之。先生地理、金石、目录之学所造深邃，为近今第一人。书法更声流海外，辛亥后遁迹海上，鬻书自活，月得十余金，盖日人购之者最多。

昔萧子云为东阳守，百济使者索书停舟三日，书三十余纸给之。高丽鸡林常遣使入中国求欧阳率更书。外国贡者入唐，别署货贝，购求柳诚悬书。先生方之未多让也。余于鄂人中最嗜先生及武昌柯中丞书。宣统初，余官鄂中。居柯公幕府时，先生居武昌之菊湾，乞求固甚易也。坐是迁延，未久遂去。今公及先生均为古人矣，欲觅只字不可得已，惜哉！

## 题梧生书旧扇诗后

余与梧生，居同里，学同师，性习虽殊，互为韦弦之佩，以故交逾三十年，情日益笃，升堂拜母，无殊昆弟。

壬子八月，余自沪归陕，先一日至金陵，深谈竟夕，迟明送我至舟而别，至家未一月半，而讣书至，梧生死矣。痛哉！挥手江干，竟成死别。谈心梦里，时见生平。前岁膺若持所书扇索书，怆然怀抱，赋短章志悲。

今为我六十生日，痛忆慈亲，挑灯枯坐。检读旧稿，枨触前情。长安旧俗，每遇元宵多有春灯之戏。余与梧生同有斯好，此三日中，金吾不禁，月明如水。我俩分驰街头，争肆卞庄之勇。夜阑归家，则将所中各谜，就老母榻前琐屑陈述，以为欢笑。嗟嗟！更万万年，上九天下九渊，不复得此乐矣。

## 跋待庐论书诗百绝句

少年学书，世父子林公撰《石刻源流考》一篇，指示古今南北派别至为详悉，今附刻《关中金石文字考》后者是也。惟当时只为初学计，但言石刻，不及金文。

晴帆此作，溯源仓沮，下及胜朝。举四千年文字，分条论列，穷其正变，较量优劣，如指诸掌。安吴、南海二家，视此瞠乎后已。论古籀不取岣嵝、檀山、比干、延陵诸伪刻，而篇终归宿于杨濠叟、吴恪斋，尤见抉择精严，凡学者所当奉为标埻，不特津逮初学也。

## 跋百花诗

咏物诗有二难，不失之空，即失之滞。此作为百花写照，征引故事，各称身分而泛泛有弦外音。不沾不脱，斯体极则，且多至二百而词无重复，首尾若一，无一懈笔，尤为美意延年之征。

## 跋张二水草书卷为刘文卿

张二水书少时与华亭齐名，后附阉党，人遂不甚推重，薄其人，因轻其书，苛矣。而近时杨惺吾氏，又力为剖白，谓二水入阉籍，思宗之误。爱其书，并袒其人，又迂矣。书画取悦于耳目已耳，于大节何与津津辩论，甚无谓也。

## 题陈白沙先生手迹诗卷后为幼农

往在《国粹学报》见先生草书卷子及《慈元庙碑》，孔静幽默，心向往之。然影映缩本，真正精神，终不得见。

此卷如俊鹘摩霄，神龙戏海，有鸢飞鱼跃之乐，而神情肃穆，仍是敛襟危坐气象。粤人黄晦闻谓："岭外二千余年，惟先生书名家。"非溢美也。幼农观察官粤东两年许，归无长物，唯用斯卷压装，其视郁林片石、广州沉香何如。

## 跋王子萱遗墨

余与仲和昆弟交在乙未年，时子萱先生已归道山，不及亲杖履，然心向往之久矣。先生少年蜚声幕府，晚作寓公。长安数十年不应征辟，蜷处曲巷，四壁萧条，泊如也。年八十，神明强固，能为蝇头细书。此册隶书法完白山人，真行各体并高妙超脱，如王晋卿画，水石云林缥缈风尘之外，可以想见其生平矣。敬题数言，以志景仰。

## 跋文伯子遗书

成都文伯子，以文雄于汉南，书法尤精妙绝伦，盖尝受笔法于其乡人张氏昆弟，张得之合肥沈石翁，沈则亲受于包安吴。季父子淮公，光绪丙子南归，于扬州获交吴君礼北、让之先生，后也颇得安吴学说。余久心仪其人，壬戌夏相见于长安，略慰饥渴，惟时余正丁陈太宜人之戚，苫块昏迷，无心问学，未得数数过从。未久，先生遂归蜀，归未久即返道山。呜呼，亦何缘之悭耶！今睹遗墨，黯然魂销，特书数语以志痛。

## 跋翟文泉联

文泉先生为山左金石巨子，此联质朴浑厚，直逼未谷。近人诗句："老桂门墙只此君。"非虚誉也。不知何人妄加"子良"款字，鹏霄谓为"白璧之玷"，饬匠涂抹而其痕迹终在。明人诗云："纵教浣尽千江水，争似当初未涴时。"即此可以知立身之道矣。

## 为阎甘园跋宋芝田画册己巳正月元旦

今年芝公少如来五岁，大孔子三年，而神明强固，书画娟秀和润，与四五十岁人无异。此册更以一夕之功成之，可谓神勇。甘园归才数日，竟获此宝以去，携之海上，可以夸示友朋曰："不孤此行矣。"

## 跋陈尧廷印谱五月二十四作

刻印以求篆法为先。小篆必出许书，古籀当兼求之金文打本。言此学者，惟陈簠斋、潘郑盦、吴恒轩，及近时刘幼丹诸作为善。吾观近时印人，大率奉《六书通》《金石韵府》等书为法程，往往以向壁虚造不可知之字摹入印章，通人所不取也。尧廷此集虽摹印无多，笔法颇健，而篆书皆与古合，异乎俗子矣。

## 跋董翼卿先生行述代杨书卿

洪杨之乱，曾、胡、罗、李皆以乡兵削平大难，功在天下矣。民国初建，暴徒遍海内，率假名民军，勾结土匪，以肆其毒。土匪得其保障，益明目张胆，与良民为仇。而永顺董公遂于斯时而死于匪，夫人殉焉。

夫董公固亦以乡团保障乡里，与曾、胡、罗、李同也，乃一成一败，功业相反，如是何耶？曾、胡、罗、李之时，乡团与官军合，所敌者贼也；董之时，官军与贼合，又与乡兵为仇者也。夫如是，乡兵乌得而不败，董公乌得而不死耶？噫！

# 君子馆文钞卷三

## 跋商罍拓本为李逸生

此器出雒南县山谷中，无字，而花纹形制皆不类周器。按汤之先封商邑，即废商洛城，在今商县东九十里，战国时为商於，据张仪诳楚言："商於地方六百里。"雒南在商县东七十里，即商於西二十里，正在契封境内，其为商器无疑。

## 跋秦权拓本为柯莘农

秦权始发现于隋开皇二年，镌铭二所，全文载颜黄门《家训·书证》篇，以此权证之悉合。惟右铭"法度则量"，颜所见作劚，用籀文，此用小篆，左铭皆有刻词焉。颜所见有字磨灭，此甚完好，为小异耳。此权吴恪斋中丞督陕学时所得，今不知在何许矣。

## 跋《刘平国碑》为柯莘农

玉门关外古刻，《裴岑纪功》《沙南侯获》并此而三。此碑前清光绪五年发现于赛里木东北，其地在拜城、阿克苏之间，南接库车境，库车即"龟兹"二字转音，与碑结衔正合，其为汉刻无疑也。闻友人沈幼如言，碑出未久即为土人椎毁。《校碑随笔》谓有摹本二，吾未之见，度亦与申刻《裴岑》同。有轮廓无精神，不足贵也。此原拓不易得，莘农其宝之。

## 跋五凤玉盘拓本

此盘为岐阳武敬亭君所得，久欲一观。往来岐阳数次，均在戎马倥偬时，未能得也。微闻此盘浭阳端氏抚陕时以巧计攫之去，今武子已殁，无从证之矣。又案：铭词极类东晋伪《尚书》，不类汉人语，书法亦与五凤刻石殊异。然无左证，未敢必其真伪也。

## 《益延寿砖文》跋尾

右砖同里柯君莘农藏，以虑(傂)[虒]尺度之，广纵横各尺有九寸，左右刻螭虎四，形制奇古，上方，约汉碑。当穿处为瓦当形，中篆“延益寿”三字，笔力遒劲，精善绝伦，的真汉刻无疑。考益延寿观名，汉武元封二年作于甘泉。《史记·封禅书》：“公孙卿言：‘仙人好楼居。’于是上令长安作蜚廉桂观，甘泉作益延寿观。”褚补《武纪》文同此，即其观中遗物也。而《汉书·郊祀志》则云：“上令长安作蜚廉桂馆，于甘泉作延益寿馆。”《黄图》引《汉武故事》则云：“于长安作飞(帘)[廉]馆，于甘泉作延寿馆。”案两文皆本史公，而一于益下衍寿字，一于延上夺益字。师古作注，遂臆断云：“益寿、延寿，二馆名。”误已。而《汉书·武纪》又止载“作长安飞廉馆”一事。夫同时兴筑，而记其一去其二，笔削之意尤不可解。孟坚记事之疏，不逮史公，即此一端可见也。

王西庄曰，《东观余论》记雍耀间耕夫得古瓦，首作“益延寿”三字。据《括地志》，延寿观在云阳县西北八十一里，正今耀州地，然则当以《史记》为正云云。证以此砖，其说益信。至观之所在，则当在今淳化县西北。西庄谓为耀州地，殊失考。汉甘泉山在云阳县，云阳故城在今淳化县西北六十里。以《清一统志》证之，宜都杨氏地图适合宋耀州，即今耀县治，雍县为今岐山县地，淳化正在雍、耀之间，不涉耀境也。

先季父子淮公，光绪中叶得一瓦，文为“益延寿”三字，盖即黄长睿所见者。闻之雠者得于淳化农夫，益征观在淳化，不在耀州。季父得此瓦未一年逝，瓦赠汾阳韩隐壶丈，今丈殁近二十年，不知落何许矣。

又闻友人蓝田阎甘园，亦于光绪末年得此瓦，展转归于湮阳端氏。其文右“益延”二字，左一“寿”字，与季父藏瓦及此砖款识相同，度黄长睿所见亦当如此。而翁氏《两汉金石记》摹其形，列“寿”于右，列“益延”字于左，盖未见其拓本，乡壁虚造者也。

## 跋《长乐未央砖》为柯莘农

莘农往得甘泉宫益延寿砖，精雅绝伦，余曾为考订之。此砖以虑傂尺度之，纵横与前砖同。一面刻朱鸟玄武四兽、“千秋万岁长乐未央”八字，一面刻威凤九苞。按《三辅黄图》云：“苍龙、白虎、朱雀、玄武，天之四灵，王者制，宫阙殿阁取法焉。”此砖盖即汉宫殿遗物。至长乐、未央等，则古人泛用之吉语，不必为二宫所用物始有此字也。

莘农谓为太液池砖。案：太液池在建章宫，建章在长安城外，未央、长乐则在城内，《水经注》：长安第一门名覆盎门，北望长乐宫。城南出东头第三门名平门，北望未央宫。非一地，似难指证。又考《水经注》云：“未央殿东，有宣室、玉堂、麒麟、含章、白虎、凤凰、朱雀、鹓鸾、昭阳诸殿。”此砖一面独镌一凤，其即凤凰或鹓鸾之遗物欤。

## 跋《新莽嘉量铭》为段少嘉题丙寅七月

《新莽嘉量铭》载《两汉金石记》，凡六段，此只其第一段，文悉合。第二句云：“德帀于虞。”四句云：“德帀于新。”两帀字，翁皆作市，释为宋字。又云：“摹本之旁，旧有释云‘帀’字，愚意以为非也。”今观此拓实是帀字非市字，则不得释为宋。

案：《一切经音义》卷十一有师字，云古文噍师（噍）皆俗字。然据此可知帀与集古声义并同。“德帀于虞”“德帀于新”，犹云“德集于虞”“德集于新”耳。旧释固通，不得如翁说也。

## 跋《阳三老石堂画像题字》

汉人书，余最爱沈、冯二阙。《杨孟文碑额》《新政碑》《莱子侯》诸刻，疏朗俊逸，如天仙化人，不可企及，此石题字仿佛似之。此石清光绪中叶出于曲阜，后归浭阳端氏。语见《陶斋藏石记》，今不知归何所矣。

## 跋《石门颂》为张价人厅长

此碑最为诸家聚讼者，在“中遭元二”一语。大半本石鼓，重文旁注小二字，例读为元元，说固可通。唯细审本碑曰“烝烝交宁”，曰“君德明明”，曰“无偏荡荡”，曰“世世叹诵”，曰“勤勤竭诚”，重文皆旁注，且字形作⺀。“元二”两字则居中正书，与诸句不同，是定当读为“元二”，不烦言而可决也。

## 《汉朝侯小子碑》跋尾

右残石，民国初年出长安城西北十三里杨家城，即汉都城故址。始为帖贾马、张二姓所得，售之蓝田阎甘园，阎售之天津周季木，闻近已转入东瀛矣。

石乃碑之下半，文字完好。考《续汉书·百官志》云：“列侯……中兴以来……赐位特进者，次车骑将军；赐位朝侯，《殿》本朝下衍廷字，今从《汲古》本。次五校尉；赐位侍祠侯，次大夫。”又云：“列土、特进、朝侯贺正月执璧。”云云。是朝侯之名始自东汉，此碑书法酷类《曹全》及《史晨后碑》，其为东汉刻无疑。

洪容斋云：“碑志之作，当直存其名，无所隐讳。”赵德甫云：“汉时碑碣，载其家世止书官爵，非当代显人，遂莫知其为何人也。”此《碑》但书朝侯，不书名字，小子何人遂至无考证。唯其仕宦之迹、德性之纯，可就碑文得其大略。

《碑》云“郡请署主簿、督邮、五官掾”，又云“休归在家”云云，又云

“上缺廉除郎中，拜谒者，以能名为光禄”。按《续志》：凡郡国有五官掾、五部督邮；又光禄勋属官光禄大夫，比二千石，无员《汉官》曰三人；谒者三十人；其给事谒者，四百石；灌谒者郎中，比三百石。荀绰《晋百官志注》曰：汉皆用孝廉年五十，能宾者为之。

是小子起家州主簿，历郡督邮、五官掾，休职，既郡察孝廉入为郎中，拜谒者，洊官至光禄大夫也。郡国无主簿，《后汉书・刘焉传》：焉子璋为益州牧，有主簿黄权。《吕布传》：并州刺史丁原以布为主簿。《宋书・百官志》述汉制刺史属官有主簿一人。《碑》云“郡请署主簿”者，盖由太守荐举为刺史属官，非太守自辟掾属也。又《碑》云“上缺卜葬，含忧憔悴，精伤神越”“形销气尽，遂以毁灭”。《铭》辞亦云：“脉并气结，以陨厥身。”其人盖以哀毁灭性，夭其天年者。至性如此，史籍无闻，悲夫悲夫。

汉《严孝子碑》云：“孝弟之至，通洞神祇。”然则此碑之出，殆有不容泯没者在乎。又案汉碑多书元子《太尉楼公》《陈球》《李翊》《孔彪》《太(尉又)[傅文]恭侯胡公》《鸿胪陈君》诸碑及《费凤别碑》、胤子《司空文烈侯杨公碑》、伯子《安平相孙根碑》、长子《逢盛》《戚伯著》《杨震》《绥民校尉熊君》诸碑，以主器之重也。亦有书中子《夏承》《谯敏》《袁良》诸碑、少子《袁良》《陈留太守》《胡公》《督邮班》诸碑、季子者《刘熊碑》，惟此碑独书小子，是亦可备一例也。

## 《龙门造象二十品》跋为吴竹铭国勋

伊阙龙门造像，民国丙辰洛阳县令曾辛庵极力搜罗，得九万七千三百零六尊，文字可辨者约二千种。旧时碑估选拓，有四品、十品、二十品，三百种、五百种之目。时代不分，精粗并蓄。

曾氏始精选北魏一代文字最精者，定为五十品。此二十品虽皆魏刻，仍是旧时碑估所定。惟剔除唐刻优填王而补以马振拜，则遵曾氏说也。又案：其中始平公造像，余壮年所见新打本才泐数字，今此拓则损缺几半，文义不可复读矣。

## 《跋晖福寺碑》寄旭初侄

北碑大半刚健挺拔，如俊鹘生驹，不可羁靮。惟晖福寺碑温润敦厚，真采内含，略似穆子容书，北书而近南派者也。

安吴包氏及近时南海康氏、长洲吴氏，均极推崇，信非溢美。碑在陕西澄城县境，乡民惑于风水，禁椎拓甚严。武昌柯中丞视学关中时，重金求之不得；天津刘益斋师丁酉来主秋试，尽力搜罗亦终未获一纸。夫以两钦使之力，何求不遂？然终不敢轻犯众怒，强民所不欲也。

三年前其地驻军移置邑城，任人椎拓而课其税焉，绝世瑰宝乃得大显于世。旭初侄息影扬州，吾甚愿其读书习字，收束其身心。现赠以新出颜碑，更以此拓寄之。颜书峻整，此碑敦厚，不第书也。他日立身，峻整其风裁，宅心于敦厚，尤老夫所深望也。

## 北魏穆亮墓志跋尾余寄文藏

案：亮为穆崇之玄孙，其事迹附《魏书》二十七卷、《北史》二十卷。《穆崇传》中所纪世系、职官与《志》悉合。惟《志》题文献公而《传》误云谥曰匡，且误以文献为其子绍之谥。又《志》云“高祖崇，宜都贞公”，《穆纂志》亦云“宜都贞公崇之后”。而《传》则云“谥曰丁”，按《传》于崇之赐谥特笔纪之，因崇预卫王仪逆谋，道武惜其功，秘之。及有司奏谥，帝亲览谥法，述义不克曰“丁”，曰：“此当矣。”乃谥丁公，据此《传》文不当有误。《志》曰“宜都贞公”，或后来改谥而《传》失纪乎。《志》云“曾祖闼”，而《传》则云“名观，字闼拔”。《志》云“父平国，尚城阳、长乐二公主”，而《传》则云“平国尚城阳长公主，其弟正国尚长乐公主”，此则定系《传》误，当据《志》文以正之者也。此石藏三原于氏。

## 后魏密云太守霍扬碑跋尾

右后魏密云太守霍扬碑，正书：“景明五年立此碑。”历来金石家未著录,《山右金石志》《通志》单行本成于光绪己丑年,极意搜牢,甚为详备,如此丰碑大碣竟未一字道及。唯乡人扶风王子翼大令炜《山右金石辑略》稿本藏扶风王伯明家临晋县载有《汉霍荣祖墓碑》一注。云县东北二十五里有霍氏古墓残碑,曰"名扬大将军霍光七世孙",据碑揭河东猗氏人。临晋县东至猗氏界二十里,若二十五里已入猗氏境,王氏所载即此碑。荣祖,扬字也。碑云"光之裔",王云"七世孙"者,得之传闻,未见拓本耳。碑云"景明五年立",景明只四年,次年即改元正始。考《魏书・世宗纪》:正始元年正月丙寅大赦改元,丙寅为正月十九日。碑立于正月二十六日,其时赦书尚未到县,故称五年也。书法遒逸挺峭,与《爨龙颜碑》如出一手。《爨碑》建于宋大明二年,前此碑才四十六年,宜其书体相类。碑叙扬少游荆吴,仕宋为才官、龙骧将军,既而眷怀本乡,归诚故国,授密云太守,他无所述。考扬卒年五十五,其仕宋在三十岁以前,去宋返魏事无可考,或因刘萧禅代之故,飘然归来乎?若然,扬乃节义之士也。

《魏书・官氏志》:天赐二年定制:刺史、令长,各之州县,以太守上有刺史,下有令长,虽置未临民。扬于密云略无治绩,盖虽官太守,实未临民也。

《魏书・地形志》:密云郡治提携城。《清一统志》:厗奚故城在今密云县东北口外,汉置厗奚县,后汉曰傂奚。孟康曰:"厗,音题,字亦作蹏。提携即厗奚之讹也。"扬封昌国子,魏昌国县有二,一属武州,一属青州。属武州者,武定二年置,在景明后。扬所封定为青州之昌国县。又扬封振威将军、昌国子。其子珍,冗从仆射、临汾令、昌国子。考《官氏志》:太和二十三年后,重定官制。振威将军及散子皆从第四品,冗从仆射第六品,上县令第六品,中县七品,下县八品。临汾属晋州平阳郡,地当冲要,当是上县。

碑额书"霍扬之碑",按汉《朱博残碑》碑首直书博名,衢州张少薇太守德容疑为诏策之文,此碑系扬子珍部民张保兴等所立,直斥其名,略无避忌。斯何说耶?曰是不难知北土习于代北风气。文字拘忌，中原旧习，久已忘之矣。篆书任意增减，诘屈不合古法，汉魏以后碑额及唐志篆盖如此者甚多，更不足异也。

## 北魏乐陵王元思志跋

《志》略云：王讳思，字永全，景穆皇帝之孙，(传)[侍]中、征北大将军、乐陵王之子。正始三年卒，丁亥三月窆于瀍涧之(殡)[滨]，赠镇北大将军。按《魏书·景穆十二王传》："乐陵王胡儿，和平四年薨。追封乐陵王，赠征北大将军。无子，绍汝阳王第二子永全后之，袭封，后改名思誉《北史》同。"《志》云"名思，字永全"，盖改名后即用旧名为字。《志》云名思，《史》作思誉，自当以石刻为正。《官氏志》："四征将军，(从)第二品，加大者，次卫[大]将军。"又按《本传》："转为镇北将军，行镇北大将军，高祖引见百官于光极堂，谓思誉曰：'恒代路悬，旧都意重，故屈叔父远临此任。'"《志》所云"风教旧乡，振光云代"者也。

## 北魏城阳王妃麴志跋

《志》题："故城阳康王元寿妃之墓志。"《志》云：妃姓麴氏，沮渠时杨列将军、浇河太守麴宁孙之长女。正始四年八月十六日薨于京师，葬于苌岭之东，祔于其子怀王之营。按《魏书·景穆十二王传》：城阳王长寿，延兴五年薨，谥康王。次子鸾，正始二年薨。与怀王《志》《传》悉合，唯《志》题"康王元寿"，而《魏书》及《北史》均作"长寿"，当以《志》文为正。

## 北魏乐安王元绪志跋尾

按《魏书·明元六王传》：乐安王范子良，高宗时袭王，薨，谥曰简《北史》同。以《志》证之，"良"当作"梁"。

## 北魏太妃李氏志跋

《志》略云：太妃李氏，顿邱卫国人，魏故使持节大将军、阳平幽王之妃，使持节卫大将军、青定二州刺史、阳平惠王之母。熙平二年十月二日薨于第，十一月二十八日窆于洛阳之西陵。

按《魏书·景穆十二王传》：阳平幽王新成，太安三年封，薨，谥曰幽，即太妃之夫也。其子惠王，无考。《幽王传》云：长子安寿，高祖赐名颐，遭母丧于高祖之世。颐弟衍，所生母雷氏。衍弟钦，亦无为青定二州事，且遇害于河阴，与此《志》时代尤不合，史多阙略，非此《志》不特李太妃不传，并阳平惠王亦湮没而不闻于后也。《志》中“骊渊”作“蠊百”，“两”作“㒳”，皆别体，他碑所未见。“欢恚不形于颜”，“恚”当即“恚”字，《广雅·释诂》：“恚，怒也。”犹云喜怒不形于色也。

## 北魏北海王元详志跋尾

按《魏书·献文六王传》：献文七男，高椒房生北海王详，字季豫。太和九年封，世宗时除太傅，领司徒、(传)[侍]中，录尚书事，后以贪淫免为庶人，禁卫洛阳县东北隅别馆。暴死，停殡五载。永平元年十月追复王封，克日营厝，谥曰平王，与《志》悉合。又案：洛阳龙门有《北海国太妃高造像记》，即详母高椒房也。

## 后魏杨范墓志跋尾

右后魏杨范墓志，书极精，光绪末年与《杨胤志》同出于华阴。《胤志》为蓝田阎甘园所得，此石现藏长安段氏翰墨堂。

杨范史无名《魏书·阉宦传》《北史·恩幸传》有《杨范传》，别一人，以《魏书》《北史》考之，乃杨播之弟子也。《志》云：魏故弘农华阴杨范，父讳颖，本州别驾。案《魏书·杨播传》：播自云恒农华阴人，又播弟椿，椿弟颖，字惠哲，本州别驾，是播弟颖即范之父也。又《志》云：曾祖讳仲真云云。案《播传》：祖真，河内、清河二郡太守。父懿，除洛州刺史，卒，加赠弘农公，谥曰简。母王氏。播之父母即范祖父母，播祖即范曾祖。其名讳、官职、谥法及外家姓氏，《史》《志》相证悉合。仲真，《史》作真。按《郑道忠志》讳道忠，而《史》作忠《郑义附传》。乐陵王元思，《志》云讳思，而《史》作思誉。《穆亮志》云曾祖阏，而《史》云字阏拔。或本是一名而《史》以为二名，或本是二名而《史》以为一名。彼此差互如此类者甚多，要当以石刻为正。

又《志》云范景明元年卒，殡于济州，永平四年窆于里。按《椿传》，椿太和中迁济州刺史，高祖自钟离趣邺，幸其州馆《北史》删此节。据此范必卒于世父任所，权厝彼都，后十一年始归葬华阴也。济州，《地形志》曰治济北碻磝城，《清一统志》山东茌平县西南有济北故城，即其地也。魏华阴属华州华山郡，颖为本州别驾，本州谓华州也。又《地形志》陕州恒农郡下云以显祖讳改作恒，此《志》刻于永平末，仍作弘农者，北朝初入中原，文字例禁尚疏也。《志》中魏作巍，华作荂，均与《说文》合。

# 君子馆文钞卷四

## 北魏京兆王息元遥妻梁氏墓志跋

《志》云："大魏正(光)[始]元年八月十日，故京兆王息遥使持节平西将军、都督泾州诸军事、泾州刺史、饶阳男妻梁墓，己亥年八月合葬仪同崚。"按《遥志》云：高祖时论功，除左卫将军、饶阳男，景明初除平西将军、泾州刺史，与此《志》题衔正合。《魏书》《北史》遥《传》均未载除平西将军、泾州刺史事，可据《志》以补史阙。

又按：遥卒于熙平二年，追赠仪同三司、雍州刺史，梁夫人卒于正(光)[始]元年，在遥卒前，而以己亥八月合祔遥墓，己亥为神龟二年，故云合葬仪同崚，仪同遥赠官也。夫人安定人，见《遥志》末。《魏书·地形志》安定县属泾州安定郡，故城在今甘肃泾州县北。又按：《遥》及此《志》两石，据《石言》均藏山阴吴氏。

## 北魏穆纂志跋尾

穆纂史无名，以《魏书》及新出之《穆亮志》考之，乃亮之从子，宜都贞公崇之来孙也。按《魏书·穆崇传》：崇子观，观子寿，寿子正国，正国子长城，长城子世恭，世恭武定中为朱衣直阁。纂卒于正光二年辛丑，下距武定二十余年，纂当系世恭之兄而史失载也。

《志》云：祖正国，冠军将军、散骑常侍，而《传》只云尚长乐公主，拜驸马都尉，余皆失载。

《志》云：父长成，徙左长史、驸马都尉，而《传》作长城，只云官司徒、左长史，而阙书驸马都尉。

《志》云：高祖跋爰，登太尉，《传》则云名观，字阏拔，《亮志》又云名阏。夫以字为名，古人常有，惟或用上一字，或用下一字，理无可解。至《志》作跋，《传》作拔，则古字通用，石刻数见，无足异也。

《志》云：曾祖寿，乃作司徒。按《传》寿以父任选侍东宫，尚乐陵公主，拜驸马都尉，迁侍中、中书监，领南部尚书，进爵宜都王，加征东大将军。真君八年薨，赠太尉，谥曰文宣，而无官司徒事。当据《志》以补史缺。又按《史》载，崇薨，太祖特谥曰丁，而此《志》及《亮志》皆称"宜都贞公"，或后来改谥而《史》失载乎？说详《亮志跋尾》。又案：崇子孙蕃衍，《北史》删数过半，今据《魏书》为列一表，以备考证，并将纂补入。

《魏书·穆太尉崇传》：

**崇长子遂留《北史》作逐留。**

子乙九，崇孙《北史》作乙。

子真，崇曾孙。

真子泰，崇玄孙本名石洛，高祖赐名。

泰子伯智。

伯智弟士儒，字叔贤。

士儒子容《北史》作子容。

乙九弟忸头，崇孙。

忸头子蒲坂，崇曾孙。

蒲坂子诏[1]，字伏兴，崇玄孙。

诏子道伯，崇来孙。

---

① "诏"，《魏书》作"韶"，参见魏收撰，中华书局编辑部点校《魏书》卷二十七《穆崇传》，中华书局 1974 年版，第 2 册，第 664 页。

**遂留弟观，字闼拔，太尉崇子。**

观子寿，[寿]子师[①]，崇孙，赠太尉。

子平国，崇曾孙尚城阳长公主。

子伏干，崇玄孙尚济北公主。

伏干弟罴，崇玄孙尚新平长公主。

罴子建，字晚兴，崇来孙。

建子千牙，崇昆孙。

建弟衍，字进兴，崇来孙。

罴弟亮，字幼辅，初字志生[②]，崇玄孙，赠太尉尚中山长公主。

子绍，字永业，崇来孙。

子长嵩，字子岳，崇(云)[昆]孙。

子岩，崇礽孙。

平国弟相国，崇曾孙。

相国弟正国，崇曾孙尚长乐公主。

子平城。

平城弟长城司徒左长史，《北史》删。

子世恭武定中，朱衣直阁。

长城弟彧。

子永延。

正国弟应国，崇曾孙。

---

① 《魏书》载："恭宗监国，寿与崔浩等辅政，人皆敬浩，寿独凌之。又自恃位任，以为人莫己及。谓其子师曰：'但令吾儿及我，亦足胜人，不须苦教之。'遇诸父兄弟有如仆隶，夫妻并坐共食，而令诸父馂余。其自矜无礼如此，为时人所鄙笑。真君八年薨。赠太尉，谥曰文宣。"(魏收撰，中华书局编辑部点校《魏书》卷二十七《穆崇传》，中华书局 1974 年版，第 2 册，第 665 页)可知穆师乃穆寿之子，穆寿为崇孙，赠太尉。

② "志生"，《魏书》作"老生"，参见魏收撰，中华书局编辑部点校《魏书》卷二十七《穆崇传》，中华书局 1974 年版，第 2 册，第 667 页。

子度孤，崇玄孙。

子清休，崇来孙。

子铁槌，崇昆孙。

应国弟安国。

子吐万。

子金宝。

寿弟伏真，崇孙高(祖)[宗]世任城侯[①]。

子(省)[常][②]贵，崇曾孙。

伏真弟多侯，崇孙。

子胡儿。

**观弟翰，崇子。**

子龙仁，崇孙《北史》作龙儿。

子丰国，崇曾孙。

丰国弟子弼，崇(玄)[曾]孙《北史》谓是龙儿子。

子季齐，崇(来)[玄]孙。

**翰弟觊，崇子建安康天安元王卒。**

子寄生，崇孙。

寄生弟栗，崇孙。

子祁，字愿德，崇曾孙。

子景相，字霸都，崇玄孙。

---

① 《魏书》载："寿弟伏真，高宗世，稍迁尚书，赐爵任城侯。"参见魏收撰，中华书局编辑部点校《魏书》卷二十七《穆崇传》，中华书局1974年版，第2册，第674页。

② 《魏书》载："子常贵，南阳太守。"参见魏收撰，中华书局编辑部点校《魏书》卷二十七《穆崇传》，中华书局1974年版，第2册，第674页。

栗弟泥乾，崇孙。

子浑，崇曾孙。

子令宣，崇玄孙。

## 北魏宣武皇帝第一贵嫔夫人司马氏志跋

《志》略云：夫人讳显姿，河内温人，豫郢豫青四州刺史烈公第三女，曾祖司徒瑯琊贞王，祖司空康王，正光元年十二月薨于金墉，二年二月二十二日陪葬景陵云云。按所谓“瑯琊贞王”者，司马楚之也；“司空康王”，楚之子金龙也；“豫郢豫青刺史烈公”者，金龙第三子悦也。以《魏书·楚之本传》考之《北史》同，楚之，晋宣帝弟馗之八世孙，少有英气，折节待士，及刘裕自立，规裕报复，收众据长社，归之者万余人，所谓“(毛)[垂]芳绩于晋代”也。金龙少有父风，后袭爵，拜侍中、镇西大将军、开府、云中镇大将军、朔州刺史，所谓“播休誉于恒朔”也；悦历古司州别驾、河北太守，所谓“流清响于司洛”也。又云：悦，世宗初除豫州刺史，察董毛奴狱，豫州于今称之。又，悦与元英攻克义阳，改萧衍司州为郢州，以悦为郢州刺史，击败马仙(㻴)[琕]军，所谓“振雷声于郢豫”也。

夫人三代世系及所历官、所纪政绩，《史》与《志》无不相合，唯《志》称悦为烈公，考悦之死也，由白早生谋杀，诏曰“司马悦暴罹横酷，身首异所，国戚旧勋，特可悼念”云云，以此而言，固宜称烈。而《传》云谥曰庄，或《史》之误也。此石据《石言》及《古志》《新目》，现归阳湖董氏。

## 北魏刘根等四十一人造像跋尾

右后魏刘根等四十一人砖浮图造像并记，魏正光五年立，正书，绝精。清末年出于洛阳，前人未著录，始见方氏《校碑随笔》及顾鼎梅《石言》。《石言》谓：“方氏考订，语焉不详。”因据范鼎卿观察最初拓本录载全文，今以此拓核之。“旃檻”即“旃檀”之异文而误作“挩檀”；

"慧波洪澍"句上脱"慧云弥布"四字;侯刚署衔左卫将军,"左"误作"右";乞伏宝误作伏乞宝;王欣误作王钦。以鼎梅之精细,不能免百密之一疏。

此石初出,为开封郑清湖所得。后郑以事陷狱,石归公家,今存开封图书馆。其迁徙原委,子立知之最审,鼎梅所述亦语焉未详。郑之得祸,虽自有因,而穷其肇端,厥由斯石。尤物所在不详,古人寓意于物而不留意于物,旨深哉。考像后题名之侯刚,见《魏书》及《北史·恩幸传》,所署官则与本《传》悉符。乞伏宝,《魏书·孝感传》《北史·孝行传》并作乞伏保,古字通也。《传》云伏保案乞伏保,姓乞伏,名保,而两《传》皆误以伏保二字为名父居,宁国侯,伏保袭爵,例降为伯,此署宁国伯与《史》正合。惟《传》叙伏保由左中郎将出为无善镇将,母丧还洛,复为长,兼中郎将,卒。与此题衔不符,当系《史》文简略之故。又案:《北周书·段永传》云,永其先辽西石城人,魏正光末携老幼避地中山,后赴洛阳。又考永卒于周天和四年,年六十八岁,逆溯至正光五年,年二十三,正初赴洛时。此浮图主之段永,当即其人,质之子立以为然否。

## 北魏比邱尼统王慈庆志跋

《魏书·释老志》:沙门师贤为道人统,师贤卒,昙曜代之,更名沙门统,后又有沙门统惠深。沙(一)[门]统谓官,《魏书》无可考。《隋书·百官志》记齐制有昭玄寺,掌诸佛教,置大统一人,统一人,即沙门统也。按《隋志》称后齐制官多循后魏,则沙门统必魏旧有之官而魏收《书》失载者也。比邱尼统,盖与沙门统同,一统僧一统尼也。

又按《魏书·毕众敬传》:常珍奇,汝南人,为刘骏司州刺史,与薛安都请降,显祖以为豫州刺史、(如)[河]内公,既而于悬瓠反叛,元石往讨,大破之。《志》所记玄瓠镇将常珍奇据城反叛,王师致讨之事,慈庆入宫之由也。又撰文之常(万)[景],《魏书》有传。当孝昌以前,官中书舍人、中散大夫,由龙骧将军进号征虏将军,与《志》题衔正合。

## 北魏金城郡君元华光墓志

《志》略云：故金城郡君姓元，字华光，洛阳嘉平里人，明元皇帝第三子乐安王范之曾孙，城门腾之女，(派)[瓜][①]州荣之第二妹，下适王氏。孝昌元年九月十六日卒于家第，二十四日定即窆字于景陵之东、龙剽即冈字之西。按《魏书·明元六王传》《北史》同：慕容夫人生乐安宣王范，即郡君曾祖也。余无可考。(派)[瓜]州《地形志》亦无其名。此《志》书法方整似《元遥》，温润似《宁赟》，苍劲奇古似《贺屯植》，六朝绝精品也。金城郡《地形志》属河州，即今甘肃省垣皋兰县，故城在县西南。按此《志》，《古志》《新目》《汇目》均未著录，当系近时出土者。

## 北魏东平王元略志跋

《魏书·景穆十二王传》：椒房南安王(王)桢薨，谥曰惠，以薨后夺爵。子英，世宗时以复爵改封中山王，薨赠司徒，谥献武。第四子略，字儁兴，肃宗时除侍中、义阳王，改封东平王，又拜车骑大将军、仪同三司、左卫将军，迁大将军，领尚书令。见害河阴，赠以本官加太保、司空、徐州刺史，谥曰文贞。与《志》《传》悉合，惟《传》漏记迁骠骑大将军一语，故与《志》署题微异也。

又案《本传》云：兄熙兵败，略潜遁江左，萧衍甚礼敬之，封为中山王、宣城太守。及略收还，衍乃备礼遣之，置酒钱别，百官悉送别江上，此即《志》所云"元昆作蕃，滥尘安忍，避刃越江，华民雅相器尚"也。又云：略虽在江南，自以家祸，晨夜哭，身若居丧。此《志》所云"庄舄之念，虽荣愿本；渭阳之恋，遍楚心目"者也。又据《传》：略避乱

---

① 《君子馆类稿》作"派"，《墓志》原文为"泒"，《洛阳出土北魏墓志选编》认为"泒"字为"瓜"字之讹，今从其说。参见洛阳市文物局编，朱亮主编，何留根副主编《洛阳出土北魏墓志选编》，科学出版社 2001 年版，第 86 页。

时寄托之旧识司马(妃)[始]宾、栗法光、刁昌、刁双等,归国后悉加荐拔,《史》称其所[至],维一食一宿处,无不霑赏云云。《志》所谓"信等脱剑,惠深赠纻",非虚誉也。

又《志》云:略以建义元年四月丙辰朔十三日戊辰,薨于洛阳之北邙。案《通鉴考异》引《伽蓝记》云:"十二日,尔朱荣军于邙山之北、河阴之野。十三日,召百官迎驾,至者尽诛之。"与《志》所记时日恰合。而《魏书·孝庄纪》则云:四月丙申渡河,戊戌即位,己亥百寮奉迎于河梁,庚子荣乃害灵太[后]及幼主、诸王、公卿以下二千余人。按《志》四月为丙辰,朔十三日为戊辰,石刻不容有误,则是月不得有丙申、丁酉、戊戌、己亥、庚子等日,而《通鉴》亦仍《魏书》之误,此当据石刻以正之者也[①]。

又《略传》由义阳王改东平,《孝庄纪》记河阴死难诸王亦称东平,与《志》同。《通鉴》仍称义阳王,亦误也。《志》末"其词粤",粤即曰字。《说文》:"欥,诠词也。"粤、曰皆欥之借字,详见《经传释词》。碑有如此,武定八年《太公吕望表》,隋开皇十三年《曹子建碑》皆如此作。铭词中"滈焉冰日","滈"即"洎"俗字。"谁党谁比",比读入声。按《说文》:"比,密也。"朱氏骏声曰:"密,山如堂者。亲密字即比之借字。"又《诗·良耜》叶比栉亦读入声,故此与秩、逸、室、质为韵也。《志》后记"世(字)[子]頍,字景式",按《高贞碑》同頍,于先达陆氏耀遹、陆氏增祥,均承孙渊如说见《续古文苑》,读为规字,以此《志》"頍,字景式"证之益信。

---

① 毛昌杰考订有误,其称《魏书》有误而墓志无误,实则相反,《魏书》无误而墓志有误也。建义元年,即北魏孝庄帝建义元年(528),其年四月改元,四月为戊子,非丙辰;七月为丙辰,七月十三日为戊辰,故而墓志所称之四月实则当为七月。

## 北魏元周安志跋

《志》称周安，汝阴灵王第九子。按《魏书·汝阴王传》只载子逞、汎、修义三人，故周安之事，后无所闻。据《史》，逞字万安，汎字普安，修义字寿安，则周安当是以字为名也。周安死于河阴之难，《孝庄纪》建义元年尔朱荣表请死于河阴难者，诸王、刺史进赠三司，三品者令仆，五品者刺史。周安官终于通直散骑常侍、开国男，考《官氏志》通直散骑常侍一第四品，一从五品，开国县男从五品，故得追赠定州刺史。又按《志》，卫将军第二品，加大者位在太子太师之上，仪同三司从一品，其位甚崇。周安本官五品而追赠及此，理不能明。《地形志》定州本安州，天兴三年改为定州，领中山等五郡，即今河北定县。浚仪为梁州陈留，郡治即今河南开封县，故城在县西北。《志》中"俑于金腾"，俑即备字，腾即縢。铭词"永晰山睸"二字不可考，或即眉字，山眉犹《穆天子传》"槐眉"之义；或云是湄字，《说文》："水草交为湄。"《释名》："湄，眉也，临水如眉临目也。"是湄谓水滨，用之于山非宜。此石现藏三原于氏。

## 隋牛弘女晖志跋尾

《志》略云：大业十年三月二十一日，故光禄大夫、开府仪同三司、文安(虑)[宪]侯牛弘第三女晖卒于京都雒阳宅，二十六日窆于北芒山。

按《隋书·牛弘传》：大业六年从幸，卒于江都，赠开府仪同三司、光禄大夫、文安侯，谥曰(虑)[宪]，与《志》悉合。又按《炀帝纪》：仁寿四年十一月，诏可于伊雒营建东京，大业元年诏杨素、杨达、宇文恺营建东京，故《志》云卒于京都雒阳宅也。石藏三原于氏。

## 跋《皇甫君碑》

会稽顾褀瓙言刘孔叔藏此碑，较近拓多百余字，诧为至宝。

案：碑断于明时，此拓经扶万细考，较《无逸本》多百二字，“三监”“邻人为罢社”等字并完好无缺。纸墨皆类明拓，惜不得刘藏本一互勘之也。

## 又跋《皇甫君碑》为宋镜涵、李子俊

此碑《金石萃编》考证颇详，唯“立效长邱，树绩东郡。太尉裂壤于槐里，司徒胙土于酏门”四句，《萃编》不得其解。

先世父子林公曰：“槐里”句承“东郡”而言，皆皇甫嵩事，见《后汉书》本传；“酏门”句承“长邱”言，皆司徒皇父事，见《左氏·文十一年传》。足见古人数典之确、结构之妙，昌杰谨按《左传》、范史非僻书，不知兰泉侍郎当日何以失之眉睫。世父考证至为精确，故谨录之，以为读此碑之一助。

## 跋《姜行本纪功碑》为郑子屏

此碑书法较穆子容、宕昌公少薄，而与《真兴王定界碑》极相类，唐人书未失六朝气韵者也。碑在镇西县天山山脊，椎拓不易，故传本颇稀，且水墨湿晕，与《裴岑碑》拓工同一恶劣，幸《金石萃编》载其全文，当可互勘而读之。

## 跋《昭陵六骏缩本》为幼农

昭陵六骏刻石，旧在醴泉县北五十里昭陵北阙下。民国初元辇之省城，其飒露紫、旋毛騧二石被人盗卖入美国博物院见于右任诗注，载《梦碧簃石言》第一卷，余四石现嵌图书馆东廊下，完全无缺。

按此石始末，宋游景叔及清张山来说之甚详。惟打本从来未见，以镌刻深浅悬殊，难施毡蜡也。同里李君月溪素通绘事，因仿椎打钟鼎彝器之法，变立体为平面，用油纸规其外，节节椎拓，拓成与真形无异，且能任意缩小之尺寸比例，累黍不爽，真奇技也。

## 跋《昭陵六骏缩本》为柯莘农

昭陵六骏刻石，旧在醴泉县北五十里昭陵北阙下。民国初元辇之省城，其飒露紫、旋毛骟二石被人盗卖入美国博物院，余四石现嵌图书馆东廊下，完全无缺。

按此石始末，宋游景叔、胜朝张山来说之甚详。惟打本从来未见，以镌刻深浅悬殊，难施毡蜡故也。同里李君月溪素通绘事，因仿椎拓钟鼎彝器之法，变立体为平面，用油纸规其外，节节椎打，打成与真形无异。怀宁柯莘农亦擅此术，兼能比例尺寸，任意缩小之。此本即莘农所拓。原石计高虑俿尺五尺八寸强，宽八尺七寸弱。此本计高五寸八分强，宽八寸七分弱，缩小什一，不爽累黍，真奇技也。

## 跋残本《书谱》为程仲皋

《书谱》宋人刻不可见，今可见者断以停云刻为最。余旧藏一册，确为明拓，失于金陵，十年不去于怀。今睹此，如见旧书，如逢故人，为之狂喜，惟虔礼。此书前半尚有绳墨可循，后半直如神虬戏海，为天仙化人之笔，无一毫烟火气，此拓独佚其后半，惜哉。

## 跋《颜勤礼碑》

右《颜勤礼神道碑》，鲁公撰并正书，欧、赵皆著录。勤礼惟贞之祖，鲁公曾祖也。据宋敏求《长安志》，颜师古墓在长安县南二十里，勤礼为师古弟，其墓当亦在彼。《金石录》谓宋元祐间有守长安者，后圃建亭榭，辇取境内古石刻为基址，此碑几毁而存是。北宋哲宗时移置城内，不知何时没于土中，去年冬复见于省长公署，宋守长安者盖亦宅此也。

碑中所纪颜氏世系与《家庙碑》同而加详，书法神采焕发，远胜《庙碑》，盖《庙碑》椎拓者多，数经刓修洗涤，此碑转以沉霾得葆其真也。碑四面惟右侧铭文磨泐，余均完好。《集古录目》云立石年月皆亡，而《集古跋尾》则云大历十四年立，赵《录》亦云大历中立。盖永叔、德父皆曾见未磨以前拓本，叔弼则未之见也。又案：鲁公《千禄字书》《殷夫人碑》皆称第十三侄男，据《家庙》所载以杲卿兄弟雁行数之，鲁公应居十一。《家庙碑》署名第七子，据碑鲁公实居第六，王兰泉侍郎不得其解。今考之此碑，鲁公从兄弟二十二人，无可疑矣。碑中“显庆”作“明庆”，盖避祖讳。《庙碑》叙公祖昭甫，下注本名显甫。总之凡有阙文疑义，取两碑互考之，无不焕然冰释。《殷夫人碑》剥蚀太甚，得此碑细心考究，可补之缺文亦不少，真大快也。

## 唐张翚妻姚氏墓志铭跋尾戊辰四月

右为《唐故游击将军行蜀州金堤府左果毅都尉张府君夫人姚氏墓志铭》，其婿前将作监甘伷撰，前楚州盱眙县尉麋宽正书并[篆]盖，三十行、行三十二字，民国十七年出长安城南二十五里焦村，现藏翰墨堂段氏。文章尔雅，书法娟秀而气满，除铭词损二字外均完好，唐志中佳品也。

《志》略云：夫人姚氏，其先吴兴人，六代祖僧垣，典郡关中，今为华阴人也。曾祖履谦，中散大夫行武功县令。祖珪，丹州司马。父择友，凉州神乌县令。年十五归张府君，贞元四年终于上京平康里第。张府君讳翚，应武举擢第，以(当)[常]选授官，历职优深，加拜五品，大历十三年卒于金堤府之任。曾祖颙，唐元功臣忠武将军、左清道率。祖克恭，游击将军、雍州归政府折冲都尉。父处谦，太仓令。以夫人奄逝之年八月辛酉九日甲申，葬于万年县龙首乡原，礼也云云。

案《北周书·姚僧垣传》：吴兴武康人，历仕梁武帝、简文帝，后元帝召赴荆州。魏克荆州，随于谨至长安。周建德四年，除华州刺史。《北史》本传文同《南史·姚察传》作僧但，误也。

《志》云：夫人先为吴兴人，僧垣典郡关中，今为华阴人，语正合《新唐书·百官志》。武散阶游击将军，从五品下《旧唐书·职官志》同。又折冲府左右果毅都尉各一人，上府从五品下，中府正六品上，下府正六品下。《志》首张府君官阶，及《志》中加拜五品，均与史符。《新书·兵志》折冲府凡三等，兵千二百人为上，千人为中，八百人为下。金堤未知居何等，以加拜五品语观之，定为上府。

书《志》人麋宽署衔"前楚州盱眙县尉"，案《新书·地理志》盱眙属泗州《旧志》在楚州，注云武德八年"隶楚州"，"建中二年来属"。麋君官盱眙在建中二年以前，故署前楚州也。

张君曾祖颢，唐元功臣忠武将军、左清道率，按《新书·百官志》武散阶忠武将军正四品上，又太子左右清道率各一人《旧志》云正四品上，又《兵志》玄宗改龙武军，"皆用唐元功臣子弟"，若宿卫。按上文云高祖罢遣义兵，留宿卫者三万人，号"元从禁军"，后老不任事，以子弟代，谓之"父子军"，所谓唐元功臣或即"元从禁军"之子孙耶。

夫人葬以贞元四年八月九日甲申，据《通鉴》是年七月丙午朔，八月九日正值甲申，以上《志》文考之《周书》、《北史》、新旧《唐书》、《通鉴》皆一一吻合者也。又按：《全唐诗》有张颢，官左司郎中，未审即张君曾祖否，他无左证，未敢臆定。《志》末书凡八百六十七言，石刻唯《开成石经》详记字数，他未之见，此又可为金石家增一例也。

## 跋《圭峰碑》

此碑书法如郭解为人，短小精悍；韩非用法，惨核寡恩。虽少温润之意，挺拔亦自可喜。

碑于光绪中叶断而为二，近闻又断为数块，露置荆棘中。此尚未断前打本，是可存也。康《跋》即取隋卑唐之义，创论亦确论也。南海论书渊源包……①

① 《文钞》至此戛然而止，特此说明。

# 君子馆诗钞

# 君子馆诗钞卷一

## 和王仙洲太守见赠用原韵旧历十一月二十日

十载同经离乱来，长安今日共倾杯。须知吾道难偕俗，漫说中天正急才。阆苑有书将鹤至，蓬山无意引舟回。渭川此去容高隐，西望兹泉有钓台。

## 和留别用原韵

故交零落尽谓拜云、梧生，剩有鲁灵光。风义兼师友，行藏辟虎狼。家余书万卷，门种树千章。何日容偕隐，彭宣拜后堂。

## 附原作　王步瀛

客有可人期不来成句，今朝相见乐衔杯。从知旧雨如新雨，剧爱诗才兼史才。千古文章心尚在，十年江海首重回。平生说项怀长策，谁铸黄金市骏台。

西河邃经术，继起炳前光。壮志吞江海，单身脱虎狼。诸儿兰桂质，行卷鼎彝章。莫更贪游宦，萱晖永北堂。

## 无　题

平生未分判云泥，阆苑层城习共跻。玉宇孤鸣余野鹤，琼楼高竦舞鹍鸡。栖鸾别有三珠树，入月曾无百宝梯。便拟漫游九垓上，卢敖可许一相携。

## 柬田威仲同年

立名砥行附青云，太史遗言自昔闻。毛遂处囊思脱颖，今无赵胜有田文。

## 感春甲辰二月十九日

流莺百啭最高枝，苦语东皇好护持。一岁芳华能几日，莫教老去忆花时。

满园红雨落纷纷，几日狂风断送春。十二阑干都倚遍，天涯谁是惜花人。

平生自负好芳姿，懒向东君诉别离。不见花开见花落，黄昏微雨黯寻思。

游丝自在袅晴空，深院无人泣落红。堕溷沾泥飞不起，敢将无力怨东风。

## 集昌谷句柬井勿幕

凉夜波间吟古龙《湘妃》，文章何处起秋风《南园》其二。长卿牢落悲空舍《南园》其七，边让今朝忆蔡邕《南园》其十。

## 寿陈雪堂太翁三首腊月初五日生

峨峰高极天，池水清且涟。中有隐君子，抗心羲皇前。神禫得天趣，不为荣利牵。友爱本挚性，事兄礼则虔。莳菊东篱下，渔钓清溪边。竿丝与笠影，白首常随肩。盛暑侍汤药，炽炭罗床前。汗雨不知苦，诚至疾则痊。以斯孝友传家法，谢家群从尽翩翩。就中伯子尤豪贤，云天万里高腾骞。南穷岭海北幽燕，廿年庭帏缺旨甘。侧身北望心烦惋，今朝捧檄归田园。称觞上寿开华筵，我亦杯酒相周旋。台莱请颂《南山》篇，祝公寿考千万年。

鹿原溯名德，无若太邱贤。夜钓清溪月，朝耕东郭田。重言仰耆艾，盛会敞华筵。欲效跻堂祝，身惭尘俗牵。

池阳回首忆前游，十载心仪陈太邱。名德一乡尊榘矱，高材群从尽骅骝。天寒渭水波声小，云涌峨峰瑞气浮。浴佛会须三日后，先敲腊鼓颂添筹。

## 寄高邮徐钦韩

何处桃源好避秦，故乡三十六湖滨。五年不踏江南路，杨仆终为关外人。

西风黄叶晚鸦归，独坐寒窗泪滴衣。省识淮南风味否，菊花香里蟹初肥。

## 宋芝田参议应选入都集唐人句送之戊午

飘洒独归迟温庭筠，长随泛梗移李德裕。此行既特达杜甫，老去恋明时刘长卿。战伐何由定杜，纪纲正所持杜。只应推宋玉李商隐，排闷强裁诗杜。

一路经行处刘长卿，频年不解兵沈佺期。骅骝开道路杜，豺虎正纵横杜。戎马暗天宇杜，军须竭地征李商隐。烦君最相警李，薄敛近休明杜。

以我独沉久司空曙，风尘何所期戴叔伦。向来吟秀句韩翃，可以赋新诗杜。相送情无限韦应物，孤飞自可疑崔涂。今朝为此别韦应物，归卧南山陲王维。

## 寿丁液群尊人仁山先生暨德配戴夫人六旬双寿戊午八月，丁云南人

洱海滇池万里天，此中避地有高贤。渊源易衍田何学，赠答诗酬子建篇。皓首仲淹勤教士，庞眉德曜与齐年。伫看游子归来日，银烛金樽敞绮筵。

清才幕府有丁仪，回望南云剧慕思。世难不辞沧海远，归期约在

菊花时。黄鱼紫蟹双杯酒，翠竹青松百岁姿。我欲跻堂同献寿，点苍山色极天涯。

## 祝赖诚昭太夫人锺七十寿诗六首

十月寒梅已著花，琉璃作碗泛红霞。一庭箫鼓群仙会，春满清溪积善家。

象贤有子著循声，廷尉能持天下平。门内融融更多乐，兰孙秀茁五枝荣。

入门犹及事威姑，酒食亲调非议无。别有一端难到处，睦姻更为恤遗孤。

小姑居处岂无郎，常傍萱帏作婿乡。慈爱终身倚阿母，都缘邱嫂与扶将。

贫贱夫妻剧可哀，岁寒无计筑謻台。仁慈为折冯驩券，不许鸳鸯两拆开。

内政勤劬二十年，门庭肃穆世争传。京陵东海等家法，礼范要输锺母贤。

## 寿王杰夫太夫人杰夫浙江黄岩人，陆军中校，现榷厘大庆关，家世业酿酒，十一月二十七日补祝太夫人寿，时战事初息

腊雪冲寒绽玉梅冬月二十七，瑶池阿母玳筵开王母。延龄家贮中山酒业酿酒，献寿门罗上将才子为陆军中校。贤子声名凌太华榷厘大庆关，仙人居处近天台黄岩县旧属台州府。还应倚杖看云笑，尘翳消除瑞色来兵争始息，和议初开。

## 祝朱观察七十四双寿诗朱昆山人，广东琼海道，子二均宦粤东

春暖江南二月天，群仙介寿敞华筵。婆娑绛老犹称弟，矍铄香山许比肩。高密一乡尊硕德，颍川百里聚名贤。壶中日月从头数，杖国于今又四年。

当年五管拥旌旄，豸服巡边意气豪。琼岛炎方资重镇，金堤泽国奠狂涛。越王台畔勋威壮，陆贾城边甲第高。寄语岭南诸父老，功名今日属儿曹。

一脱朝衣返故居，淀山湖畔结精庐。客来止共渔樵话，身隐惟耽水竹俱。闲检道书偕妇读，偶因醉舞遣孙扶。刘刚本是神仙侣，不羡嵩阳九老图。

高名久慕朱公掞，晚接嘉姻谊更勤。小子东床惭玉润，老人南极焕星文。束身簪组应怜我，乐意园林独有君。欲向华堂进春酒，乡关恨隔万重云。

## 前诗不足增作二首

更说璇闺设帨时，《豳风》正咏食瓜诗。渚宫家世称名族，德曜儒门著令仪。三代彩衣纷绕膝，两竿筇竹正齐眉。笑他乌雀双星会，天上还迟五日期。

昔年同看石城花，惊座声名世共夸。杯酒当筵疏邓灿，贤豪交臂失朱家。一朝烽火侵乡国，十载沧桑感岁华。今日共君身健在，尊前莫惜醉流霞。

## 题张扶万同年《计树园图》

张侯矫矫人中豪，少年意气云天高。一朝归学汉阴叟，弃掷万事轻鸿毛。旧庐远在频山麓，绕庐新种千章木。槐榆椿柳杂桑柘，扶疏四布郁深绿。云烟高张满壁画，破书撑破三间屋。颓然自放故纸中，昕夕探讨事幽独。搜罗晋宋坠简书，案头排比如笋束。为诗远法湘绮老，句奇语重骇心目。有才如此不用世，坐听世人消书簏。丈夫岂甘老蠹鱼，十年世变随转烛。朴樕小材支败厦，楩楠良木坠穹谷。东洲千头橘，渭川千亩竹。富等千户侯，有此亦已足。鸡虫得失那可计，携锄且种篱边菊。

## 王幼农寄照片诗以答之

南望胥台是旧乡，江东渭北两难忘。故人纸上须眉见，何日从游浒墅旁。

不堪回首忆前尘，镜里俄惊白发新。载酒草玄亭下过，当年同是少年人。

## 纪永嘉王雅轩先生懿行诗王鸿初尊翁

永嘉山水甲天下，五都一峰尤清腴。闭门披读高士传，此中定有幽人居。繄惟王公古君子，千秋名德著乡闾。敦厚纯仁乐施与，义浆仁粟周穷庐。救荒恒备三年蓄，兴学慨输八亩租。修葺桥梁平道路，乘舆济人诚为愚。里党赒恤恐不及，德门积庆常有余。少年刲臂已亲疾，壮岁鞠子殚勤劬。姁妪覆育父也母，保艾教诲宽严俱。三珠四桂那足数，峥嵘头角五丈夫。兰孙更茁七枝秀，森如玉树罗庭除。洸洸叔子尤杰特，目营四海隘九区。天生我材必有用，安能伏案笺虫鱼。范阳学得万人敌，出入戎马纷驰驱。朅来赞佐征西幕，近居密勿参戎枢。我闻李舟名父子，清峻自与流辈殊。八年痛抱风木感，陈述世德涕涟如。乞取大文焕泉壤，朴遬小材惭鸿儒。觇缕至行不能尽，掷笔四顾共踌躇。

## 又代叶述

墙东古君子，流韵至今存。避世居仁里公所居名携仁里，余辉耀德门。五枝荣玉桂，七茁秀芳荪。积善承天庆，乡邦仰达尊。

## 送周季贞北上用卓右文韵

怜君踪迹类萍浮，又逐东风去不留。幕府端居厌蛮语，春明旧梦压鳌头。曾标双柱临琼海曾署广东琼崖道，无复三刀梦益州。衰世功名何足数，椎埋屠狗亦通侯。

漫说黔南天万里，如君才调久闻知君贵州人。拥旄岭表从龙日受知龙将军继光，飞檄关西立马时。经术近延高密绪谓遵义郑子尹，风人接迹郘亭诗谓莫子偲。燕台此去多佳丽，莫遣秋娘唱折枝。

## 季贞答诗二首仍用前韵报之

人物东京周孟玉，陈蕃一榻为君留。翘材孙相虚前席，入幕郗超在上头。直北关山萦客梦，伺人豺虎遍中州。长安小住聊为乐，眼底应无窃国侯。

我亦梁园旧宾客，三年理乱厌闻知。矛头淅米危今日，盾鼻飞书快昔时。老去相如惟善病，愁来匡鼎倦谈诗。多君佳句相酬和，又向花前唱竹枝。

## 述怀叠前韵

吾侪身世等沤浮，逐逐随波信去留。屈子吟成悲往日，杜陵诗咏恸江头。小儒无术宁群盗，大错何人铸六州。仁义不施攻守异，窃钩窃国尽王侯。

往事思量总是痴，书生怀抱倩谁知。凤凰台畔从军乐，鹦鹉洲边作赋时。十载沧桑醒旧梦，百年怨愤寄新诗。杜鹃又送残春去，啼遍桥南杨柳枝。

## 为路禾甫题《昭陵六骏图》

路子路子人中龙，六韬三略罗心胸。出入文场称健将，驰驱戎马尤豪雄。威名万福满江东，更提一旅来家邦。参赞密勿侍帷幄，保障闾里功尤崇。朅来骚坛作盟主，扶持儒雅振宗风。手摹昭陵六骏马，遍征诗句收邮筒。我披此图三叹息，杂然万感填胸中。忆昔太原李公子，坐乘此马平群凶。今时豺虎遍宇内，与隋末造将毋同。安得渥洼出天马，与人一心成大功杜句。扫荡群寇无留踪，家家销甲事春农。

## 题《柳阴卧马图》改胡笠僧作

天涯何处逐英雄，飍叔如今不豢龙。解斥银鞍弃金勒，绿杨芳草卧春风。

## 题汪更生扇此扇制自庚辰即更生生年今年为更生所得焕然若新盖折叠空箱四十年矣更生属题感赋一绝

庚辰之岁到庚申，箧笥缄封纸墨新。自分空箱久捐弃，多情今日遇汪伦。

## 和张泽民韵

宦迹怜君冰雪清，尚余诗句自纵横。仕途嚼蜡闲官味，野店闻鸡旅客情。衰世功名羞绛灌，中原人物陋韩彭。南窗且检端溪谱，补入临洮绿玉名。

杀人未餍更求仙，访道金泉谢自然。夜演阴符工作战，日高旸谷总酣眠。浮云变幻乃如此，故里荒芜亦有年。便欲从君归去也，狂来横笛大江边。

## 寿杨耀海先生四首

冰桃雪藕荐琼筵，请颂《豳风·七月》篇。少华峰巅浮瑞霭华县人，稼书堂杨氏堂名上聚群仙。长生果进安期枣，益寿花开玉井莲。绛老从头推甲子，于今七十有三年。

龙潭村里家居龙潭堡结精庐，川谷幽深称隐居。桃李满园春灿烂，槐榆绕屋夏扶疏。到门错认柴桑里，插架惟储种艺书。至计十年先树木，山林中有管夷吾。

诸儿头角各峥嵘，雏凤清于老凤声义山句。黄卷青灯勤夜读，淡云微雨助春耕。铸金庆镳真良冶，医术长桑有盛名。更喜芳荪一枝秀，会看闻望满神京。

古道今时弃如土，惟公意气薄云天。陟冈岁设招魂祭，发粟民歌赎命田。高密一乡尊硕德，嵩阳九老集耆贤。鲰生远效封人祝，聊荐新诗写锦笺。

## 幼农惠洞庭碧螺春茶诗以谢之

不到江南又八年，故园东望莽风烟。洞庭春色劳君赠，苦忆平山第五泉。

## 高汉湘丐祝竹言绘《溪山无尽图》深夜坐索图成始归盖借避群姬之扰也竹言云此风流嘉话不可无诗戏成一律

高适深耽画里禅，乞求暮夜亦堪怜。畏嚣迹等逃诗债，坐待严于索酒钱。一幅溪山入怀袖，满身花露湿归鞭。那知寂寂香闺里，红烛烧残人未眠。

## 仲唐以照片见赠并媵以诗依韵奉答

搏击鹰鹯满九霄，谁知鸾凤在闲僚。清词如水倾三峡，狂笔通天接六朝。纸上风裁秋更峻，胸中磊块酒难消。吾乡明月今宵好，骑鹤同君听玉箫。

## 任毓甫广文八旬晋二寿诗六首

金樽银烛敞琼筵，正是龙头对策年。一纸鸾书天外至，士林榘矱属耆贤大总统颁给“士林榘矱”匾额。

人事沧桑饱看来，今朝又见岭头梅寿辰十月二十三日。壶中日月匆匆过，六十年前一秀才二十三岁入庠。

大道亡羊叹路歧，白沙新建是吾师讲学主白沙、阳明。静中养得端倪出，集义求仁总在斯。

边腹便便五经笥，莱衣济济一堂欢。文孙亲织登科记，何似阿爷耐冷官。

豫章采药万山青，三昧亲传慧印经。自是君身有仙骨成句，百年端合享遐龄。

秦树嵩云各一天公河南巩县人，久从洛社仰英贤。祝厘未遂跻堂愿，聊写新词寄彩笺。

## 李子彝诗卷有见怀之作依韵答之

得士欧门盛，多才首子瞻。忧时常怫郁，疾俗特深严。顾我年垂老，思君时久淹。何当共几席，险韵更同拈。

## 题郑丽泉《耕余课子图》图为董绋丞作

谷口幽栖郑子真，诗书训子见深纯。传家两字惟耕读，此是羲皇以上人。

樊川山水极清虚，合有幽人此隐居。矮屋三间一亭子，半藏农具半藏书。

叱犊归来静掩关，书声远出翠微间。一湾鸭绿门前水，万叠螺青屋后山。

点点疏花短短篱，水村一角仿清晖借韵。笔端写出高人致，北苑吾乡老画师。

## 题秦子衡太守遗画并序

庚申秋，仲翔姻弟持此轴视余曰："此屏凡四幅，先大父子衡公庚寅年作。时公已七十有一岁，因秀水陶尚书旬宣关中，与公交甚挚，而爱公画甚笃，勉力为之，才成三幅遽以疾卒，迄今追计盖三十年矣。今秋出之箧衍，装潢成轴，其第四幅全未着墨，拟遍征题咏以补其阙，子曷为我叙之?"余案：公金陵人，曾亲承菊垞、绣谷两先生绪论，两先生殁，公之画遂名海内，此更最后绝笔，尤可宝贵，故谨叙其颠末，并题三绝以志景仰。

翩翩燕子话呢喃，红杏枝头春又酣。回首乌衣旧门巷，一帘花雨梦江南。第一幅《杏花燕子》。

浅水横塘六月天，霜衣一鹭立寒烟。露筋祠是清凉境，门外野风开白莲。第二幅《鹭鸶白莲》。

秋来枫叶点胭脂，薄薄闲花弄野姿。游戏兰苕好容色，春风犹记少年时。第三幅《翠雀丹枫》。

## 贺成伯人续弦

才人北地数成郎，笔走蛇龙草檄忙。剩有盾头余墨在，更来花下赋催妆。

三月夭桃花满枝，东风吹绿满平池。倚栏共检鸳鸯谱，消受春光正此时。

公子材华自逸群，仰天长啸遏行云。从今倡和添新什，臣妹清才亚左芬。

红烛金樽敞绮筵，云璈声沸画堂前。刚过洛水湔裙会，应忆蓝田种玉年。

## 题《双福砚图》为金幼庵

研刻双蝠，为刘石庵旧物，赠彭芸楣，现为幼庵所藏。

双蝠势蹁跹，端溪旧研田。校文助刘向，好古得彭篯。大雅久不作李句，流风谁为传。石兄与金叟，交契有前缘。

## 题梧生遗书旧扇

忆君书此时，江南春正好。草长群莺飞，日夕同欢笑。弹指十年耳，君墓久宿草。忽然见遗墨，龙蛇尚夭矫。掷笔为此诗，恻焉伤怀抱。

## 题范润芳参谋长小照

江南范夫子，仗策来咸秦。蟠胸富兵甲，落笔惊鬼神。幕府赞戎机，日夕相依因。言论至醰粹，骨相尤嶙峋。七尺好须髯，千古穷比伦。漫夸眉山苏，遑论迦陵陈。名实两相副，独有髯参军。

## 题严鹿溪先生小像

严陵先生骨相奇，披图重见古须眉。回思四十年前事，东阁抠衣问字时。

## 贺周绍先连长归鄜完婚

天上月轮满，人间桂子香。吹箫引秦女，顾曲有周郎。霸岸秋风起，鄜州归路长。暂停驰檄手，且去赋催妆。

## 白蹄乌昭陵六骏之一，昌谷句

此马非凡马《马诗》第四，银蹄白踏烟《马诗》第一。只今掊白草《马诗》十六，何忍重加鞭。

## 青骓昭陵六骏之一

昭陵数片石，久没蓬蒿中。伊洛还多事，神骓泣向风末句借昌谷句。

## 寄崧生副司令

脱手千金寄草堂，元戎意气迈原尝。万间广厦欢寒士，一饭穷途活翳桑。稍喜妻孥免沟壑，转教涕泪满衣裳。此恩衔戢知何谢，默诵渊明乞食章。

## 题韩戒唐《瓜瓞绵庆图》

堂前双璧人，腔发毛髫始。腔发几何时，复生毛髫子。冰雪净聪明，双瞳剪秋水。骅骝作驹时，汗血已可期。更有炳田儿，昼锦堂前舞彩衣。双双白发喜可知，再披此图系此诗。

## 题涂伯音明府遗像代王荫之

杯酒池阳识使君，鸣琴单父颂明神。长安此日瞻遗像，饱历沧桑四十春。

## 题《三园回文诗册》和石园、余园韵

三益友来欣笑言，集成诗句白酬元。醰醰厚味余醪酯，宛宛深情洽梦魂。含咀异声新律吕，藓苔斑晕古罍尊。南山霁雪临轩槛，甘酒杯倾独乐园。

园乐独倾杯酒甘，槛轩临雪霁山南。尊罍古晕斑苔藓，(律吕)[吕律]新声异咀含。魂梦洽情深宛宛，酯醪余味厚醰醰。元酬白句诗成集，言笑欣来友益三。

# 君子馆诗钞卷二

## 戏题吴古岳参议小照

延陵吴季子，骨相特清癯。错认罗敷婿，鬑鬑颇有须。

## 题郑子屏《樊川图》

提壶挈榼访樊川，一曲波光万顷田。今日把君图画看，卅年前事渺如烟。

## 寿憨师长太夫人代

东望崤函紫气来，群仙集会到蓬莱。欢呼门列貔貅队，潋滟香浮鹦鹉杯。兰桂盈庭森宝树，楩楠并进逞雄材。跻堂未遂抠衣愿，遥企关门四扇开。

## 六十生日志感甲子

六街花市灯如旧，门外春风总不知。一室强罗儿女拜，两年废读蓼莪诗。生来骨相难偕俗，老至文章渐入时。已幸荣期三乐备，皋鱼永感下泉思。

瓶梅开尽雪初晴，火树银花夺月明。连臂踏歌儿笑乐，濡毫写痛泪纵横。又闻新妇称君舅，无复慈亲唤小名余以元宵先一日生，俗名灯节，慈亲即以是名余。十载饱餐齑煮饭，篝灯午夜伴机声。

孤露竟成立，艰危赖母慈。备尝诸苦境，调护一孤儿。中岁常多疾，亲心少乐时。六旬称下寿，为报九原知。

## 生日志感诗竹言为易数字诗以谢之

居然腐朽亦神奇，齐己真吾一字师。可笑小儒丁敬礼，独于后世觅相知。

诗格依稀范石湖竹言谓余诗近通州范伯子，多凄恻语，情词哀惋异欢娱。可怜此是孤儿曲，月冷霜寒啼夜乌。

## 竹言书来戏称诗弟子叠韵答之

高情迭荡语瑰奇，久奉怀星作导师。敢屈枝山称弟子，此间得失寸心知。

半生落魄走江湖，养拙归来足自娱。独有深愁消不得，嗷嗷反哺愧林乌。

## 送张海澄游学美洲

风尘正澒洞，忽漫海天游。故里张公子，今时博望侯。澄怀弃轩冕，蛮语识钩辀。壮岁翻勤学，嬴粮访十洲。

## 旧作游凤翔东湖诗今为友人书扇因忆足之

闲步东郭门，行行东湖湄。径暖芳草积，风和杨柳新。莺声出远树，蜂蝶趁行人。冲烟飞翠羽，潜波游素鳞。春容剧骀荡，飒然怡心神。我家淮之南，三十六湖滨。上有文游台，风流迹未陈。良朋共游寻，仿佛苏与秦。十年不归去，前游入梦频。人生若梦耳，奄忽驰飙尘。随境皆可乐，何必故乡春。

## 哭茹怀西明府

弱岁才华佚辈伦，双丁两到出咸秦。高凉百里神明宰，更著循声大海滨宰广东吴川县，即汉高凉境。

座拥皋比作讲师，池阳回首忆前期。最怜风雨青灯夜，执卷依依问字时。

## 荫之赠家园茶诗以索之

盆盎满储秋夜雨，清冷更胜在山泉。新茶乞与家园种，好付樵青竹里煎。

## 怀芷沅汴梁兼痛漱芳卓甫之亡

三十年前事，相思一叹嗟。风流怜范叔，任侠有朱家。都逐秋风去，伤心落日斜。夷门更回望，孙楚尚天涯。

## 题昭陵石马什伐赤拓本为赵辅卿参议

秦王扫荡中原日，赤骥归来汗血殷。瀍涧烽烟今未静，青旌谁唱凯歌还。

## 送孙武臣阊归丹徒

十年不吃中冷水，闻道君归欲断肠。君到江南还北顾，绿杨城郭是吾乡。

## 笠僧以臂疮卒于豫诗以哭之

遥望夷门泪满襟，前军忽报大星沉。一腔热血功初就，满目疮痍痛尚深。善将真如身使臂，多忧终竟疾攻心。颜渊早夭东陵寿，天意懵腾直到今。

## 再哭笠僧十二首

十围庾觊腰支阔，七尺淳髡气象奇。天下尽多皮相士，争夸北地莽男儿。

下笔如倾百斛泉，短衣敦剑直无前。翁归才略兼文武，余事能书史籀篇常自撰《寿杨耀海先生文》二千余字，余为删存其半。又从余学篆书，临

《石鼓文》,两月已得形似。

一缣慎守旧家风,百战才成汗血功。不爱钱尤不怕死,一生低首岳精忠。

待士情同胶漆坚,将军气谊薄云天。八千子弟如貔虎,生死相依一少年。

纵横豺虎遍人寰,民命今时贱草菅。挥泪陈前诛马谡,葛侯军令肃如山禹州之役,斩一团长以徇。

初闻伊洛靖烽烟,抚恤先颁十万钱。今日遗民哭司马,白衣野祭遍山川。

君家怀德古城隈,处士门庭旧草莱。手握兵符逾十载,故园无地起楼台。

东西跳踯见精神,龙性由来不易驯。独有支公赏神峻,英雄可爱是天真。

雄才岂尽性粗疏,抽暇萤窗伴蠹鱼。案上一编遗墨在,蝇头小字手亲书余戏纂《联语集唐》一卷,君为写定,细草庄书,一笔不率。

爱我真同骨肉亲,问奇载酒意勤勤。草玄未竟侯芭死,寂寞何人识子云。

双鲤梁园问讯频,茂陵深念长卿贫。双崤阃外军书急,特贷千金馈远人去冬战祸将兴,军书旁午之际,尚向雪亚假千元赠我。

信陵终日望侯嬴,未得单车虚左迎。今我欲来君死矣,九泉重与话平生。

## 见幼农喜赋

梦得乐天同甲子,匡衡萧望更同师。身经江海廿年别,心有冰霜百岁期。白首重逢惊隔世,青灯共读忆儿时。长安风物都如旧,腹痛沣西墓草衰。

## 祝何适珊母姚太夫人七十寿

祥云纠缦楚天长，高会群仙颂瑞堂。桃熟缑山献王母，诗吟水部羡何郎。家声逴越青阳巷，世泽绵延丹桂香。欲效邠人进春酒，故园东望路茫茫。

## 岐阳郭建侯篆书诗扇见赠依韵酬答

故人怜我暑中行，惠以清风扇底生。篆法壁经饶妩媚，诗心潭水鉴空明。山鸣鹙鹭乡关远，笺到虫鱼诂训精。今日长安欣聚首，相思犹恨隔重城。

## 喜建侯见过仍用前韵

东郭先生策杖行，穷庐来候老儒生。浅斟杯酒已心醉，忽见异书犹眼明。离乱重逢魂尚悸，储藏日富识弥精。目前幸有安居乐，南面终朝拥百城。

## 访建侯幼臣东郭建侯留饮叠前韵

不辞褦襶近郊行，旧学商量鲁两生。史法精深推范晔，奇文析赏到泉明。忧时沧海横流急，待客山厨饮馔精。乱世相逢何忍别，惊心画角起严城。

## 去年十月顺德陈伯韬召饮摄影纪念病后题句

德星堂上聚群贤，海客珍盘色色鲜。更有神方教驻景，雪泥鸿爪证他年。

药炉茶灶镇相亲，我是维摩久病身。今日镜中参色相，棱棱瘦骨见精神。

## 与培绎如话旧即书其扇

承平旧梦渺如烟，别后沧桑四十年。往日风流各年少，只今憔悴共华颠。情怀跌荡张公子谓拜云，诗酒粗豪王仲宣谓梧生。话到故人都宿草，一回相忆一潸然。

## 和李子彝《围城吟》原韵八月初七晚

李生磊落天下奇，媚于古学乖于时。揭来示我《围城吟》，有识读之皆泪垂。念我饥驱三十载，如椟韬玉囊处锥。倦归欲觅一邱卧，弦歌苦无三径资。今年故人相迫促，五日京兆不能辞。京兆五日日何事，日读漫叟《舂陵》诗。蒿目坐视生民困，扪心宁免后世嗤。攒眉徒手终无策，穷搜冥索萦梦思。斯城被围且半岁，两军胜负良难知。齐将闭壁身不出，单于长围山不移。可怜百万空仓雀，求食不得栖无枝。况复比户索军食，缇骑四出纷奔驰。毁家纾难古所重，家无可毁将安之。救焚振溺岂无人，战守不系于职司。排患释难亦有术，儒生议论百不宜。蚌鹬相持两弗舍，一城坐困同囚羁。三旬九食久难继，奄奄生命如微丝。今读君诗一神王，枯肠渴肺忘调饥。志士不忘在沟壑，骚坛重与张鼓旗。蛮触纷争刹那耳，世运平陂有常期。五月围城饿不死，此中疑有神扶持。

## 和李贞白次子彝《中秋后一日即事》原韵

严城四面角声哀，孤负中秋皓月来。荒径曾无佳客过，好花都向战场开。解围陈相无奇策，搜粟萧何有别才。谁念遗民沟壑死，先生洒泪立苍苔。

## 乡人刘文焕为慈亲写遗像敬赋一律奉酬高谊

五载思亲泪，被池常不干。精灵诚可接，色象现终难。画手留真迹，遗容写笔端。僾乎如有见，更胜梦中看。

## 读《善息堂诗草》用献芝韵

闭门几日息交游，一卷新诗破古愁。怪底胸中多块垒，知君皮里有阳秋。雄心冀野存司马，笔力庖丁说解牛。湖海豪情终未减，元龙百尺在高楼。

## 和莱坡韵

拥衾坐听竹潇潇，两幅云笺破寂寥。好句如珠穿错落，名言蜚玉意清超。弥天风雨添愁思，万古烟霞竦峻标原诗中语。只合于公共酬唱，过门熟客莫轻敲。

## 题周云岩《百花图》长卷用卷中乡人沈习之韵

拂黄点素写群芳，骇绿嫣红满纸香。忽忆苏台肠欲断，弥天烽火暗江乡。

## 柯莘农拓龟甲为山形戏题一绝

老龟千岁余枯骨，绿字璘彬闲藓斑。好古柯生有奇思，幻形堆作米家山。

## 李贞白将往江宁用去年《中秋后一日》赠子彝韵作诗送之乡关之念油然而生

蘖苦梅酸楚调哀，销魂桥上送君来。驿亭过雨秾华发，岸柳迎人倦眼开。衰老能无怀土意，疏狂不是济时才。何如从子江南去，野寺寻碑剔藓苔居江宁年余，未得至花林一访梁阙，至今为憾。

## 再送贞白之江宁步子彝原韵

太息穷途阮步兵，更堪歧路送人行。攀来杨柳千条细，话到乡关百感生。废垒衔芹误归燕，杂花满树乱啼莺。知君此去应回首，渭树江云总有情。

## 题竹言画扇

临水数见屋，山窗面面开。云边一艇出，应是故人来。

## 题泉唐许节母张画卷许琴伯以栗母

丹青几幅换盐齑，灯影寒窗乌夜啼。教得儿登循吏传，贤声流遍陇东西。

## 题《陈圆圆礼佛图》

净除一室礼空王，旧事寻思总断肠。天予倾城好颜色，教人家国感兴亡。

群藩策士凑滇池，又是中原沸鼎时。为向莲台虔忏悔，美人心地总慈悲。

## 题《双修馆校碑图》为许琴伯

归来堂上旧风流，大碣穹碑共校雠。今日泉塘许玄度，天人福慧称双修。

郡国山川出鼎彝，远追仓沮祧冰斯。闺中亦薄簪花体，学写天南小爨碑。

汉唐残碣尽搜罗，匹马新从关辅过。他日书丛寻故事，饮茶先后定谁多。

## 题王虚堂先生《寒松图》伯明曾大父

君是墙东避世人，霜天白屋未嫌贫。百年留得丹青在，一幅寒松写性真。

## 十七年一月一日即旧历腊八后一日

才画销寒第二图，青旗一色曜天衢。争敲腊鼓迎新岁，忙写春词换旧符。百戏鱼龙陈曼衍阎甘园有龙灯之戏，六街士女竞欢呼。居然节物都更变，数点梅花处士庐。

## 子彝南游江宁赋诗留别次韵赠行

寂寞玄亭谁问字，年来止是与君俱。危城啮草邛依蟨，险韵酬诗獭祭鱼。此日别余关外去，临歧赠尔袖中书。诛茅莫近秦淮水，十里珠帘枕水居。

骊歌一曲肠堪断，恨我频年老病俱。朋辈飘零叹劳燕，笺疏琐细注虫鱼。知君志趣难偕俗，莫为羁愁懒寄书。他日携归锦囊句，蓬门先访故人居。

### 原唱李元鼎子逸

卅年函丈因依久，槁饿围城八月俱。雕琢无成一璞玉，呴濡相处两枯鱼。壁间粲粲新酬句，床上鳞鳞叠惠书。此别草玄知未毕，何时重近子云居。

## 忆旧游叠前韵示子彝

我亦江南旧游客，卜邻昔与故人俱谓王梧生农部。春郊并辔看盘马，落日沿溪问打鱼。花径红飞三月雨，蕉窗绿映半床书。君行若过乌衣巷，为访当年水竹居。

## 寄怀高沣渠兼询何梅先

吴公三辅建旌旄，入幕鲰生亦足豪。绿水红莲依俭府，飞书驰檄佐枚皋。三年澒洞烟尘隔，千里云山想望劳。料得当时何水部，敲棋觅句兴犹高。

## 题《十趣图》

矩步绳趋不入时，出门惘惘欲何之。人生万事都如戏，莫怪诸人托迹奇。

## 题《封侯图》

若个好男儿，日把吴钩弄。时移世已殊，才大难为用。可怜闺中人，犹作封侯梦。

## 为宋明轩主席题山水画册《家在江南黄叶村》一幅

披图触我故园情，木落淮南秋水清。一棹烟波黄叶渡，隔江望见绿杨城。

绿杨城郭是吾乡，红树青山水一方。多少人家临水住，到门日日有归航。

扁舟容与碧波中，江北江南秋色同。黄叶前朝多少寺，疏林缺处晚霞红。

江上无风浪不生，中流自在一帆轻。禅心画意谁参得，留守西京宋广平。

## 为郝謇夫题画

小桥通曲径，红树映闲门。更有幽栖处，当窗匹练奔。

## 诗折次于献芝韵

南海诗人兴不穷，惊人好句出怀中。帐名鼠尾颁乡户，字写蝇头困老翁。留与疆臣驰驿奏，不题僧院待纱笼。秋来景物吟怀健，百叶窗开晚照红。

## 前 题

思抽轧轧出无穷，收拾巾箱折叠中。句贮锦囊师李贺，书成启事忆山翁。常留楷式怀中秘，不羡轻纱壁上笼。妙语丝丝都入扣，漫夸剪翠诩裁红。

## 贺宋芝老抱孙

窗外榴花照眼红，瓶园老子乐无穷。已欣雏凤飞清望，更引骝驹绍祖风。文若方孩嬉膝下，司空尚小著车中。衡门他日高轩过，百里荀陈聚会同。

## 为萧仙阁市长题蓝田叔画四幅

闻道萧云宅，珍藏玉笥山。四围花烂熳，一水碧潺湲。仗策者谁子，携童来叩关。遂令此中语，传说到人间。

赤帝骑龙，火云烧空。清凉世界，在此山中。飞瀑千尺，芭苴一丛。看云倚石，静听松风。

本来仙阁在蓬壶，缥缈烟云时有无。一角红楼出山半，恰成仙阁隐居图。

一叶山溪里，冲风冒雨行。谁怜沧海上，跋浪斗长鲸。

## 题蓝田叔画为张价人画署仿一峰道人《富春山图》作于邗上草堂

富春山万重，山径白云封。不识披裘客，家居第几峰。

蝶叟挥毫处，吾乡旧草堂。十年归未得，对此意茫茫。

## 和宋芝老喜雨原韵

中宵不寐起传杯，听雨茅檐实快哉。七月方歌田畯至，三峰预兆瑞辨来。好寻梁苑忘忧馆，漫筑周王避债台。两岁深愁眉未展，今朝笑匲镜中回。

## 又

久病幽忧笑举杯，南山郁郁气佳哉。谁鞭洞口乖龙醒，顿觉云中万马来。涤涤荒原成乐土，渠渠夏屋尽春台。悲秋宋玉尤多兴，告我天公意可回。

## 叠前韵

十斛闲愁付酒杯，百工从此庆熙哉。博输玉女天为笑，倒泻银河雨骤来。大厦初成欢燕雀，平池新涨漾楼台。独怜思妇忧无那，檐溜声中视万回。

## 题《秋林读书图》

秋林景物未凋疏，小阁虚窗称隐居。尽日看山情不倦，偷闲补读少年书。

## 题《溪山雨后图》

一抹好溪山，何人此中宿。闲花护短篱，长松荫茅屋。风来一枕凉，雨过众山绿。积叠满床书，检取面山读。古欢聊可寻，即此洽幽独。

## 题蒋子珍《去非诗稿》蒋犁，滦阳人

君本滦阳倜傥人，西来偶现宰官身。劫余抚字贤劳甚，漫叟诗中见性真。

## 焕然老弟正月续弦久拟为诗贺之迁延至今始成而新人眉样已春山画遍更画秋山矣

西子湖边学艺归，春来重赋好逑诗。金镵刮膜专长擅，玉碗调浆内助资。痼疾能除真国手，上元才过是佳期。羡君今日房中乐，眉画春山更入时。

## 题《蓂荚山房图》

蓂荚自开落，山中不计年。闲情偶一寄，万物供雕镌。不读印人传，渊源史籀篇。笑彼皖与浙，流派徒纷然。

## 题汪酉山哭妹诗册

汪伦家有女相如，太息昙花一现余。廿首哀词寄泉壤，十七年华返太虚。

## 邓敬亭母王太安人纪念诗

往岁拥皋比，讲学聚徒侣。谁传梁邱易，喜得邓彭祖。传经守家法，入门奉母仪。支机伴夜读，篝灯逮晨曦。勤劬二十载，振翰抟风飞。春水采芹藻，秋风折桂枝。往绾赤县符，种花灿如锦。昔年桃李阴，今作梓桑荫。群被明府化，复仰慈母贤。倏忽萱草萎，于今已三年。执笔纪懿行，遗风奕叶传。

# 君子馆日记

# 君子馆日记卷一

民国七年戊午三月二十一日即旧历二月初九日，早七钟兴，八钟往会馆团拜。到太早，尚无多人。因往李问渠家小坐片时，同至馆。九钟行礼，十钟入席，共五桌。矿务特派员梁立周同县人、城防营马柱臣祖援昆山人，初见面，余大半熟人。归读《辛卯侍行记》第四卷半卷。

二十二日即旧历二月初十日，早十钟起，读《辛卯侍行记》卷四半本、卷五一本，此书考黑水甚详，萃二十九家之说而折中于清圣祖以潞江定为《禹贡》黑水，以三藏为三危，合雍、梁、导水三黑水为一。考河源、昆仑亦甚详，惟仍守旧说，以葱岭、于阗为远源，以阿勒坦为重源，不知新疆地势低于青海，于新学说不合也。

二十三日即旧历二月十一日星期六，早八钟兴，天阴。读《辛卯侍行记》卷六半本，读林归云传甲，侯官人《中国文学史》第一篇至第六篇，读《水经注图》。

二十四日即旧历二月十二日星期，早九钟兴，出经南院门，地摊上见《孟显达碑》拓片，字整饬而气味朴厚，远胜《元太仆苏孝慈》。往在湘子庙见此石亦甚平平，拓出而精神乃见。午后董禹禄明铭来谈甚久，彼治《说文》不守旧法，旁推交通，颇多新意。虽失之穿凿，其心思之敏可喜也。读《文学史》，此书沟通新旧，颇得要领，罗列诸籍，皆能提要钩玄，可为治中国文学之导线，于初学极便也。读《辛卯侍行记》第六卷半本。

二十五日即旧历二月十三日星期一，早八钟兴，饭后田桂舫、吴映辰两厅长来谈甚久，映辰托觅《董美人》《张通妻陶》《元太仆》诸志。

读《辛卯侍行记》六卷终，读《水经注》赵本一清目录。

二十六日阴，微雨，即旧历二月十四日星期二，早十钟起，东路略通。华局为军队所据，不知何时能腾出。渭局振东等尚勉支持，然无所事事。读《水经注》赵氏目录卷二十六。巨洋水一称具昧，一称巨蔑，一曰朐弥，皆一声之转，无缘作巨洋也。案《诗》"河水弥弥"，《汉书·地理志》引作泮泮，是洋即弥字也。巨洋水，定是"巨泮水"传写之讹。王益吾博采诸家，至为明备，未及见此，因订正之。

二十七日微阴，即旧历二月十五日星期三，早九钟兴，读《水经》目录，读小说《尸椟记》一本，读《水经注》浙江篇。

二十八日晴，即旧历二月十六日星期四，读《水经注》目，读上元梅筠谷先生《芳钞本杂文》一册，中有大父季海公秋山诗一首，敬录于左："芙蓉天半现雕劖，爽气朝来逼远岩。绚烂莫嫌红叶晚，分明不受白云缄。连番细雨峰如洗，一夜西风草遍芟。携手蓬莱最高处，请看山骨尽崚巉。"《碎玉词》集李义山七律六十首，阙名《湖居》上下平三十首均佳，无暇钞录，惜哉。

二十九日晴，即旧历二月十七日星期五，访郭希仁，见商务馆初印《通鉴》甚佳。希仁欲求《通鉴》以前历史佳本，予举黄薇香《周季编略》告之。此书博采《史记》、周秦诸子缀合而成，而一一条具出处，并别其异同于下，去取之间，至为精审。《左传》以后，温公《通鉴》以前二百余年记载，书无善于此志矣。自希仁许归，道过南院门，购《名山胜概》残本六册，读《水经注》目。

三十日晴，即旧历二月十八日星期六，早八钟起，读《水经注》目录完。各水与今源流同者，悉照杨惺吾《图》及邹童今地图注于目下。更拟列为一表，以郦《注》水名列第一格，以赵目所引班《志》、《说文》诸家说列第二格，而以今日水道备列俗传诸异名为第三格，如此读郦书较有眉目，亦可免知古不知今之弊矣。

三十一日晴，即旧历二月十九日星期，早往阎甘园处与田桂舫同观字画，佳品甚多，几如行山阴道上，目不暇给，余非内行，不敢言赏鉴，旁听桂舫与甘园谈论，亦足增长见闻。归途遇沈幼如，言有刘文清书札墨迹，约明日携来共赏之。读《水经注》泾水篇。

四月一日即旧历二月二十日星期一，晴，道过南院门，购《四书旁训》、饶珊叔《十国杂事诗》各一部。午饭后沈幼如来，携有刘文清、郝廷光墨笔册页两种，秦刻李元宾观集一本，元版初印极佳。郝，嘉庆时江都人，小楷秀润，不知为何人，俟考。

四月二日即旧历二月二十一日星期二，访董雨麓，并观成德中学基址，东至北大街，西至莲池岸，南至二府街后，北至王家巷前，共占地七十亩，规模之大可知。读《说文·释例》第一卷。

四月三日即旧历二月二十二日星期三，读《恒农冢墓遗文》一册、《殷虚书契考释》半卷。

四月四日阴，即旧历二月二十三日星期四，晚读《十国杂事诗》。

四月五日阴，即旧历二月二十四日星期五，今日清明。晚读《十国杂事诗》《翠墨园语》。黄绍箕跋《说文古籀补》条举其失十有三端，语多中肯。六舟僧名达受，旧藏宋拓《太清楼书谱》，后归觉罗雨舲中丞崇恩，题跋甚多，悉具此书。

四月六日即旧历二月二十五日星期六，雨，读《三垣笔记》。

四月七日即旧历二月二十六日星期，答拜张闻乘。见魏造像四种：二神龟年，一正光年，一无年号，得之临潼。石新出栎阳镇，今在临潼县华清宫。尚有零星数石未拓，赠《温泉颂》一分，精拓本也。

四月八日雨，即旧历二月二十七日星期一，读《孟子正义》。郭希仁来谈，自书《诗经杂说》一本携来。读郭《诗经杂说》数开、《十国杂事诗》前蜀一卷。

四月十九日，晴，大风，即旧历三月初九日星期五，饭后出门，往省长公署见祝竹言，并见岳立山同年、吴敬之、陈册襄、周子敬。作诗钟三联，题“苻坚茶船”。子敬阅卷，余一联取第二。瑞占池水双蒲长，载得云腴一叶轻。

四月二十三日即旧历三月十三日星期二，访张扶万，谈甚久，扶万赠《尚书今注音疏》二本，与我所购合之仍阙一本，美中不足也。宁月樵亦来，(座)[坐]未久去，索《雁塔旅行记》一份，此吾前岁为第三中学生改作，批评详细明净，少年稍肯用心读之，定当心花怒发。

五月十三日即旧历四月初四日星期一，读蔡鹤庼《石头记索隐》一卷，此书谓宝玉、巧姐影胤礽，黛玉影朱竹垞，宝钗影高江村，探春影徐健庵，王熙凤影余国柱，湘云影陈其年，妙玉影姜西溟，惜春影严荪友，宝琴影冒辟疆，刘老老影汤潜庵，石呆子事即戴名世《南山集》，包勇即方苞，黛玉代宝玉作《杏帘在望》诗即张文瑞为渔洋捉刀事，大都依稀影响之谈，其比附牵强有极可笑者，与《红楼梦索隐》一书穿凿附会，正复相同。后附《董小宛考》，力驳彼书以情僧为清世祖，以小宛为董鄂贵妃之谬，极翔实可取。

五月十七日即旧历四月初八日星期五，读杨传九凤苞《西湖秋柳词》。其族弟杨拙园知新注诗极秀逸，注尤详博。读赵饴山《谈龙录》，论诗极正，语讦渔洋太过，则恩怨报复，其实于渔洋无损也。惟"朱贪多谓竹垞，王爱好谓渔洋"两语极确。

五月十八日晴，即旧历四月初九日星期六，早读《国朝诗别裁》第十二卷。

五月二十日晴，即旧历四月十一日星期一，择读《国朝诗别裁》中近体诗一卷至八卷。

五月二十二日晴，即旧历四月十三日星期三，读杜樊川、贾浪仙诗。

五月二十四日即旧历四月十五日星期五，读《别裁》十三卷至十六卷。

五月二十六日即旧历四月十七日星期，赵宋丞来谈新购帖数种，内有贞观八年仓窖题名一种，似匠人以锥刻画，铁画银钩，挺秀天然，致可爱也。《吕宪墓表》八分书极佳，然非原石。

五月二十七日即旧历四月十八日星期一，读《天山客话》《艾子后语》《猥谈》《半野村人闲谈》《蓉塘记(问)[闻]》《抒情录》《临汉隐居诗话》《延州笔记》《北窗呓语》各一卷。

五月二十九日即旧历四月二十日星期三，读《归田诗话》卷下、《别裁》卷二十。

六月二日即旧历四月二十四日星期，晴，读《双星杂志》四册。杨佛士《变雅楼诗征序》神似《南华》，易实甫《登飞云峰绝顶(朝)》神似太白张峰石《一虱室诗话》，均在第四期内，暇当录之，姑识于此。杨云史鉴莹《北游》五律四十首，后幅纪近事可取者甚多，惜懒于钞录也。

六月十日即旧历五月初二日星期一，宋丞有《刘平国碑跋》一张，携归，暇当录之碑后。

六月十二日即旧历五月初四日星期三，读《随园诗话》第一至第四卷，此书板本恶劣，讹字极多，闷损人也。

六月二十日即旧历五月十二日星期四，晴，今日甚热。读梁卓如《德育鉴》。梁平生学问得力于阳明先生，其为人鄙人崇拜数十年，私目为“中国第一人”。乃长财政数月，各关监督及各财政重要人更换大半。川督罗之捣乱川省，亦梁暗中助力，而皆由贿赂致之，然此犹可谓报纸传闻，或未可信。惟嗜赌一事，则在京友人所述，确非虚谈。每日下直，即入赌场，一掷动以万计，此财何来？且嗜赌若命，不知阳明先生当日有此否。

六月二十一日即旧历五月十三日星期五，雨，读易实甫顺鼎《燕榻集》一卷、《魂西集》两卷，与樊先生唱和诗最多。

六月二十二日即旧历五月十四日星期六，读《国风报》第二年十期。沧江致部州报一书自辨被诬，至为明透。然以民国任国务员后所行观之，则言行不相副。我中国以如此之人才，一朝得志亦随俗波，靡不克自立，他何论乎！

六月二十四日即旧历五月十六日星期一，读《国风报》第二年十四期至十七期，只购至此，以后无从搜求，惜哉，南海《游西班牙记》从十七期始登起，此书极可读也。梁《上南海》排律百韵，雅近梅村，其丰骨在元白上，此才真不可以斗石计，人品乃一败涂地，可慨也夫！

六月二十九日即旧历五月二十一日星期六，傅长春彤臣观察长子在南校场骑兵团为团副。彤臣守凤翔时，延余主凤起书院，未久以礼去官，宾主至相得。公学问文章为一时之冠，而性情和厚，蔼然仁者。服阕后改官直隶，癸卯应特科试入都，公正在都，相见两次，嗣后不复见，未久遂归道山。公二子在凤时，从宋子珍读，皆十余龄。今长君以保定陆军学堂毕业任军官，次君留学美洲。善人多有好儿孙，信不诬也。

七月一日即旧历五月二十三日星期一，午前出门至文献巷借痰盂，至东二道巷十号答拜刘莲浦，未见，访芝逸，勿幕亦在座，畅谈知参院议员为宋芝田、何达夫、郭蕴生、武念堂、王荫之五人。看汉碑数十种，仓卒不能细读，因言借归读之，勿幕允饬人送来。读《汉书·西域传》。

七月三日即旧历五月二十五日星期三，早七钟兴，八钟半往端厦门赴南右嵩之约，同席郭希仁、车立斋、祁俊生、李翰臣、赵宋臣、曹古馨，其一人忘其姓字。便饭甚精洁，远胜肥鱼大肉。座客无达官，清谈颇快。饭归读《宋元明诗选》七绝一卷。“五云深处息炉烟，丹灶今宵火候全。炼得黄金成底用，升仙别有好因缘。”“淮南学道几经年，一日乘龙上九天。谁料云中有鸡犬，余丹舐得亦成仙。”

七月六日即旧历五月二十八日星期六，代刘少楼拟家谱派名诗一首：“奕叶清芬远，渊源溯汉京。真人起丰沛，硕德始彭城。天禄传经术，宏农著政声。箕裘期勿替，百世盛簪缨。”读《随园诗话》十二卷。

七月十一日即旧历六月初四日星期四，姚伯麟由东京归，与之同住。在东留学十余年始归，可谓有志之士。见中华图书馆初印《十八家诗钞》甚佳，拟函购之。借梅仁山《毛诗本义》四本，前借《律吕正义》两本、《太白诗》一本、钞本杂诗文一本均还。今日读《毛诗要义》第十三卷，此书《集传》采用甚多。

七月十三日即旧历六月初六日星期六，芝田参议应选入都，集唐人诗："戎马暗天宇，问君何所之。此行既特达，疑误有新知。战伐何由定，纪纲正所持。烦君最相警，排闷强裁诗。""一路经行处，频年不解兵。残云归太华，晴翠接荒城一作"骅骝开道路，豺虎正纵横"，以为伤时易之。戚戚去亲爱，萋萋满别情。还将两行泪，千里赠君行。"

七月十五日即旧历六月初八日星期一，早送致芝田信，随得复函，内言："集句诗有《饾饤》《碎玉》二集，未见其书，暇当觅其书读之。"窃意黄唐唐之《香屑集》俨如无缝天衣，两书恐未必出其右。

八月三日即旧历六月二十七日星期六，景莘农来，携诗稿一册，共诗十八首，响切光坚，于此道入之甚深，未易才也。

八月二十八日即旧历七月二十二日星期三，读井勿幕诗卅首，略为改订。作《孔安国传》一篇，并驳《文献通考》所辑原传，郭希仁属作也。

八月三十一日即旧历七月二十五日星期六，改订《胡安国传》一篇。

九月一日即旧历七月二十六日星期，改订欧、范、胡瑗、司马四传。早，希仁来，因将昨所修改各传先交携回，又交来写定本各传，属较误字。希仁去未久，即着手较对。尽一日之力阅竣，明日即可交卷也。

九月八日即旧历八月初四日星期，今日又霖雨，一日令人闷损。夏日集唐人五言诗，得五百余联，重行分韵录出。达儿有志学诗，然不知裁对押韵，拟邮寄示之，实学诗之第一入门法也。读《游戏杂志》说部中酒令一则，仿《天方夜谈》而作，意趣横溢而词尤浓艳，亦初学骈俪文字之津梁也。《游戏杂志》只出至十九册而止，令涛生分编改订为二十二册，较便披览。老人好读小说，特购此以娱之。

九月十日即旧历八月初六日星期二，校订先儒小传五篇。

九月十一日即旧历八月初七日星期三，读《十八家诗钞》太白五律一卷、《历代地理沿革志》总纲第三卷。

九月十二日即旧历八月初八日星期四，作《祝丁液群太翁六十双寿》诗两首，草稿录后，容改订后再清写。致郭希仁一信，送先儒小传十篇。

九月十九日即旧历八月十五日中秋星期四，读《西厢记》毕，复读《续记》，便不复能耐，此书实恶劣，圣叹肆口痛骂亦不足责。

九月二十六日即旧历八月二十二日星期四，在问渠家小坐，借《读书谱》，归读之。此书灵石耿斗垣名文光所著，指示初学门径甚详尽，大旨不外南皮《輶轩语》而更为明白。其藏书八万卷，有书目，北方学者无其比也。此书作于光绪十五年，而东南学人尚无知之者，可惜焉。

九月二十九日即旧历八月二十五日星期，读耿斗垣《目录学》九卷，其中论法帖颇详，钞录无暇，置之。此君尚有《仁静堂书目》《紫玉函书目》《万卷楼藏书记》三种，并《目录学》《读书谱》共五种，《丛书举要》及《汇刻书目》正续编均无其书，盖僻在山右，南中未之见也，拟托山右人访购之。

十月二日即旧历八月二十八日星期三，晚读《思亭诗草》钞本。此诗全是自写性灵，清新如话，字法雅秀，逼类华亭。著者不知其名其弟名长佶，京城汉军驻防，道光元年辛巳举人，十五年乙未进士，山东肥城县知县。当系其后人宦吾陕携来者，二年得之长安市中烂书摊上。初未注意，今细读之，实佳作也。他年如有力，当代为排印，以存其人，不知今生有此日否。如不能酬此愿，亦当什袭以藏，愿我子我孙务体吾意，有力代为刻印，勿使湮没于我之手。

十月十日即旧历九月初六日星期四，病中读《才调集》十卷、《思亭诗》四卷，此集古体皆不佳，好用长句，音节率不入格，近体直写性灵，自在流行，初若不经意而实醇熟到极处，顺笔写出，遂觉头头是道。

十月十一日即旧历九月初七日星期五，写集唐联八十余联，合计将九百联，拟再努力凑足千联，钞寄元征侄订正后发印。

十月十二日即旧历九月初八日星期六，访秦芷斋未见，见三爷，借《汪梅村文集》《违碍书目》各一部归。彼处尚有苏州刻《国朝著述未刻目》一本，暇当借来誊录一分，所载皆佳书。

十月十四日即旧历九月初十日星期一，早起撰挽朱选庵联，又撰赠王勉之医士联三付，联语录后。“撒手一朝成大觉，伤心卅载与齐年挽朱选庵同年。”“种松勾曲陶真逸，卖药长安韩伯休。”“清光昔饮上池水，良相今居勾曲山。”“讳病谁知在腠理，照疾能见人肝脾。”右三联均拟送王勉之医士，现在东街设一医院兼药房，首联稍切药房，余两联更泛也。

十月十八日即旧历九月十四日星期五，饬武振请客取款，武振持回天福同兑条一千两。三钟时刘沧麟、李问渠、阎甘园与刘姓之客二人一姓同来，交契交款。饬存唐往接内子归，四处摒凑，只得一千二百八十两，当即面交清楚，欠银二十两，一半日交沧麟手，正草契各一纸、原红契二纸，点收清，此事至今日始告成功。盖谋划此事七年卒未得成，今日始如愿。惟此房破碎太甚，再得千金修理布置，可为娱老之地，此生固无奢望也。

十月二十日即旧历九月十六日星期，房金短数二十金，面交沧麟，此事自今日完全办竣。

十月二十九日即旧历九月二十五日星期二，撰牛引之挽联一付如左：“秋色正萧疏常遣绯衣召长吉，故交当寥落更挥老泪哭侯芭。”

十一月一日即旧历九月二十八日星期五，唐联写出清本，合计千一百四十余联，又杂集历朝人诗句百五十余联，共千三百余联。财力稍裕，当排印以赠同人，此游戏而有益于学问者也。

十一月六日即旧历十月初三日星期三，李约之托拟挽联，太早送去，急就章不能佳也。“秉祖训以育才三辅人材蒙教泽，仰徽音兮未远千秋巾帼奉仪型女子学校全体同叩。”“慈训犹存伫文孙力挽狂澜肃清三辅，徽音未沫仰贤母芳留彤管仪范千秋女子学校校长李博叩挽。”

十一月十五日即旧历十月十二日星期五，昨枕上作挽梦竹联云：“本中表戚更深文字交一月中两订君诗研兢病审推敲墨沈犹新顿成永诀，现宰官身兼习岐黄术十年来四为民牧箴膏盲起废疾口碑长在不愧良医。”

十一月十八日即旧历十月十(八)[五]日星期一，撰贺茹卓亭生子联如左：“跪履数从圯上志东坡《和张郎中春画》，生子当如孙仲谋元吴师道《赤壁图》，吴兰溪人。”卓亭仁兄从我游，才十许岁，自榑桑学成归，回佐戎幕，任议员，运帷幄深谋，合天下大计。顷复生得宁馨儿，为联贺之。吾非黄石，甚望子为张子房也。

十一月二十四日即旧历十月二十一日星期，往吊梦竹。挽联十余，惟徐与如联驯雅自然，云：“杯酒昨言欢风雨一楼妙谑清言犹在耳，人琴今并去乡关千里大行恒岳许招魂。”闻井勿幕遇险之信，不胜哀恸。勿幕与我十年前东瀛一见，近三年彼此以文字切磋，甚相契洽，且其人曾厕身同盟会，而天性好学，醇醇然一学人。吾陕劫运未终，失此中流一柱。为私情痛，更不能不为大局惜也。

十一月二十五日即旧历十月二十二日星期一，枕上作挽五妹一联云：“此际复何言多智多谋痛汝一世聪明随逝电，前尘了如梦以养以嫁惜我十年心力付东流。”早访芝逸，知勿幕凶问属实，刺之者李东才，有一傅姓在座，即勿幕副官也。少时漱兄亦来，楚囚相对，既痛逝者，行自念也。

十一月二十六日即旧历十月二十三日星期(三)[二]，师范学生张君名德，本县人，家住书院门，治《说文》之学，苦不知古均分部之故，介梁峻臣来见，欲就商榷。余告以先看《六书音韵表》，如有不解，条记来问，当就所知答之。

十二月九日即旧历十一月初七日星期一，昨夜枕上作挽寿臣族弟联如左。读《杜集》十三卷终，三更寝。“回首前尘故里言欢恍如昨日，伤心此际吾宗不幸又失斯人。”

十二月二十一日即旧历十一月十九日星期六，枕上作祝王洁夫太夫人寿诗。王，浙江黄岩人，陆军中校，前充督署军务课长，现榷厘大庆关，其家以酿绍兴酒致富，祝寿期冬月二十七。欧战告终，南北和议开始，诗语就此著笔尚不泛诗已入集。读叔父子静公《金石考证》两卷，此外公所著笔记，杂考金石文字，甚多独到处。书只余两本，一题“第十本”，一题“攀古阁金石史”，其签下题有“第二卷”之字。此书至少不下十本，今所存只此，可痛也。

民国八年一月二十七日即旧历十二月二十六日星期一，病中作对联数付，补书于左。贺仲和纳两妾旧历正月初二：“昨宵春入屠苏暖，今日花开并蒂娇。”代仲和拟为侄权娶妇门联：“粗了向平愿，敢云阿买贤。”“绣余再补离骚注女家，妆罢低吟摩诘诗。”挽李襄初旅长代曹铁珊：“勒铭纪绩载笔书勋愧我才非曹子建，结发从戎捐躯殉国至今人惜李将军。”又集句代仲和：“身当恩遇常轻敌，死到沙场是善终。”

二月二十二日即旧历一月二十二日星期六，枕上作挽薛麟伯联如左：“绛帐谈经恍如昨梦，絮酒致奠遂隔平生。”

三月七日即旧历二月初六日星期五，购《水道提纲》一部，系许竹筼侍郎赠樊山先生藏本，可宝也。到局读《水道提纲》黄河及入河诸水篇。

四月十日即旧历三月初十日星期四，早十一钟到局，代于哲生拟挽俞朴臣夫人联一付如左：“撒手西归夫婿多情视此十龄娇女，侧身东望故乡无恙谁招万里芳魂。”乘车至教育厅，希仁请张衡玉，余古诒作陪客，同座皆熟人，惟张公系初见。读张公《寒云词》七古一首、《入关杂事》十绝句。三钟入席，四钟半客散。希仁属作手写《道德经》跋语。五钟归。景莘农送来《音声树下集》，并问二曲先生遗事。晚，刘楚材来谈，二更后去。读《音声树下集》终。

四月十一日即旧历三月十一日星期五，南老属作《长安日报》祝词、曹健庵挽联。即刻归，拟就祝词，令午正送去。接尘来谈，定更后去。拟就挽联四付如左，祝词稿另录杂记中。“八(陈)[阵]六花有帐下儿郎能传战法，一朝千古痛关中豪杰顿失师资。”“家学渊源注十三篇兵法，英名震叠遍百二重关山。”“曹刿论战鄙肉食无远谋愿与当代英雄一雪此耻，武侯治兵以妄杀为大戒更望后来豪俊永识斯言。”“教成六郡良家子，长作三秦御侮材。”

四月二十三日即旧历三月二十三日星期三，接王幼农信，寄自苏州，赠《烟霞草堂集》一部。

四月二十五日即旧历三月二十五日星期五，到局拟联语一付归。挽驻汉二十二师参谋卫云渠中校坠马死，代刘南志：“马走长安撒手竟随春共去，乌啼夏口有情应纪鹤归来。”

四月二十七日即旧历三月二十七日星期，至树德堂看书，有《南北史识小录》一部，搜求数十年未得者，索价过昂，未购。

四月二十九日即旧历三月二十九日星期二，树德堂赠方宧售酬《世文》一部，缺售《世文》一册。此书顾晴谷曾赠一部，失于南京，累觅不得，无意得之，大快也。

五月二十三日即旧历四月二十四日星期五，徐寿轩家以车来迓，到彼未久即点主，临时撰赞主词四句曰：“誉满南州，派延东海。福裕后昆，簪缨百代。”

五月二十九日即旧历五月初一日星期四，早，杨君来住东大街红十字会对过百零六号久谈，此君藏书颇富。

五月三十一日即旧历五月初三日星期六，大雨一日，四郊霑足，大喜无量，道泞不能出门，读陈朴园《四家诗异文笺》三卷。

六月四日即旧历五月初七日星期三，读《韩诗解》七八卷。

六月七日即旧历五月初十日星期六，十钟到局，代吴葆三拟为子完婚联语二则。第一联原阙。“漫云立功立名叹梁孟风微第料量荆钗布裙同修淑德，对此佳儿佳妇喜向禽愿了好整顿芒鞋竹杖遍踏名山。”拟一半日往仲唐处与之畅谈问学，于我情意殷挚，良可爱。信中述及勿幕生前与伊谈及读书，必念及于我，失此良友，深可痛悼。拉杂写之，掷笔涕零，而吾日记第二册遂于此终篇。

六月三十日即旧历六月初三日星期一，至督署秘书处，与宋幹庭世叔谈昆腔。此公于此道入之甚深，现年七十三，设无传人，此事在陕真为广陵散矣。

七月一日即旧历六月初四日星期二，访杨书卿，托致函吴保仁代购《后汉书集解》，并访《分类皇清经解》价值，著《石(声)[鼓]略释》[①]第一(声)[鼓]毕。

七月三日旧历六月初六日星期四，早十钟出门，至良甫处不遇。到局作《石(声)[鼓]浅释》毕，稿甚潦草，当更书一本方可看。

七月四日即旧历六月初七日星期五，《石(声)[鼓]浅释》另录一稿。

七月六日即旧历六月初九日星期，赴刘乐天之约，见宋版《桯史》一部，京客出价四十元未卖。借《石(声)[鼓]文释存》一本，海盐张芑堂燕昌著，贵池刘世珩刻。刘氏并刻《金石契》足本，未见也。归读《石(声)[鼓]释存》，不如张氏德容《金石聚》之精确。

七月八日即旧历六月十一日星期二，大雨，道泞未出门，读《说文释例》第一卷。

七月九日即旧历六月十二日星期三，读《说文释例》第二卷。

七月十一日即旧历六月十四日星期五，大雨未出门，读《墨子间诂》一卷、《说文释例》第五卷。

七月十九日即旧历六月二十(五)[二]日星期六，马良甫来，将《石(声)[鼓]》涉用小爨碑体临一过，中有误字，须为正之。黄仲唐示七律一首。

七月三十日即旧历七月初四日，代东初撰贺当铺开张联云："有无可通缓急所恃，泉源不竭子母相生。"

---

① 据中国历史博物馆图书资料信息中心编《中国历史博物馆藏普通古籍目录》载，毛昌杰有《石鼓文浅释》一册，抄本(参见《中国历史博物馆藏普通古籍目录》，北京图书馆出版社2002年版，第235页)。另，张燕昌所著乃《石鼓文释存》，故而推知此处及以下数处皆当为"石鼓"而非"石声"。

七月三十一日即旧历七月初五日星期四，早，仲和来拜先生，十二钟趁车至局，太热，小坐即归，李静庵、彭念孙均来闲谈，归作《题扶万〈计树园图〉》七古一章。饭后看节臣，王守金、刘楚材亦在座，谈甚久，暮归。

八月三日即旧历七月初八日星期，接严谷荪信一件雁峰三子，知雁峰于去岁病殁成都。读《金石学录》四卷，李遇孙著号金澜，嘉兴人，实甫富孙族弟，书成于道光二年。

八月八日即旧历七月十三日星期五，早，张接尘来，云明日往凤县探友，饭后同往局，接尘领薪去。余代哲生撰汤太宜人挽联一付云："跻上寿八旬生当浴佛四月初八日生，先立秋三日遽赋游仙七月初十日故。"今日立秋，初试正先三日也。因自撰挽彭砚孙太夫人一联云："登上寿八旬福齐金母，迟天孙一日驾返银河。"彭母七月初八日故也。作《陈新罗真兴王巡狩所管碑跋》一则，为朱叙五属题。

八月十日即旧历七月十五日星期，托长甫函达其尊翁枫宸先生，觅精印大本《汉石例》，此书板存济南厚宰门会友堂，接尘为购一部，普通甚草率。

八月十七日即旧历七月二十二日星期，今日未出门，读顾襟瓘《石言》六卷终。

八月十九日即旧历七月二十四日星期二，读杭堇浦《石经考异》半卷，归读《陶渊明全集》，圈点一过。《詹氏诗集》注少，可取者闲录数十条于书眉，此系长沙刻《百三家集》本，纸板均甚劣也。

八月二十一日即旧历七月二十六日星期四，早十一钟出门，到局二钟，出局至良甫处晤问渠，久谈归，撰景太夫人寿联一付云："称觞正值千秋节，介寿同赓七月诗此联若改云"今朝巧遇千秋节，来岁重称七秩觞"更切六十九岁，惜知之已晚。"唐开元时敕定七月二十六日为千秋节，正与明日祝寿事恰合。其太夫人任姓，今年六十有九，敬之所告也。

八月二十二日即旧历七月二十七日星期五，渭南严幼文名士钊，雁峰之侄，谷孙族兄也同张掌柜来访，送来谷孙赠新刻书六种如左：《关中金石记》计四本、《戴东原集》六本、《空同诗集》六本、《信阳诗集》四本、《沧溟诗集》四本、《弇州诗集》十六本，均佳纸精印本，可宝也。

八月二十四日即旧历七月二十九日星期，早，刘晓初来谈，为改挽晏海臣联一付："数百年鹾弊未除赍恨西归蜀道凄凉怕听遗民谈往事，九十日赴书方至举头北望燕云惨淡感深知己赋招魂。"致王幼农函附题小像诗二首，并写寄近作及集唐宋诗。

八月二十九日即旧历闰七月初五日星期五，接王幼芸函，南老命拟九月一日追悼会挽联，共得三付如左："诸君皆关辅健儿那知弹雨枪林拼百万头颅甘向沙场同一掷，是地乃秦藩故址对此斜阳衰草九原落寞聊将杯酒吊孤魂。""故宫寂寞空秋草，新鬼烦冤是国殇。""百岁无几何烈士殉名四塞河山壮声色，九原不可作英雄遗恨万方寇盗尚纵横。"

八月三十日即旧历闰七月初六日星期六，昨夜补作挽联一付曰："恩怨两忘愿我成仁志士方命游魂同归正觉，河山如昨对此冷殿斜阳故宫衰草一吊英灵。"

九月二十二日即旧历闰七月二十九日星期一，撰挽范太夫人安葬联云："范母贤声常留梓里，裴家吉地近傍粲林《北史·裴侠传》。"

九月二十八日即旧历八月初五日星期，致楚材一片，托觅《分类皇清经解》，读《庄子》《德充符》《大宗师》《应帝王》三篇，取曲园说之善者，书于湘刻本之眉。

九月二十九日即旧历八月初六日星期一，前在薛家见刘南老自撰寿联云："与君子百岁庆偕老，先中秋十日祝齐眉。"与我前作挽汤挽彭二联同一用意两联载八月八日日记中。

十月五日即旧历八月十二日星期，致扫叶山房信一函，附《艺文旬报》卷一纸、邮票六角六分，购雷氏《说文》四种，询《广刻全史》样张，明日附邮挂号。午后一钟，万文泉、旭如叔侄来谈，旭如云《说文统系图》觅得，中题跋拟钞录后送来，忻喜之至。此图系商城杨铎为先大父所绘白描稿，吾家三世好治许学，吾好之尤笃。此图本贴吾斋壁,光绪中年万宾耀世兄借去,未几宾耀即世,今旭如觅得珠还,真大快也。

十月六日即旧历八月十三日,读《荆楚岁时记》诸子精华本,有误字,以《汉魏丛书》本校勘之。

十月十五日即旧历八月二十二日星期三,早,敬之来谈,借《周季编略》一部,《十三经注疏》一套还去,并赠湖南书单一纸。

十月二十五日即旧历九月初二日星期六,昨日陆军革命纪念日,今早呼荣送《说文统系图》来,并传言今日补放假一日,十钟敬之来还《周季编略》。

十一月五日即旧历九月十三日星期三,拟挽镇嵩军阵亡将士二联,十月初一在盩厔县开会追悼,联语如左:“豹死留皮人死留名萃两河少年著三秦战绩,山曲曰盩水曲曰厔假名儒故里招烈士归魂。”“诸君禀嵩岳精灵转战入秦中慷慨捐生劲节英声遍三辅,二曲是名儒故里招魂歌楚些馨香无愧圣贤豪杰共千秋。”

十一月十八日即旧历九月二十六日星期二,拟陈督军德配卢夫人挽联四付,均与周雅初借用,录如左:“十八年新妇承欢两代慈亲孝思不匮,二千里津门回首三秦故国魂兮归来。”“丁字沽西迎归丹旆,九嵕山下静闷玄宫。”“郁郁新阡近傍汉家宫阙,悠悠我里常依秦地山川。”“生也荣死也哀芳留凤琯,山之南水之北吉卜牛眠。”又补撰一联备同书曰:“陇以东陕以西群钦壶范,山之南水之北肇启新阡。”又代奥寿如撰挽谢宝山联曰:“养望东山百战功勋属儿辈,归神西土千秋名德在乡闾。”

十一月二十日即旧历九月二十八日星期四,代刘乐天拟挽陈夫人联一付云:“贤淑声闻德星里,寂寥春冷莫愁堂。”甚劣,立候无暇改削也。

十一月二十六日即旧历十月初五日星期三,购八言对联一付,撰祝蔡尧阶太夫人联一付云:“彩服承欢有刘家三嘏,焦桐献曲祝王母千秋。”余哲生来,托代拟王鸿初斌尊人联一付云:“赈匮扶危名贤合住携仁里，戡乱定暴令子真为济世才。”

十二月七日即旧历十月十六日星期，读《述学》毕，文格高古，词锋骏厉，可学也。

十二月八日即旧历十月十七日星期一，读《论衡国故》[①]上中卷。

十二月十一日即旧历十月二十日星期四，撰联三付。补贺韩绾青新婚其妇孟益民女：“室有孟光人第一，才如韩信士无双。”贺韩继云世兄续弦其妇苏汉卿女：“织锦奇文仿苏蕙，催妆艳体续冬郎。”又代马良甫：“绿窗倡和香奁集，金字回环织锦图。”代刘养伯挽魏英伯：“同教授于乡邦文章我愧刘阿士，痛朋侪之零落志行今无魏仲英。”

十二月十六日即旧历十月二十五日星期二，荷汀对拟成云：“爵晋东方对南山而献寿，筵开北海祝西母之遐龄祝高财厅长太夫人王寿。”

十二月(二十)[十九]日即旧历十月二十八日星期五，拟挽魏英伯联，代南老作，即时交卷：“化普鳣堂两校规模劳擘画，风寒马帐三秦士子失仪型。”

十二月二十四日即旧历十一月初三日星期三，读敬之作《高太夫人寿叙》一篇，以公羊学说发挥之，正能自抒己见。

十二月二十五日即旧历十一月初四日星期四，写贺韩联。挽王太夫人联：“和以事夫温恭有度，慈能逮下生死相依。”

十二月二十六日即旧历十一月初五日星期五，刘燕生托拟高太夫人寿联，要长至二十字外，于次日枕上成之云：“日照潼津云横华岳峰连太乙雪霁终南佳气满关中好事争传共看王母今宵开夜宴，桃献方朔酒进麻姑瑟鼓湘灵笙吹子晋真仙来海上先期介寿恰好秦皇明日腊嘉平。”

---

① 此处倒乙，实则当为章太炎之《国故论衡》。

# 君子馆日记卷二

民国九年一月二日即旧历八年十一月十二日星期五，昨撰联二如左："才人合俪黄崇嘏，吏隐群钦李少温贺李问渠续弦，女家黄姓。""望断白云千里关山游子恨，风凄绛帐满天冰雪茂陵秋挽南霁生，右嵩之父。"

一月五日即旧历十一月十五日星期一，到局代平甫拟挽南霁生一联云："驿路瞻云游子伤心燕市月，鳣堂布化经师遗泽伏波村。"

一月七日即旧历十一月十七日星期三，出门至澍信堂看书，有明板《六臣注文选》，大字轩爽，出价三十两不卖，又有《千家集注杜诗》一部，签题南宋刻本，其实明人翻元刻也，京估已出价二十元，尚需加增方可买。

一月八日即旧历十一月十八日星期四，澍信堂来约今早往伊店，早十一钟出门即到伊处，云《六臣注文选》已卖，价银三拾两。十二钟至局，读《六臣注文选》，细校即缪艺风所藏明嘉靖袁氏翻宋本，与《艺风藏书记》所述悉同。按六臣注仍不出李注范围，精博远不逮李注，然亦有时可补其阙，且抒通作意处，颇便初学，故坊行评林本多所采录，固亦不可尽废也。

一月九日即旧历十一月十九日星期五，至明德书局看书，遇谢文卿久谈，到局已一钟后矣，五钟归。文卿余在日本调查学务时曾见，意以为留学生于旧学不甚注意。前日在乐天家会食复见之，略一倾谈，彼于吾国学问门径知之甚悉。今日复接谈经史词章，均能言之了了，且其气象亦极沉细静穆，绝无学生习气，甚可喜也。其堂兄号瑞生，好书画，昨在甘园处曾一见之，文华斋谢六之子也。

一月十日即旧历十一月二十日星期六，在张得禄处看王山史手写《左传》共十册，索价六百元，笔墨甚旧，然是否的出山史手，不可必。五钟归，还澍信堂石印《文选》一本。在裕兴看《史记汇纂》共十卷，清初人选，索价二元，《船山诗草》索价一元，未买。南右嵩送来其尊人墓志属改，太简略，因另作一篇，至鸡鸣始寝。

一月十五日即旧历十一月二十五日星期四，昨夜代仲和拟蔡太翁挽联一付："初度古稀年龙蛇入梦七十一岁，恰当长至日鹤雁迎归冬月初二。"早仲和遣人来索苏打，并将联语改定付之，改之如左："渭北春归葭琯刚逢长至日，岭头云暗椿龄初过古稀年。"

一月十六日即旧历十一月二十六日星期五，昨夜成贺田毅民团长尊翁寿联一付，与胡平甫合送："哲嗣能传司马法，耆年合锡富民侯。"

一月十九日即旧历十一月二十九日星期一，早九钟，仲和来，同往高府祝寿，今日正期也。看戏《珍珠塔》全本，脚色甚佳。譬如作文，聚精会神之佳构，通篇无一懈笔，颇难得也。

一月二十一日即旧历十二月一日星期三，张节臣来谈，新购《角山楼类腋》一部，赠之节臣。拟南霁生挽联二付，其一甚佳，录如左："生而为英死而为灵石曼卿主芙蓉城公宰洛川后先媲美，行可以榘言可以范曹子建著学官颂我惭大雅称述无能。"

二月一日即旧历十二月十二日星期，看敬之，稍谈归。敬之言有《王子安详注集》甚佳，当向文瑞楼购之。昨夜至今午得大雪，欢喜无量。

二月十二日即旧历十二月二十三日星期四，昨晚拟老母寿联二付："春归九日，节届千秋。""诗咏南陔洁白以养，年齐西母福寿而康。"又书常铭卿屏一幅、韩绾青对一幅，集长吉句云："薄雾压花蕙兰气，羲和敲日玻璃声。"

二月二十九日即旧历正月初十日星期，昨夜成挽联一付，代谢吉三挽桂汉臣太夫人："贤郎号百里神君治谱流传棠阴比事，慈母乃万家生佛祥云拥护蓬岛归真。”今午始改定，羌无故实，甚难切合也。

三月九日即旧历正月十九日星期二，昨晚拟挽曾子才祖老大人联一付代明侯厅长：“元养参参养晳曾氏家风一门贤孝，公惭卿卿惭长太邱道范百代仪型。”

三月十日即旧历正月二十日星期三，昨夜复成挽曾太公联一付，拟与谢吉山同送也，联云：“家学渊源远溯南丰类稿，名山俎豆近依丞相祠堂葬于定军山阳。”

三月十三日即旧历正月二十三日星期六，仲和函托拟对联送仁济堂药铺开张：“仁民常蓄笼中药，济世仍多海上方。”

三月十四日即旧历正月二十四日星期，郭希仁来谈，托代撰挽曾太公联云：“至德可师图画百城夙仰太邱道范，佳城永奠馨香万古常依丞相祠堂。”

四月一日即旧历二月十三日星期四，看希仁，知常铭卿堕水死，十六日午开追悼会。伤哉，吾门佳士日益零落。

四月二日即旧历二月十四日星期五，写致振新书社函一件，汇洋四元、邮票四角七分，购书七种，作挽铭卿联一付云：“浊世难与居羡君泊罗江边下从屈子堕洛河死，清才不易得痛我草玄亭畔又哭侯芭。”

四月十一日即旧历二月二十三日星期，十钟去至桂汉臣家吊其太夫人，见孟益民约同至其家，看旧拓《九成宫》，有翁松禅跋云“系宋拓，其实并不旧，恐非此板”之跋语，十七帖一本甚佳，云某君得自朝邑刘氏。

四月十三日即旧历二月二十五日星期二，读徐湘秋兰生，南京人《集词诗钞》，天衣无缝，不亚黄唐堂《香屑集》也。

五月九日即旧历三月二十一日星期，前日代胡丽生拟挽督军王夫人联如左：“月冷空闺伤心绣褓三龄女，魂归净土回首红尘十九年。”

五月十日即旧历三月二十二日星期一，晚改胡丽生诗四首，题《系题〈柳阴卧马图〉末》一首，全改曰：“天涯何处逐英雄，飚叔而今不豢龙。解斥银鞍弃金勒，绿杨芳草卧春风。”并书复函，示以七绝平仄。

五月十四日即旧历三月二十六日星期五，看《湖南官报书目》一本，内有《历朝经学史》三卷，罗田王葆(山)[心]撰官报局主任，甚闳博京城优级师范，曾印于京华书局，已及十之六七，东南俶扰而止；《古文词通议》罗田王葆心撰二十卷，本名《高等文学讲义》，止八卷，曾印行于汉口维新书局，再版于河南学务公所。会萃群书至六七百种，林琴南云："百年无此作，则其书可想，惜无处觅得一观之也。”又长沙吴家瑞撰《老子述韩》二卷；长沙曹镜初《墨子曹氏笺》十五卷、《读骚论世》二卷《屈子编年》《列传辨证》《诸家叙赞辨证》《天问疏证》；长沙胡兆鸾《墨子尚书古义》三卷，均当可观，记于此以俟搜罗。

五月二十三日即旧历四月初六日星期，软脚会今日定在实业厅，十钟余先到厅，十一钟糜仲章来，十二钟周济生来，一钟会友续到齐子端未到。仲章作诗一首，仲唐、竹言各作二首，四钟散。桓卿处见魏元铨、元略、元彦新出元氏志共三十八种诸墓志，均极佳。《元铨志》据云十二元之代价，新出土之品如此之贵，甚怪。

五月二十九日即旧历四月十二日星期六，段济〇来，恒煜送茶食二封，又赠金文拓片六十张，连前共一百二十九开，皆精拓本，可贵也。此物丁君芾庭麟年所藏，辛亥之乱段君之兄在街头购得者。其兄故，济〇检点书簏得之，举而赠我，而我之旧藏散失都尽，得此稍可解嘲也。

五月三十日即旧历四月十三日星期，今日软脚会第十次，会址在祝竹严景楼上，十二钟到，人尚未齐，一点半人始到齐。余出谜二十余条，猜去约三分之二。诗钟题为“石榴花”“诸葛亮”，余作二联云：“美人颜色红裙妒，丞相祠堂碧草春。”“三分割据终身恨，五月繁华照眼明。”

六月二十日即旧历午节星期，拟挽憨次端封翁联：“有丈夫子三人教成鸾凤，先我佛生一日梦应龙蛇四月初七日殁。”

六月二十一日即旧历五月初六日星期一，昨夜成挽贾菩生太夫人联一付："数海屋之仙筹大年五九，驾云軿而上驶逢令重三。"又代郭希仁一联："蓬岛归空正吉月良辰节逢上巳，萱庭多乐有贤孙令子福备林壬。"

七月四日即旧历五月十九日星期，早十钟至俱乐部，今日为软脚会第十四次，禾父以足疾未来，卢子鹤今日新入会，会员共有十五人矣。郭抟九来觅才坡，谈及顾华伯有五十自寿诗二十首颇佳云。四钟散，中途足疾又犯，归急以水温之，约一钟时遂止。

七月二十四日即旧历五月初九日星期六，携宣儿至图书馆。今日撞诗钟，嵌字"之笠"二字。余作两联，一取元、一取第三："之江曲绕巴山路，笠泽新刊鲁望书。""之而作器传周礼，笠屐成图说志苏。"

七月二十六日即旧历五月十一日星期一，为厅长撰寿杨耀海封翁联云："四月八日为生辰是瞿昙再世，二首六身书亥字与绛老齐年。"

八月十(三)[二]日即旧历六月二十八日星期四，早省长来召，十钟至省署，先见竹言，少时见省长，云军事略定，急应整顿实业。命拟条陈，就轻而易举事兴办一二，并普饬各县购买棉子，明岁认真讲究棉业。湖南新出人工纺织器具，酌量购数具，以为百姓倡。就近择开煤矿，以济晋炭之穷。谈毕复往竹言处，少时刘次风亦来，余即往厅与诸人商之。

八月十五日即旧历七月初二日星期，答拜杨礼堂守敬，见《二十四史统计表》一书附《沿革表》并《表》共三种，约书五六十本，偃师人某所著，有武虚谷叙其书颇宏富，而未知名。别有料半纸印淮南局本《楚词》一部极可爱，钞本《曲谱》中有《乔醋》一折，拟借钞之。

八月二十日即旧历七月初七日星期五，代拟挽督军刘夫人联一付交之，联语如左："阃内仰高风八座尊荣尚能勤俭持家聪明好学，闺中失良友一朝诀别难忘绮窗共绣纱幔谈经。"

八月二十三日即旧历七月初十日星期一，昨今两日读世父子林公文集、万伯舒丈《豫斋集》、仲桓丈《补蹉跎斋集》共四本，两夜圈点一过。

八月二十六日即旧历七月十三日星期四，灯下撰挽督军刘夫人联："夫婿本湖海英雄戎马驰驱而汉南而渭北而节钺关中十载艰难资内助，陈氏实颍川望族庭帏雍穆亦佳妇亦令妻亦勤劬贤母千秋淑慎仰名门。""相夫子十年名垂彤管，先天孙三日驾返银河。""勤苦八年余一夕秋风返瑶岛，凄凉三日后双星良夜会银河。""一叶落秋风入世年华悲锦瑟，十年成大梦悼亡词句写乌丝。"

八月二十七日即旧历七月十四日，改作联语如左："嫁得湖海英雄出入戎行而汉南而渭北而节钺关中十载艰难资内助，并取郝锺礼法主持家政为贤妇为令妻为慈仁阿姆一门雍肃仰遗型。"

八月二十八日即旧历七月十五日星期六，洗元、吉山均托拟联，因更凑一联，合得五联："秋冷乐游原马鬣封崇新卜地，神伤荀奉倩乌丝集赋悼亡词。"厅长、楚材、吉山、洗元并自用，适敷用，如再有浼作者则难著笔矣。

九月一日即旧历七月十九日星期三，昨日为楚材撰贺宋绍正续弦喜联一付："夫婿才华今宋玉，贤媛望族古宏农女家杨姓。"

九月六日即旧历二十四日星期一，昨晚复幼农信，今午付邮，托购《历代疆域图》。早九钟张子寿携严翔鹤书来见，十钟刘养伯来谈。检《经解》短四百四十六七八、七百六十七四卷，函希仁商补，缘希仁购得此书残本一部也。

九月二十二日即旧历八月十一日，作《左文襄墨迹跋语》一则，录下："泾阳徐熙庵太常，在谏院著直声，治河多政绩，人鲜传者。曾典试湖南，以搜遗卷，得文襄兄弟，士林至今以为嘉话。夫以文襄之才之识，不遇太常，终有识之者；就令不获一第，终当以功名著于天下。惟太常则因拔文襄以显名，今之大人，奈何不好士。"

十月二日即旧历八月二十一日星期六，昨日拟挽刘介夫太翁联云："教诸子法言躬行不怠，悟大慧宗旨含笑而终。"早十一钟至厅书之，并为楚材书联一付，其文云："菲史枕经从此三秦失泰斗，归真返璞果然一笑证如来。"节尘作也。

十月三日即旧历八月二十二日星期，拟挽周季贞夫人杨夫人联，致季贞慰丧偶启一封："撒手人间偏逢七夕，伤心天上正会双星。"

十月五日即旧历八月二十四日星期二，挽路夫人联："叹逝悼亡凄凉才过中秋节，相夫教子遐迩都称内助贤。"

十月七日即旧历八月二十六日星期四，昨夜改路禾父夫人事略，并和仲唐诗一首《仲唐以照片见赠并媵以诗依韵奉答》："鹰鹯抟击在层霄，枳棘鸾皇屈下僚。书合羲之称北面，诗如元亮冠南朝。丰标画里看逾峻，块垒胸中知未消。今夕吾乡好明月，与君驾鹤听吹箫。"附原唱黄福藻仲唐："一老岿然灿碧霄，养亲不畏屈闲僚。桓荣绝学尊三辅，任昉高文冠六朝。镜里容光人未老，天涯烽火恨难消。程门早已称私淑，愧少新词佐玉箫。"早起改原诗云："抟击鹰鹯满九霄，谁知鸾凤在闲僚。清词如水倾三峡，狂笔通天接六朝。纸上风裁秋更峻，胸中块垒酒难消。吾乡明月今宵好，骑鹤同君听玉箫。"

十月二十三日即旧历九月十二日星期六，挽路禾父夫人志冰金夫人："故国迢迢流水栖鸦钟阜月，新阡郁郁西风残照乐游原。"挽石又謇代仲和："昔参莲幕称名士，今主蓉城作散仙。"贺党松年为世兄合(臆)[卺]集句："郎君下笔惊鹦鹉义山，嬴女吹箫引凤雏渔洋。"

十月二十八日即旧历九月十七日星期四，祝金浣东太夫人七旬寿联九月十八日："祝万岁千秋寿齐金母，后重阳九日酒进琼觞。"

十月二十九日即旧历九月十八日星期五，早十钟至金浣东家祝寿，见敬之一联云："母教著甘泉介寿秺侯斟菊酒，女宗瞻建业承欢束晳补笙诗。"颇典重。

十一月一日即旧历九月二十一日星期一，昨夜成《浪淘沙》一阕题《溪山无尽图》，为高汉湘厅长作，早起书之，并将前日戏作一律书丁卷中："画手有荆关。挥洒云烟。峰峦重叠水湾环。一幅剡藤天万里，无尽溪山。　落叶满长安。景色荒寒。披图我羡白云间。便欲将身移画里，跳出人寰。”

十一月十七日即旧历十月初八日星期三，至敬之家，今日请客，并为诗钟之戏。贾莕生首座，右次张衡玉、邱莼汀、卢子鹤、祝竹言、周子敬、景莘农、翟新斋。钟题“郭泰熏笼”，余作两联：“千秋碑记中郎笔，三日衣留荀令香。”此联取第四，余一联因拗句被屏。敬之第一，其联颇佳：“游学鸾宫巾垫一，纳妃龙邸聘贻双。”余惟嫌其“龙邸”“鸾宫”之字皆本典，所无浑成，终未到也。但诗钟之体向贵纤巧，而不贵浑成也。八钟散。

十一月二十八日即旧历十月十九日星期，午后一钟代仲和拟挽联二付云：“往事难忘樽酒言欢廿年共饮枌榆社，余怀曷已穗帷高挂一卷空留淮海词挽秦枳斋。”“往事忆三十年前对渭水晴光时怀旧雨，噩耗来二千里外望淇园菉竹空赋停云挽樊仲民。”

十二月九日即旧历十月三十日星期四，撰胶东道尹吴永夫人盛氏联：“月暗双珠故剑怆怀吴季子，台倾重璧灵輀遥酹盛夫人。”

十二月十日即旧历十一月初一日星期五，评子逸、右任诗卷毕，和子逸诗一章。子彝诗卷中有见怀之作，依均答之，诗别存。

十二月十六日即旧历十一月初七日，晚约九钟地震，时甚久，余家西边墙震陊一堵。

十二月十七日即旧历十一月初八日星期五，早集姚武功联拟为莱坡书之：“绕舍惟藤架《武功县中作三十首》之一‘侵阶是药畦’，凭栏记叶窠《武功县中作三十首》之九‘就架题书目’。”

十二月二十一日即旧历十一月十二日星期二，写挽联一付，并写莱坡小对，挽涂老姑母何太夫人：“月冷萱帏淑德常留青史范，灰飞葭琯仙軿遽返白云乡。”

十二月二十八日即旧历十一月(二十)[十九]日星期二，早十一钟复地震，微动，余未觉而家人俱云然，想心怯所致。十二钟出门至厅，写条幅四，为李文轩。四钟后与涛甥同车归。今日大雪，雪水烹茗甚佳。节尘代拟秦少观太夫人寿诗四绝颇佳，吴保珊所托也。

民国十年一月六日即旧历九年十一月二十八日星期四，昨夜成《题郑丽泉先生耕余教子图》四绝句，即刻写成，今早遣人送之。又拟联一付代王勉之，亦并送去。又函索希仁新印《说文部首联语》录左，诗稿写入札记中。贺袁佐卿为其尊人立碑代王勉之："士类争归袁彦伯，书词无愧蔡中郎。"

一月八日即旧历十一月三十日星期六，今日读《白香词谱笺》始毕，朱圈一过，是一好读本也。

一月二十二日即旧历十二月十四日星期六，自十六日病至今日始愈共病六日，卧床看《诗人玉屑》一部、山谷七律一卷《十八家诗钞》本，虽病未始能闲也。

二月十九日即旧历正月十二日星期六，顾鼎梅寄赠自著金石书六种寄到。

三月十五日即旧历二月初六日星期二，秦枳丈志倩顾华伯代拟，另钞一过便送其家。晚代厅长作挽联二付如左，挽张子诚大令："检箧内遗书民危燕雀国沸蜩螗问四海混茫谁施补救，仰洛中耆旧泽在枌榆教成桃李应百城图画永载仪型。""作三晋之福星棠树留阴四野讴歌沐时雨，弃一官如敝屣梓乡遗爱满城桃李泣春风。"

四月十四日即旧历三月初七日星期四，早顾鼎梅自卫辉来，十年不见，畅谈甚快。十一钟同车至土地庙什字，鼎梅归。为次公撰挽邹申甫联一付如左："吾师本经济为文章综核生平宦游四省服官廿载著绩千秋大有流传数卷遗书订庵集，小子以门人居幕府低徊往事提倡实业振兴教育整饬吏治忝参末议三年侍座见山楼。"

四月二十五日即旧历三月十八日星期，今日拟挽赖太夫人联一付，代次元厅长："慈母为奕世所宗怜孤寡恤贫困济物利人好善之忱老而弥笃，令子著循吏之绩职京曹官陕右明刑弼教平情以听民自不冤。"

五月二日即旧历三月二十五日星期一，在老贾处得辛亥年许君号尔康名泽者日记一本，归读之。内载对联一颇佳，录之："嗟君此别意何如忆白头亲老黄口儿孤大弦小弦齐断声触物兴悲鸿雁不堪愁里听，回首故国归未得指秦树两行蜀山万点来魂返魂好寻路临风薄暮杜鹃休向耳边啼。"又，篇首骈文自序一则亦佳。

五月十六日即旧历四月初九日星期一，早仲和来托拟陈配岳寿联。十一时到厅，厅长二时来，云寿文竹言、敬之谓起笔类于祭文，须改。其实吾本于方宦顾先生曾烜也，顾文如此起法甚多，而荣仲华寿叙起笔，正吾所仿也。三钟，敬之改过送来。

五月二十日即旧历四月十三日星期五，代厅长拟挽柏孝龙联一付云："觅高士幽居沣水绕门南山当户，颂神君遗爱百花潭畔万里桥西。"

七月六日即旧历六月初二日星期三，步行至厅，至二钟时，传闻东方人有闻炮声，且见军队西去者甚促，讹言大起，即行闭市，余亦归。

七月七日即旧历六月初三日星期四，陈督昨日午后三钟出城，今日阎督入城，早觅车不得，盖均往东关迓新督也。

七月十三日即旧历六月初九日星期三，十钟步至厅，厅长前晚归，云只至咸阳闻陈督已入山，因即折归，晚已至厅。余未去，故不知也。今日十一钟来，二钟去，余亦即归。

八月二日即旧历六月二十九日星期二，程仲皋赠吴让之写刻本《栖云山馆词》，又送来停云残本《书谱》命鉴定，确是原刻，只缺末后一二页，索价两元，真难得也。

八月十三日即旧历七月初十日星期六，余行至黄公祠门，忽见途人奔走甚急，云闻西关有炮声，行至家尚无动静，隔半钟时，枪声续起，连闻十余响。薄暮雷振之来，述冯旅长诛郭坚并钞掠其家。

八月十四日即旧历七月十一日星期，早起，时约九钟即出门，至马良甫处遇李问渠，确知郭坚业已枪决。

八月二十三日即旧历七月二十日星期二，早，忽省长来请，因即前往，久候始见。锡侯亦在坐，少时希仁来，盖拟令吾与希仁同往泾阳见笠僧也。二钟谒督军，并见周理庵、冯禹门、周玉芙，复见参谋长张康侯，仍归省署，见省长后归。

八月二十四日即旧历七月二十一日星期三，见岳持斋，因共至节兄处问，持斋命将理儿书箱送来。少时楚材、吉山均来，楚材约吃木兰居。三时出厅，五时归。传闻阎督出缺，甚怪。归，少时敬之函询此事，因即往谈论，久之终不解。归闻法侄言系郭坚余党所刺，仲唐来言确是已故，致死之由尚不知，因函告敬之。

八月二十五日即旧历七月二十二日星期四，大雨终日，未出门。已亥在泾阳手校谢本《荀子》，辛亥在金陵失去两本，近特别购一部重校补之，凡三日校之，只余一卷，明日破一日之功，必竣事也。

八月二十六日即旧历七月二十三日星期五，大雨终日，午后二钟，楚材函约偕吊督军，即乘车至厅，同往督署，四钟归。晚省长来请，因即乘车往，希仁已先在，仍命往河北，定后日行，督署周理庵、冯禹门并一周姓者明日先往，留餐后归，约明日五钟至省署。今日并见孟符、次元。

八月二十九日即旧历七月二十六日星期一，早七钟兴，候马至，八时半起身，在警察署遇唐昆生、金幼庵，闲谈时许希仁始来，即行。薄暮至咸阳，渡渭行十余里，拟宿大王庙，驻军无歇处，复行四五里住新庄小学堂。

八月三十日即旧历七月二十七日星期二，早七钟半行十里，修石渡渡泾河，十一钟到泾阳，住田润初营部，即知事公署。督军所遣周理庵、冯禹门、周明星三君亦初到，彼皆二十七日出省，直往渡河，为河阻隔，行四日始到也。傍晚胡笠僧始来，未即多谈，伊往周、冯处未归。

八月三十一日即旧历七月二十八日星期[三]，早八钟兴，柏厚甫来久谈，笠僧同往天泰永茶店，送周、冯诸君返省，复同归。午后书屏条对联数付润初、德舆、王善生。晚笠僧回三原，话已说定，笠僧一面无难解之处，惟右任尚无下台之意，亦实无下台之善法也。

九月一日即旧历七月二十九日星期四，早七钟半起身，师之敬偕归，九钟半至修石渡泾，费时约二十分。十一钟至撮口渡渭，费时约三十分，并休息统计一点钟，十二钟半起身，四钟半回省，至省署复命。省长他出，见竹言约略一谈归。

九月二日即旧历八月初一日星期五，早十一钟乘车至省署，希仁先来，在敬之处相候，因同见竹言。见省长复命销差，省长令往见冯焕章督署，令薛秀清介绍同往。二钟见面，谈毕令与笠僧通信，因商令希仁起草，明晚来我家相商云。

九月三日即旧历八月初二日星期六，三钟希仁来，携致笠僧稿，商定誊清，令武振送去。

九月五日即旧历八月初四日星期一，晚接冯督聘书一件，聘充督署顾问，由薛岫青转交。

九月七日即旧历八月初六日星期三，早十钟谒冯督，正值期上讲堂，挂号而去。

九月十五日即旧历八月十四日星期四，早十一钟乘车至督署。督军阅操，至一钟方入座，参谋长门致中作陪，席中冯督始至。席用中餐，西式菜无多，然颇可口，可谓俭而不陋。同席希仁、蕴生、立如、锡侯、念堂、葆珊、桐轩、俊生、秀清、春谷，饭后阅兵，纪律严明，精神振奋，称为军人模范不愧也。赠《精神书》两部。

九月十九日即旧历八月十八日星期一，昨夜入梦未久，忽为炮声警醒，阖家人俱醒，时方一钟四十分，二钟后炮声息，复睡。今早方知东军在张飞生旅部办公处拘人，其原因言人人殊。城门未开，故今日未到厅。

九月二十日即旧历八月十九日星期二，官兵与土匪在鱼化寨开仗，城门甚紧。

九月二十四日即旧历八月二十三日星期六，早九钟张丹屏藩来，托为飞生说项。十钟接飞生信，十二钟答拜丹屏未见，因即刻行也。

一钟至商会，一钟半至薛秀清许，并见段冈伯。少时希仁来，因即同谒督军久谈，飞生似无大碍，惟督军甚恨张铎，盖疾恶如仇，其天性然也。

十一月五日即旧历十月初六日星期六，早十钟往葆珊看滋蕙堂一部，仇实甫《汉使遣嫁图》手卷甚佳，惟剥落太甚。黄瘿瓢画册、王阮亭诸人字画各一，阮亭两叶甚佳。

十一月十二日即旧历十月十三日星期六，早华伯来谈代撰刘耀廷墓碑，并二联送来，充畅流丽，可佩也。

十一月[二]十七日即旧历十月二十八日星期，早兴，车未来，笠僧约至师部吃早饭毕，上车时已九钟，笠僧送至城外，握手而别，车行极快。泾河及汉河均未乘船，渭河渡亦甚速约三十分钟。二钟左水店打尖，三钟半行，七钟到办公处。

十二月五日即旧历十一月初七日星期，至小亭家，并见金幼安、涂心培略谈。小亭新购《日知录集释》，连半纸印朱笔点勘甚佳，价只六元，可羡也。接笠僧聘书，聘为暂编陕西陆军第一师顾问。余今日身兼五头衔而不名一钱，冤哉！

十二月二十日即旧历十一月二十二日星期二，早十一钟，蕴生来，同往协议会。约二钟，来八人，共看葆山、冈伯两稿甚妥，即照缮出。偕蕴生、冈伯、聘初同看秀清，述昨冯督自陈困难，必须设法解之，所以保善人也。

十二月二十四日即旧历十一月二十六日星期六，早十二钟至自治会，二时开议毕。胡笠僧有电来，因即同希仁、扶万至督署，代陈胡意，请将所允收来司令部经费二万元速发即启节南行，又言协议会以俱乐部为会所，又言请告戒学生示威运动不可过激，均允行。赠十六旅八九两年纪实一部。

十二月三十日即旧历十二月初二日星期五，早十二钟到善后协议会长安俱乐部。今日公请三原派来新议员。三钟开会，四钟入席，共四桌，陪客竹言、林开甲、沙月波、薛了良、吴晓川、刘定五、刘养伯。竹言未到，开甲回三原，余均到。五钟散，约继续开会，议决三原诸事。

# 君子馆日记卷三

民国十一年一月六日即旧历十二月初九日星期五，早为图书馆水心亭书联一付，集唐句，颇切合："林闲扫石安棋局李(印)[郢]，水面回风聚落花张[蠙]。"盖亭中位有大石作棋局之用，四围活水回绕之，两语诸意均到，且系唐人熟句，故善也。十二钟至会，会议举扶万、定午、仲三赴府院赴吴曹诸处，呼吁速济军费，稍减吾民负担，此一重大事也。

一月七日即旧历十二月初十日星期六，书贺竹言抱孙联，车中撰成，颇切合也。"启福斋中梅结子《仙经》十一月十一日为启福斋，怀星堂下竹生孙祝允明有《怀星堂集》三十卷。"扶万言直奉当经决裂，不日大局有大变动也。寿亭来，将陕省商业状况并出产、种类、地点，详造三表携来，检阅详明，令伊即行封好付邮。

一月二十三日即旧历十二月二十六日星期一，"吾国以农立国数千年矣，新理日出而农服先畴不知改步，学者心通其理，率未身亲陇亩、手把锄犁，天时、人事未尽知之，学虽精未必见之施行也。地利物土之宜，人民之财力瞢无所知，而欲取数万里外、近数年之新法一步一趋，强吾国以行，无怪其枘凿不相入也。农会诸君近有《劝农浅说》之刊，举最新之学理，出以最浅之词，稍识字者能读之，无异家至而户说之也，吾国农事庶乎其有进步乎。"右《劝农浅说》题词，张午中属作，久未应命。今早饬人来取，下床勉凑成之。

一月二十六日即旧历十二月二十九日星期四，代吉山拟春联一付，集康乐、苏州句曰："池塘生春草，杨柳散和风。"对颇工且切谢姓，额题"东望夏口"并切鄂人也。

二月二日即旧历正月初六日星期四，晚读《宋言行录》别集下第一至第五卷李纲、吕颐浩、朱胜非、张俊、赵鼎、宗泽六传。

二月五日即旧历正月初九日星期，读《益世报》数十张。一月十七号载河南省议会条陈没收匪产作自治会经费一案，甚合人心。闻省长已交参事会议决，公布施行，此事各省皆可仿行，诚澄清盗匪釜底抽薪法也。

三月十三日即旧历二月十五日星期一，梅仁山借来梅筠谷先生芳伯言先生之弟钞本杂文，内有世父子林公风枝七律数首，未暇钞录。

三月十七日即旧历二月十九日星期五，祝吴子玉巡使四十九寿联三月初七清明："节近清明草长莺飞正暮春三月，人归洛浦良辰美景祝名将千秋定五拟日内回洛阳。""名世应五百昌期海屋仙筹盈大衍，岁华到三分佳处雨丝烟柳欲清明。"

三月十九日即旧历二月二十一日星期，早九钟半至商会，袁岱松已来。少时薛子良、郭希仁皆到，商议督军拟办通俗教育事，议定先由省城内分四区各办讲演所一，以县署为主管机关，长安讲演所为执行机关，限一月成立，先将此意由薛、袁面告督军。星期二早十钟，余三人再见督军细商，十二钟归。

三月二十一日即旧历二月二十三日星期二，早十一钟至协议会，武念堂提议请饬第一师速行开拔，毋令久驻渭北一带，民力供给不胜，全体通过。为成柏人代撰娶亲对一付："三十初婚洞里桃花应对我，百龄养志堂前萱草解忘忧。"

四月六日即旧历三月初十日星期四，督军来招即往，托询访探矿人材，并问贾小侯之历史，并令讲《左传・鞌之战》一篇。见张之江旅长，刘定五亦来，余恐有军事谈话，即告辞归。

四月十四日即旧历三月十八日星期五，昨夜眠甚迟，枕上作今雨雅社课，得词二首。《卜算子留春》："今日是清明，昨夜惊风雨。柳絮漫天作雪飞，芳草天涯路。　　杜宇耳边啼，燕子花间语。诉尽离愁总不听，还是要、匆匆去。"《前调送春》："看遍帝城花，折遍离亭柳。

无计留春转送春，此意君知否。　　但道不相忘，何必长相守。且嘱明年及早归，岭上寒香逗。”

四月二十日即旧历三月二十四日星期四，早四钟半兴，唤车至。约五钟赶赴东关送冯督，行至端履门探询，冯督业于十二钟出城，其时已过临潼县矣。因转归复睡，十一钟起即至厅，同人邀求在财厅及省长处恳请发款以救眉急。与午中议，余往财厅，午中见省长面陈困难云云。笠僧信吉山派人专送，大约后日可见回音。然东方消息甚恶，吴使大有失败之势，恐陕军未必能开拔也。

四月二十一日即旧历三月二十五日星期五，至商会门为蕴生邀入，笠僧处来电，与我及蕴生、希仁索冯督留存票银八千一百余两，修工业学校洋楼，补修红十字会医院。此款原留作社会教育之用，吾三人断不便擅为处分，因复同车访希仁，希仁云明日善后会席上谈后作答。

四月二十三日即旧历三月二十七日星期，早九钟半出门，至厅正十钟，梁厅长亦于是时到。当即接印，接印后即行，盖今日又向盐务保运局交卸。代孙少林跋打本《昭陵石马白蹄乌》：“集长吉句：‘此马非凡马《马诗》其四，银蹄白踢烟《马诗》第一。只今掊白草《马诗》其十六，何忍重加鞭。’《昭陵石刻白蹄乌》打本，老马伏枥，无复千里之志。因蓉芳兄索题，怅然有感于中，集昌谷句为此以应命。”

四月二十七日即旧历四月初一日星期四，早十钟出门，遇少林云前诗系青骓，须另作。因改之云：“神骓泣向风《马诗》其十，拳毛属太宗其十六。只今掊白草其十六，何处逐英雄其十。”

四月二十九日即旧历四月初三日星期六，题《昭陵石刻青骓代孙少林》：“昭陵数片石，久没蓬蒿中。伊洛还多事，神骓泣向风末句借昌谷句。”

五月十七日即旧历四月二十一日星期三，往厅，代厅长拟贺冯督调豫督兼直鲁豫巡阅副使，厅长命诚一拟稿，诚一以不能四六为辞，浼我操笔，中有语云“节制一省，巡察三州，镇中原、扼南北之枢机，佐司隶、作屏藩于畿辅”云云，颇切题。

五月十八日即旧历四月二十二日星期四，见督署军医课课员许岘青名游湖，南宁乡人，冯督电调与仲三约伴同行。许善文，禀前在《军事日刊》中见其游记两篇、七律两首颇佳，四六笔气雅近樊山夫子。

五月二十一日即旧历四月二十五日星期，今日国粹学社延余讲经，以无暇却之。至湖广会馆，今日社中同人会议公举仲章为社长兼庶务，订每两星期聚一次，地点图书馆、湖广馆两处，早七钟至九钟，晚五钟至七钟，只备茶点不用酒食云云。

五月三十一日即旧历五月初五日星期三，早闻达媳病又加重，急起看之，请刘次青亦托辞不来，延至十二钟溘然长往，痛哉。是儿为吾次甥，少时曾鞠养吾家，为庶祖母刘孺人所卵育，嗣随大姊往沔县，十余年未见，既而归为吾家妇。上事慈亲，殷勤体帖，无微不至，老母甚爱怜之。由鄂而宁而沪而陕，随老母一步未离，真有相依为命之势。而吾数十年来食指愈众，生计愈艰。勤苦数十年，卒因积劳致疾而逝。由今溯昔，思之痛心。祝竹言遣人来送节礼，因函乞暂假一二百元为办后事。人去未久，刘省长遣人送来三百元，盖竹言以此况转达之，甚可感也。一钟子余弟为看枋，共洋六十元。三钟丰山弟亦自渭南病归，而到家已愈，即来帮同装敛。七钟半大敛成服，诸孙均梦梦，毫不晓悲苦，尤令人感痛也。敬之来候敛，三甥女头痛不能来，想亦悲伤所致。晚致陈姊丈函。

六月一日即旧历五月初六日星期四，访鼎梅，鼎梅以世父《金石考》原稿见还，并赠旧朱碇一碇半。

六月六日即旧历五月十一日星期二，代厅长拟挽杨耀海先生一联：“至德可师以勤俭传家诗书教子，佳城永奠在苻禺水畔石脆山边。”

六月十二日即旧历五月十七日星期一，代持斋撰联一付，托诚斋写。又代诚斋撰联一付挽宋甘亭丈五月端午亡：“大梦初醒正酒泛蒲觞门悬艾虎，流风未泯有词传红杏赋寄梅花。”

七月一日即旧历闰五月初七日星期六，自七月一日至十四日天气异常炎热，日趋公作，晚间不能伏案，数年所未有也。因太热故，老母伤暑致牵动胃痛旧疾，此阴历闰月十八日阳历七月十(一)[二]日事也。先一日午后，与家人作竹戏，晚间前半夜尚能看书，后半夜遂伤暑腹痛，天明后牵动胃疾，此亦常有之事。次早十九请梅雪庵来诊视，云脉象变常，恐三日即有危险云云。余尚未深信，盖老人神情固如常也。午往军医院拟求马蕴山针腿疾，忽遇杨叔吉在座，因邀归为老人复诊，据云脉象尚好，携瓶返红十字会医院配药，遣人送来即往督署办公。暮归，家人云服杨药无大效，此次犯病与他时异，饮食固不能进，即药亦不能下腹，老人自云亦如是，以故以药进即摇手不肯服。次早二十十四①神情仍如常，惟胃痛反侧不宁。至十一钟后不复能言，目视家人神光未散。约十一钟二十分后，目光忽暗，即换小衣，请安置堂屋。约十二钟遂弃不孝而长逝。呜呼痛哉，不孝自今永为无母之人矣！请阴阳择定亥时大敛，寿枋旧时置备未做里，急命匠做里。亥时大敛，即日夜发南郑、高邮、淮城信，发李约之信。二十一日，遣长班分报亲友。

七月十六日即旧历闰五月二十二日星期，今为老母三天。早仲和来吊，偕邢汉臣同来，少坐即去。秦绥之来，托将假条带交范润芳转呈督座。午后仲芳、瀞东充督座代表来奠，并送洋二百元，深可铭感。是日吊客约百人，晚济铨甥自汉中来谒老母，均不及见，痛哉！

七月十八日即旧历闰五月二十(三)[四]日星期二，早，文献征辑处来索校定《画墁录》，因未校还之，请转浼同人校勘。早七钟吴敬之来，昨晚约来陪督军也。六钟督署遣人送鱼翅祭席一桌，赏洋四元钱一串。七钟督军来奠祭，行旧礼，并面为慰问，情谊周挚，甚可感戴，坐约半钟去。

---

① 此处时间为民国十一年闰五月二十日，即阳历七月十四日，故而日记中标为“二十十四”。

七月二十一日即旧历闰五月二十七日星期五，发羲河持斋信，仲唐自三原归来吊，督署军需送来函一件，云奉督座手谕：毛某纯孝，足挽末世之颓风，今丁内艰，送治丧费现洋五百元云云。因即敬谨拜受，覆函云：奉读来函，并督座钧赐治丧费现洋五百元，敬谨拜领，没存均感，先此奉覆，缓日恭趋督座，匍匐叩谢云云。老母此次事出仓猝，手中不名一钱，慌急万状。督座体恤周至，情实可感，加以纯孝之名，愧怍无地矣。

七月三十一日即旧历六月初八日星期一，早十钟王伯龙、张献琛来吊。十钟半至督署，谢参谋长、谢参谋处副官、处参议室诸同事，军需、军法、军医三课长均在参谋处，见面叩谢。午后二钟见督座，并见陈次元、万钝庵。饭后归谢竹言并见乐天，吴敬则、谢敬之均见面。托敬之撰墓志，敬之谦让未允，并云可仿南右嵩自为之，其议甚是，惟哀痛之极，不能下笔，尚拟作二度之请求。

八月八日即旧历六月十六日星期二，早，接报知师母吕怡鸿老人于昨日戌时弃世，八钟乘人力车访鼎梅面交护照。十钟往吕府候敛，并见杨伯渊、李吉甫、赵冠儒诸君。

八月十八日即旧历六月二十六日星期五，早鼎梅来函，托在军署探东方情形以定行止。十一钟到署，六钟半归。晚鼎梅遣人来索复信，因详告之灵、阌、卢三县土匪甚横，于十六日破陕县潼关，憨司令奉令派梅团率兵五营助剿豫乱。

八月十九日即旧历六月二十七日星期六，昨挽成葆山一联："君今与造物者游应识浮生皆幻境，我方抱终天之恨更挥余泪哭良朋。"

八月二十四日即旧历七月初二日星期四，早，鼎梅将老母墓志稿送来，随送敬之鉴定。

八月二十六日即旧历七月初四日星期六，老母墓志昨送敬之鉴，今早送来，云文甚好，惟嫌叙事太略，我意初亦有此疑，继思哀启甚详，墓志体裁不宜繁冗。鼎梅此文雅饬，若加润饰便不能成合格文字，因即决定仍旧用之而以哀启补其缺逸，他时拟自为家传一首附刻家乘中。敬之去，余即出门访希仁，求其写墓志已允。希仁病喉已十余日，达儿竟未一言，荒谬已极。晚铨甥将墓铭誊出，清稿共七百七十余字，约计添入撰书、篆盖、人名才八百余字耳。书挽吕师母联一付云："硕学久为群士所宗岂仅词华高女界，小子方抱终天之痛更挥余泪向师门。"

八月二十七日即旧历七月初五日星期，至图书馆，今雨社集会于此，并见四川文伯子成都。书法北魏，久负重名，在汉南以文章教生徒，受学者甚众，与王鲁生相好，现寓蔡尧阶家。五钟散。

八月三十日即旧历七月初八日星期三，访鼎梅叩谢撰墓志，小谈即行。

九月十三日即旧历七月二十二日星期三，早至文献征集处，扶万奉委至河北禁烟。公推立如主任，刚伯来时，两人共主持处务庶务。李君辞职，蕴生荐王君锡恩，同人公认。并买挽联送张子宜太夫人，其辞云："驾返银河后天孙六日，阶罗玉树有令子四人。"武振归，由实业厅持回河南兵工局局长尚君得胜一函，云冯督拟招余到豫襄政务，嘱为函达云云。晚访蕴生闲谈，蕴云前日亦有电召伊与希仁，伊不能去，希仁本有意，秋间为曲阜之游，惟刻病不能出门，已函谢之矣。

九月十(四)[五]日即旧历七月二十四日星期五，仲唐将墓志写好亲送来，余未在家，书法甚好。

九月十六日即旧历七月[二]十五日星期六，复尚君函云："得胜先生大鉴：接诵惠书，如亲謦欬，良深庆幸迩，维起居安善为颂。冯公名德，近世无俦。私心钦崇，已非一日。昨岁旌麾莅陕，福我三秦。杰以一介迂儒，辱蒙青睐，情谊深挚，礼遇优渥。顷复拟召入幕中，赴豫匡襄大政，嘱公代达厚意。驽下之材，获孙阳之顾盼；沟中之断，得匠石之裁成，更深知遇之感。且冯公贤者也，佐贤者作事，尽一分力即有一分实利及民，此尤半生所祷求不可逢之际会，其为欣幸，何可名言。惟刻下实有为难者，慈亲葬期定在夏历九月，身无昆季，儿辈不材，丧葬诸事，即至纤细者，亦须躬自筹办，未安窀穸之前，实无远游之理。更有一节，杰淹滞实厅，欠薪不发，事蓄二字几不能供。刘雪帅兼督命下，即改委为督署参议，怜我贫也。慈亲弃养未三日，躬临奠辍，赙赠重金，厚谊高情，感深存殁。就道义言，就良心言，断不忍恝然舍而他去。冯公厚意只好报称于他时，伏惟婉转代陈，无任瞻望徘徊之至。谨颂勋绥，棘人毛昌杰谨覆。嗣后如蒙赐书，寄大湘子庙街敝寓或督署参议处均可，实业厅职久经辞却矣。"

九月十八日即旧历七月二十七日星期一，早，病未愈勉强出门，复王默公信，讣闻挂号寄京。到署十二钟，为润芳拟喜联四付，贺柴春霆为令郎桢完婚八月初二："莱彩堂前椿萱共茂，桂花香里人月同圆。""今日好花开并蒂，来朝秋色喜平分。""朱履三千跻华堂而上寿，彩车百两随秋色以西来。""喜气充庭筵开北海，将门有子学绍南溪宋柴中行五，学者称南溪先生。"又多拟一联，典故重复未用，云："鸿雁宾秋彩舆百两，燕雀贺夏朱履三千。"尚稳称。写致古书流通处一函，付邮票一角，索《宋六十家》《元四家集》样本。

九月二十五日即旧历八月初五日星期一，接仲和信，属代拟挽张子宜太夫人联一付如左："节近中元七月十三神归天国，年登上寿贤著乡邦。"

十月五日即旧历八月十五日星期四，访鼎梅久谈，鼎梅明早准行，车洋已付一半，大约更无移动矣。今日往访，正好送行。

十月八日即旧历八月十八日星期，访仲特、桐轩细谈。伊家为仲嫂开吊，只备点心不待酒席，竟费至五百元以外，力戒余刻意节俭，并云渭北各处麦全未种，后半年大局不知若何危难，万不可为一时虚荣计，而不为生计一筹虑。良友深识之言，至可钦佩，与钦韩表弟之论正同。

十月十三日即旧历八月二十三星期五，六钟余便道至白师家，将篆就墓志盖交之，令速刻。

十月二十二日即旧历九月初三日星期，余往寻胡师，命将墓志中误字速改，然已拓来二十余份矣，因便带十份归。四钟时忽接汉中电，侣竹姊丈于九月初一日未时、大姊于亥时同寿终，痛哉！吾同胞只两人耳，今年大媳死，老母丧，而吾姊又死，且与姊丈同去。吾生今世，谁为亲我者？

十月二十七日即旧历九月初八日星期五，恭拟祭告老母文："维中华民国十一年十月二十八日，不孝男昌杰谨以清酌庶羞之奠，敬告于吾母陈太宜人之灵曰：乌乎，吾母弃不孝而长逝，于今百有十日矣。此百有十日中，吾母温然之容不得而见也，蔼然之言不得而闻也。嗷然而号，力竭声嘶，吾母不吾应也；悄然以思，泣血椎心，吾母不吾知也。出必告，不闻戒早归也；入必面，不闻告夙寝也。朝夕上食，犹晨昏侍膳之常，不闻劝加餐也，寒不复衣之也，饥不复食之也，劳苦不复哀怜之也，疾痛不复抚掩而噢休之也。此百有十日中，所可时时抚摩，聊以寄恋慕之思者，惟此黝然七尺之棺也。而今已矣，卜人来告，将以翌日良辰，恭奉灵輀，永安幽室，并此黝然七尺之棺亦不得而见也。呜乎哀哉。尚飨。"右奉安窀穸，先一夕告祭。文昨夜拟定，今早起自书之。

十月二十八日即旧历九月初九日星期六，今日为慈亲设奠告庙，点主即于今日领帖，自晨八钟起，至午后八钟止，来吊者共二百二十三人，女客约三十余人，女客未登礼簿，无确数可计也。督座因有事迟至十一钟始来，送奠仪洋四百元、翅席一桌。午后二钟，点主大宾郭蕴生，襄题吴敬之、刘春谷，晚八钟行三献礼，九钟半彻奠，即用自撰祭文，黄仲唐兄宣读。

十月二十九日即旧历九月初十日星期，早五钟半起，六钟客已有来者，因吾本定七钟启灵故也，无奈杠房来迟，七钟始告奠，至九钟方启灵，至墓正十一钟。又候阴阳先生，略迟延，下葬分金正十二钟。余候封堂后奉神主乘轿归，到家安神，约在二钟时。今日送灵者甚众，督座遣代表曹子斌、王保良两参谋来送殡，直送至墓上。金浣东兄亦来。送至城外归者约三十余人，直送至葬所者又二十余人，女宾十余人吾家共定车十辆。曲江池摆路祭者凡七十余家，此慈亲盛德足以感动，人之钦仰也。晚达儿归，慈亲百日以日计，当在八月三十日，因八月小建，故改为今日，既云百日，似当以日计，不当以月计，此等事在《礼经》无可依据，只好以意断之也。

十一月五日即旧历九月十七日星期，早十钟与内子携达儿、牛孙、湘孙、辰娃、引弟同下乡，与老母覆土。冯三在坟照应，给钱五百。回至岳家约十二钟，购买董老八地今日丈量，地邻急切不到，余不耐候，因偕内子至鸿沟岸三雪宫一游，归时见雨点，急收拾归，丈地事留振东兄弟代办。到家约三钟，禾父请饭，谢之。今日为其太夫人寿，素服不便与吉事。且慈亲新丧，每与宾客会谈，偶有感触，情不自禁涕泣之故，凡吉庆宴会一概谢绝，礼到人不到，当亦有识者所能曲谅也。

十一月二十三日即旧历十月初五日星期四，早十一钟至关帝庙吊大姊，今日五七之期，敬之诵经一日，吾家放焰口一夜，至庙未许时即行。甘园亦在座，谈及墓志价云每分一角余，已不为少。晚写条幅对数纸、挽联二付，挽刘俊生参议太夫人任："哲嗣为南服英豪功高陕右，慈母是太任苗裔贤媲岐阳。"挽郗立丞太翁缄三先生八月十四日卒，葬龙渠湾："蟾月初圆少微遽陨，龙渠一曲幽室潜藏。"

十一月二十七日即旧历十月初九日星期一，写挽大姊夫妇联，令铨甥带归。写致顾抃鳌信，要《金石存逸考》五部，复信云令匠重印明日可送到。挽侣竹姊丈、大姊同日仙逝，去慈亲之丧才百日耳，痛何如也："百年静好一夕偕归摇落秋风缑氏山头同跨鹤，慈竹初摧棣华又陨凄凉夜月秭归峡里独闻猿。"

十一月三十日即旧历十月十二日星期四，早十钟唐芝初来托改诗，略坐去。十二钟将出门而雨麓来，极夸张马神庙韩姓道术之神奇，十二钟半去，余即到署。治公之暇为芝初改诗，四律居然可用题《代润芳挽董翼卿夫妇》，雨麓之尊人也。仲和函托代拟挽诗，衰绖之中乌能作韵语耶，拟改作跋语一段了之。叔惺托为工纬斋代拟挽联如左："天人三策传家学，义烈千秋著里门。"

十二月七日即旧历十月十九日星期四，杨书卿属撰挽诗，守礼不能作韵语，改作挽联。余姚毛母余太宜人挽联代杨书卿：“孝阙流芳事重帏而隆敬养，里门戴德出仓谷以赈困穷。”毛母余太宜人余姚望族，先世以富名乡里，洪杨乱后家道中落，而丁丑饥岁太宜人犹能节衣缩食，出仓廪以赈穷民，所全活者甚众。且上事重帏，极敬养之道。庚申春，政府以“孝阙流芳”四字扁表其门，以教天下懿行。谨撰为斯联，以志钦仰，其他懿行不殚述。夫人之贤，固无逾于仁孝者也。

十二月二十一日即旧历十一月初四日星期四，省长修操场，掘出鲁公书其曾祖《颜勤礼神道碑》，此碑欧、赵均有跋，惟后代金石书皆不著录，不知何时埋没，今时复出，甚可宝也。铭词已泐，《金石录》时已然。

十二月二十二日即旧历十一月初五日星期五冬至，挽宋向辰、樊灵山，代仲和：“肝胆谁怜双烈士，风云常护五台山。”

十二月二十四日即旧历十一月初七日星期，在文诚堂观书，见旧板大字《诗经集传》一部五本，梁君云系元板，以余观明时仿元刻《五经》读本中之一种也。

民国十二年二月九日即旧历十二月二十四日星期五，早哭奠老母，自今年始，此一日为永永断肠之日矣。在往年无论如何贫窘，必设法略治酒食延亲朋为老人寿，虽受尽艰辛而心境至乐，而今而后不可得矣，痛哉！

二月十一日即旧历十二月二十六日星期，在孟老三处见耽虚。孟处有元板《通志堂》一部，索价二百元，余还百二十元不卖，归。

二月十三日即旧历十二月二十八日星期二，晚读杜诗，久不读公诗，忽尔披诵数首，清奇浓淡，无所不有。无论何人，古今作者不能出其范围，称为“诗圣”诚然。

二月十六日即旧历十二年正月初一日星期五，每逢佳节倍思亲，有生五十八年，今日初当此境，痛哉壬戌腊月三十日挥泪书。早起形神怅惘，百计无能排遣。午十一钟，携湘孙步至南门什字，湘孙闻鞭炮声有惧意，急携之归。盖数年禁止放炮，今年初开此禁，湘孙生四年未闻此声，其畏惧也固宜。归来仍茫然不知所事。

二月十九日即旧历正月初四日星期一，至署正十二钟，今日为年节聚饮，大半均未来。酒半，古岳来，因留共饮极欢。古岳复在此畅谈相法，谓余明岁当有大病，或极不如意事，过此以往颇顺利，寿可至七十三云。姑妄言之，姑妄听之耳。

二月二十一日即旧历正月初六日星期三，拟挽陈配岳封翁一联与仲和同送，早交仲和制寄："郎君为湖海英雄昔年坐镇关中忝以微材居幕府，宇内仰太邱道范此日归魂沪上远留遗泽在乡邦。"

二月二十四日即旧历正月初九日星期六，严谷孙致澍信堂信，拟借吾《关中胜迹图志》翻刻，允赠书十部为酬。

三月二日即旧历正月十五日星期五，以《关中胜绩迹图志》赠严谷孙，交澍信堂邮寄，严拟刻成先赠十部。

三月三日即旧历正月十六日星期六，早微雨，十钟雨止，天仍阴。因与内子携辰弟、两孙往大雁塔一游，登至初层，半路觉腿酸即下，盖不登此塔逾三十年矣。

三月十四日即旧历正月二十七日星期三，灯下为冯禹门尊人书挽联挽帐："惠泽滂敷古京兆，遗民犹颂大冯君。"

三月十五日即旧历正月二十八日星期四，次元来谈古韵，携来段注《说文》，即余售出之本，为敬之购得，伊由敬之处借来者。

三月二十六日即旧历二月初十日星期一，晚李子逸来，谈甚畅，吾门佳士也。避地渭北三年未见，现应民立中学之聘，乃挈眷来省。欢然道故，良慰余怀。

四月二日即旧历二月十七日星期一，午后禾父及姚正乾均来谈，闻均有从憨东征之说，郭魁元亦委参议，可怪。搢老来谈，询《晋书·庾亮传》"牙尺垂训"语，不知何书。

四月十六日即旧历三月初一日星期一，午后周子搢来谈，询《晋书》赞中语曰："然后茵蔼缇油，作程奕世者也。""茵蔼缇油"四字，不知作何解。

四月二十日即旧历三月初五日星期五，升庭托拟挽石幼謇三年追荐挽联如左："在葛相之幕中君才第一，主蓉城于地下于今三年。"

四月二十二日即旧历三月初七日星期，早十二钟，赴国粹学社为讲《桃花源》一篇，并为其监社某君改诗一首如左："世事沧桑感不胜，十年戎马苦频仍。浣花溪上风云恶，闲步城南访杜陵。"题为《谒杜祠志感》，原作板重，改笔较轻灵也。晚写挽王锡侯联："入春才七日，此别遂千秋。"又拟挽张幹臣封翁一联云："贤郎保障关中治军严明民仰万家生佛，硕德优游洛下律身勤俭群钦一代仪型。"挽石幼謇三年纪念代李宾阳："公本一代文豪合主蓉城居上将，我忆三年旧事同参莲幕愧清才。"

五月四日即旧历三月十九日星期五，拟挽钟琴石尊翁润堂联，枕上作就："罗四世孙曾跻九旬上寿，著一乡宿望留百代遗型。"

五月七日即旧历三月二十二日星期一，晚写《上冯检阅使函》《致岳持斋函》。竹汀来谈，送拓《颜碑》一分。《上冯焕章检阅使书》："焕帅钧鉴：前岁旌节莅陕，猥以樗栎之材，获被药笼之选，忝居宾馆备前席之咨询，情谊殷拳，礼遇优渥。云天一别，倏忽经年，笺候虽疏，眷恋之私未尝一日去诸怀抱。近维壬林纳祜，甲帐延熹。整饬戎行，巡行郡国。树军人之模范，作畿甸之屏藩。威镇京华，名满寰宇。燕云翘首，钦佩无任。希仁服务赈局，昌杰备员督署。密勿从事，差免愆尤。希仁自去秋一病，缠绵床褥，八月有余。近虽略有转机，而精力罢惫，形容枯槁，急切尚难复原。敝省人才本极缺乏，至如希仁之廉介绝俗、朴诚任事，尤不易得。天道无亲，常与善人。希仁之病当能日有起色，知关垂注，谨以奉闻。去岁所存余款尽数寄存钱局，行息□月计得利□，就所在南院讲演亭办一夜学，成立数月，刻下讲演亭教厅收作本厅之用，因而解散。鄙意借用官房终非久计，似不如暂时停办此项，息钱积蓄稍多，采购一地自行建筑单间土屋一院，然后举办学校，庶乎可垂永久。拙见如此，未识我公以为何如。谨此布陈，敬候明教，顺颂勋绥。郭毓璋、毛昌杰同上。”

五月二十三日即旧历四月初八日星期三，早阅报知希仁昨日病故，旋蕴生亦来告，十一钟往吊之，才入殓也。

五月二十四日即旧历四月初九日星期四，早幼崧来约在伊家议希仁事，觅车不得，雇人力车十一钟到伊家。蕴生、西轩先在，少时雨麓、仲南、胡文卿、子莪同来。同人拟公葬希仁于华山麓，而希仁之夫人不愿共议，俟叔吉来再与磋商，我与蕴生即先行。

五月三十日即旧历四月十五日星期三，晚拟挽希仁联：“言为士则行为世范德量可方陈仲举，隐不违亲贞不绝俗碑铭无愧郭林宗。”

五月三十一日即旧历四月十六日星期四，今日润芳奉督命招集各界会议巡察街市办法，因近又有当街抢劫之事，幸而未成故也。今日写挽希仁联，改昨晚所作。又代督座、润芳拟数联如左。挽郭希仁联十八日在红十字会公奠：“愧乏鸿文铭郭泰，痛挥老泪哭侯芭。”又代督军：“郭有道风规隐不违亲贞不绝俗，太史公著述藏之名山传之其人。”又“人仰宗风士类群归郭有道，我铭贞石碑词不愧蔡中郎。”

六月十六日即旧历五月初三日星期六，十一钟到署，闻润芳谈黄陂已被逼遁至天津，总统印为直省强索去，并有电辞职。此电恐出伪托，既无内阁，又无总统，且副总统位久虚无人，真成一无政府之国矣。

六月十九日即旧历五月初六日星期二，今日事清减，因取《续汉·地理志》以今地释之，取材于汪梅村《汉志释地略》，其与民国以来不同者，则用今图改之，已成三卷，意复厌倦，拼明日一日足成之。

六月二十日即旧历五月初七日星期三，今日注《续汉·地理志》尚余半卷，明日无论如何必治竣，再能列一表，真大快也。

六月二十五日即旧历五月十二日星期一，今日法课有一稿述录事，许景谦罪案与口供绝不相同，因督座批枪毙字样，故入人罪，余不忍下笔，特签一字未盖章。润芳他出，无可商量者。自尽我心特为签出，不知何如，但定罪明日即执行，可危也。

六月二十六日即旧历五月十三日星期二，郭《志》缮就，饬送督座。许景谦案周晋老亦大不谓然，特往省署面告督座，乃知许实有同谋之证据，特供单未叙入耳。

七月十四日即旧历六月初一日星期六，十钟至，通志局今日成立。

七月十五日即旧历六月初二日星期，往商会，蕴生遣人来邀商议，冯督存公益款概系银票，刻闻银票有不用之说，议定即以今时行市易为银元，托王益然存寄为稳。

七月二十七日即旧历六月十四日星期五，晚写贺赵冠儒世兄完婚联："郎君诗著谈龙录，才女名高写韵楼。"

八月二十二日即旧历七月十一日星期三，写复严谷孙函，告以学篆当从《石鼓》《琅邪》入手，不宜问津于钱。十兰托购《毛诗新义》《水经注》，顷致鼎梅函问《关中胜迹图志》，并令早接抃鳌归。

八月二十七日即旧历七月十六日星期一，拟挽马陵甫尊人楚丞先生七月二十日："设帐扶风经术演其家法，躬耕姚野乡里称为善人。"挽曹道荇尊公楷亭广文七月二十一："至德可师记从任昉斋头亲承道范，少微遽陨遥望武将山畔痛失儒宗。"

八月三十一日即旧历七月二十日星期五，晚拟对联一付挽徐与如历任府谷、沔县、白河、武功知县："传先世清芬孝穆文昌谷诗鼎臣楚金之小学，访神君政迹沔水南榆塞北美阳斄县之旧疆。"

九月一日即旧历七月二十一日星期六，至二府街郑葛民家行礼，其尊人三年也。送幛有蓝者、有红者，三年自古无定礼。盖释服已久，送素幛固不可，送红幛是直以亲丧为喜事，更非人子所安。故余谓只当自行家祭，断无接待外客之理。世俗于三年之礼最重，非古义也。撰联一付挽王润生太夫人："比屋为邻拜德常亲大家范，教子以义建言洞悉小民情。"

九月七日即旧历七月二十七日星期五，闻孙玉溪言长安拟修《县志》,愿我帮忙。书樵略言,余即以疾辞之。晚拟挽柳彦琛太夫人刘联:"贤母著百代仪型诗书训子,哲嗣为群伦冠冕经济匡时。"

九月八日即旧历七月二十八日星期六,昨夜撰挽王幼农太夫人胡太淑人一联如左:"惟贤母三党所宗惜一朝蓬岛归真遽返慈云于上界,与哲嗣十年共学痛此际麻衣对泣同为中路之婴儿。"

九月十五日即旧历八月初五星期六,王小洲借《三辅黄图》,送去带回黄不斋《易古文钞》四本,令吾书签并跋,吾于《易》向未研习,明人经学更未尝问津,苦无下笔处。

九月二十九日即旧历八月十九日星期六,余到署尚未至十一钟,次元持来蒋杏村讣闻,云润芳命伊拟挽联,伊不善此,请与润芳言之,余因代拟一联如左,取用皆其讣启中语也:"奠国是于滦阳借箸前筹十九信条参大计,溯鄂城之奇士惟公后起二百余年无此才。"

九月三十日即旧历八月二十日星期,昨晚拟挽李季昌联:"水引桑乾变瘠土为膏腴塞外百年蒙大利,泽留梓里普时雨之化育关中群士仰宗风。"

十月一日即旧历八月二十一日星期一,今日公事甚简,因代仲和拟联三付如左。挽史玉庄凤翔县令:"世德清芬溯南史,先生遗爱在东湖。"挽俞月如:"政绩在西都南国犹存君子树,家山怀北固东陵学种故侯瓜。"挽雷幼初四川知县:"如次宗在南邦群伦争凑鹤笼馆,屈士元于西蜀百里谁知骥足才。"

十(二)月二日即旧历八月二十二日星期二,昨晚拟挽雷幼初联:"大耐冷官治绩远留巴子国,善谈名理朋辈今无雷次宗。"

十月六日即旧历八月二十六日星期六,早八钟撰一联挽党晴帆太夫人雷:"名言真百世良规明理读书贤母教,有子负一乡重望文谟武烈外家风皆讣启中语。"

十月七日即旧历八月二十七日星期,今为至圣诞辰,孔道会及国粹学社均来约,以读礼不与祭未往。十二钟出门至图书馆,遇芝初,因同往雅集社。共到十余人,仍有隐语之戏。余与爽园各中十余条,余出十余条，猜去半数。毕觐文七律二首绝佳，内“秦地□□仍夏屋，皖江余事纪春灯”“滑稽颠倒东方朔，影舞□心杜少陵”二联尤雅切而典重，真老作家也。

十月十六日即旧历九月初七日星期二，昨日接伯澜(赴)[讣]闻，拟集句一联挽之云：“田园寥落干戈后，诗卷长留天地间。”情事颇合，惟字句虚实对不工，当别作之。

十月十八日即旧历九月初九日星期四，午后陈次公及葛民、升庭皆来谈，和甫亦来谈。余本有《校碑随笔》一书，近又由上海购得一部，字迹较大，因将小字本赠禾父。正谈时，天忽阴微雨，至晚未住，今日重阳见阴象，甚难受。忆王丹麓晫《九日阴雨有感》诗：“薄寒细雨怕登临，羞对黄花白发侵。漫说人情多反覆，重阳也自变重阴。”真妙想也见《艺苑名言》第六卷。

十月二十三日即旧历九月十四日星期二，听韩镜湖君讲演科学，甚透彻，且皆新理，口齿亦清晰有条理，讲盘旋器面试单轨铁道，皆极精确。余平生最厌听演说，独今日所听颇觉怡快。

十一月七日即旧历九月二十九日星期三，午后小亭来谈，有曾刻《尔雅音图》索价八元，余谓可买，因此书甚不多见也。

十一月十一日即旧历十月初四日星期，改定《汉郡国志释略》，程仲皋代纂《表》，甚可感也。

十一月十三日即旧历十月初六日星期二，注《三国郡县志》二卷。

十一月十七日即旧历十月初十日星期六，早十一钟至孔庙欢迎康南海，本定十二钟，及到始知改一钟，直候至一钟后兼座先到，南海偕李敏生、王□来。行礼讲演毕，至县农会照像。宴会兼座有事先去，共四桌，余一桌南海、敏生、孟符、扶万、蕴生、纪朗佛、陵甫。南海谈及戊戌旧事，不胜今昔之感。与余论经学仍坚守今文家言，东汉学者甚不信也。五钟散。

十一月二十一日即旧历十月十四日星期三，早十二钟到署，昨晚为润芳书字六幅，今日赠之。《颜勤礼碑》初出土，即承润芳赠精拓本一分，余曾据作跋尾一篇，因即书为屏条报之。

十一月二十七日即旧历十月二十日星期二，二钟十五分至青年会，报界公会欢迎南海，浼作陪客故也。余至，芝田、石笙、孟符均先到，少时陵甫、立丞来，将芝田、石笙牵率往曲江春赴惠春波之约。四时讲毕，摄影后入座，五钟散。步归，接幼农信，杨惺吾《历代舆图》已觅得共三十四本，洋三十四元、邮费二元，约冬至节前后可寄到。

十一月二十八日即旧历十月二十一日星期三，王智辉送徐熙庵先生遗稿一本。

十二月二日即旧历十月二十五日星期，寿憨太夫人联代严翔鹤："花甲重开集万众貔貅祝萱帏之上寿，林壬辑福萃一门鸾凤舞莱服以承欢。"

十二月十七日即旧历十一月初十日星期一，早接仲和信，属拟挽联三付，并自撰挽缪联一付如左。挽缪石逸夫人："六琯飞灰佳节才过长至节，一棺暂厝芳魂近傍梵王宫。"又代仲和挽刘介夫令叔："别墅养高名谢傅一时称宿德，阿宜传治谱陈仓百里试长才杜牧之侄名阿宜。"挽王润生太夫人代仲和："教子有方作小民之喉舌，治家以礼仰贤母之仪型。"

十二月十九日即旧历十一月十二日星期三，午后仲和来谈送刘乐天添籍礼，托伊代办合送。拟杨书卿世兄喜联，贺杨书卿世兄吉席冬月十八冬至后一日也："画眉春信将舒柳，呵手妆翻欲放梅。""述德家传吟翠集，催妆学咏浣红词。""催妆诗谱双声艳，刺绣纹添一线长。"

十二月二十二日即旧历十一月十五日星期六，早十一钟敬之来，谈及《越缦堂日记》极佳，特约价三十元，并邮费当在三十三四元，无力购之，甚怏。《贾逵传》还来。午后二钟王仙洲来看，并携其三世兄同来畅谈，神采犹昔年，已七十二，可羡也，属题《东坡砚诗》。

十二月二十三日即旧历十一月十六日星期，冬至令节。灯下读憨山释德清《庄子(七)[内]篇注》，解释寓言处颇醒豁，《庄》书寓言十九，不将其本意指出，殊不易解也。

十二月二十四日即旧历十一月十七日星期一，挽张子温河南新安人，子百英，曾任陕西第二师长代仲和："东望函关哲嗣勋名继杨仆，西来陕右先生学派演横渠。"

十二月二十五日即旧历十一月十八日星期二，今日不爽，卧一日未起。晚致书敬之，借《越缦堂日记》第六函，扶病读之光绪三年二三四五六月。

十二月二十六日即旧历十一月十九日星期三，读《越缦日记》三册光绪三年至四年三月。邮局寄到《后汉集解》十本，只少《续汉志》二十卷，年内当可刻成。

十二月二十八日即旧历十一月二十一日星期五，读《越缦日记》第六函终，择其论《金石萃编》数集钞录本书之首。代姚寿朋撰贺秦绥之娶儿妇联，董老太太做寿，还敬之《越缦日记》。"韩侯百两迎佳妇，王母千春祝大年"。

十二月二十九日即旧历十一月二十二日星期六，早十二钟至署，一钟后移居新建参议厅第二层西头第一间，新建房共两进，每进七楹也。看公事无多，毕觐文、王席珍、唐芝初、润芳、禾父皆来看，四钟食炒米饭一碗，五钟归。阳历元旦放假一日。

# 君子馆日记卷四

中华民国十三年一月三日即旧历十二年十一月二十七日星期四，十一钟至署。少时润芳、星斋、陈次公均来。次公云有宁寿堂《初学记》，索价八十元，可谓贵极矣。仲章携来觐文和禾父《易俗社七绝》十首极佳。禾父五绝，慨然言之，略少含蓄耳。

一月五日即旧历十一月二十九日星期六，访李诚斋，见面久谈，人极好。现方治《毛诗传疏》，余告以兼读《传笺》《通释》。欲治《诗经》地理，余告以读《诗地理征》，三书皆王氏《经解》中所收也。

一月七日即旧历十二月初二日星期一，遣张华取邮件，乃幼农所寄杨惺吾《历代舆地图》共三十四本，价三十四元，邮费并包裹一元零五分，由武昌官书局寄来。幼农云款已付，无庸寄。数年求之，一旦始得，快何如耶！

一月十一日即旧历十二月初六日星期五，余至署治公后即注《三国郡县表》，拼一日之力补注二卷，尚未终。灯下补注《三国郡县表》完竣，漏已三下矣。此书已治前六卷，阁置数月，今日方了此事。然尚需切实考证，著书岂易言哉！

一月十三日即旧历十二月初八日星期，早九钟李诚斋来访，余尚未起床，即请内室相见。辞县志局，书樵不允，余拟将照会托诚斋带交，诚斋亦不愿，久谈后去。敬之来谈，云《越缦日记》已购定交邮，不日可到。余托告钱健庵，劝其令世兄来就文穆学。敬之又云通志局亦有招我之说，县志局尚未摆脱，而此事发生，又须费无限口舌。

一月二十六日即旧历十二月二十一日星期六，读龚定庵《太誓答问》《春秋决事[比]》，此皆今文家专门学，不甚了解，以余向未深治公羊家也。

一月二十七日即旧历十二月二十二日星期，钱健庵来谈，其世兄明岁仍在董卜五处读书，取相距近也，若能迁居至南城一带，则当来吾家附读云云。盖余曾托敬之告文穆教法之善，令其来附学故也。昨今两日读《韩诗外传》，毕九卷，赶明早可读毕。《汉魏丛书》本不佳，以阮太傅《诗书古训》校读之。

一月二十八日即旧历十二月二十三日星期一，十一钟出门拜王县长，仍未见。到署约十二钟。赵宋丞由三原来访，住一师办公处主任王寅初，郃阳人。未四钟车即来，因太早令略候，四钟后归。晚为柯莘农题《益延寿砖拓本》另书清稿在辛酉。

二月二日即旧历十二月二十八日星期六，今日读《韩诗外传》毕，所读为《汉魏丛书》本，讹脱甚多。赵怀玉校本无处搜求，因取阮氏《诗书古训》、陈朴园《韩诗遗说考》、陈硕父《毛诗传疏》所引校定之，补其夺文，正其误字，而全书居然可读，成为善本矣。校此书约费十日之功。

二月六日即旧历正月初二日星期三，午后一钟，步行由城隍庙出后门，至郭签士巷访姚莱坡，久谈并见郭君号益□者，为烟酒第一支栈栈长。谈及仲和，病多日未出门，坐间贺少亮亦来。读莱坡近诗中有《游后园》两绝句，味淡韵长，余亦极刻入无浮响，并见少亮、竹言诸作。

二月七日即旧历正月初三日星期四，出访子彝，久谈，并见王君陆一三原北城人，年少而有学，据子彝云有过目成诵之天才，言词亦极雅驯，因留与久谈。

二月十七日即旧历正月十三日星期，王书樵来，又将志局照会退回。早间郑子屏来谢步，因托向寿轩说项，将志局事让与丰弟。顷书樵又来，力辞不脱，此事真难处也。王、李同去，宋后去，余即出门。二钟后少亮、觐文、纯汀、仲芳、浣青、星斋均来，复以电话招竹言至，决议社长一人，推我充之；副社长三人，少亮、觐文、禾父充之；庶务一人，仲章任之。竹言来打诗钟，第一次题“龙井茶杜鹃”，竹言第一，云：“普洱武夷皆下品，野花山鸟偶同名。”第二次“灯市长髯”，亦竹言第一，皆余所取也。第一题余作两联，其一联云：“烹来西子湖边水，听到黄陵庙里声。”尚觉自然，惟西字、黄字对不工，究非上乘。余作《六十生日诸感》诗三律，钞与仲章、禾父观之，既而禾父、浣青、爽园各钞一分去。临行余将底稿交竹言，请其认真改订，散时已四钟矣。

二月二十二日即旧历正月十八日星期五，早十二钟至署，看公事毕，成二绝谢竹言，并函寄莱坡。竹言点定吾诗，作二绝谢之。

二月二十九日即旧历正月二十五日星期五，灯下撰联二付。挽樊竹虚同年：“联襳入成均昔日忝称同岁友，赴书来陇右今朝痛失济时才。”挽劳晔太夫人洪：“居上郡十八年人怀淑德，望并州二千里痛失慈云。”

三月一日即旧历正月二十六日星期六，作郑《印谱题跋》如左：“印谱以《汉铜印丛》为最善，皆用原印，印来不失毫厘，故可贵也。然只注龟钮、瓦钮，亦全不得见。此谱悉书原印，更经李子游鹤写其钮，精妙如椎拓，视汪氏其弥精矣。”又跋钱健庵尊人《水利议后》：“关中地势高亢，水利不修，一麦不收，遂有饿死之民。然言水利者多矣，详尽缜密确可施行，无逾此书。有才如此，竟以蓬蒿老，辄不禁废书而叹也。”随即书就，以了宿债。

三月九日即旧历二月初五日星期，接莱坡函，附《闲中岁月》七律二十四章，甚隽永有味，亦其境遇宽绰，故胸怀能泰定如此，我则不能也，噫。

三月十五日即旧历二月十一日星期六，晚买对一付送甘园，今年六十寿也。撰联二付，书其一祝阎甘园六十生日二月十二：“六秩华年称下寿，百花生日是今朝。”又“共君一百二十岁，应知五十九年非。”

三月十八日即旧历二月十四日星期二，撰挽韩绾卿尊人联，未恰心，姑记此：“关陇著英声策马从军两省群钦名将度，桑榆娱暮景骑驴载酒十年领取故园春。”

三月二十一日即旧历二月十七日星期五，仲和来看，为代撰挽韩益三联："立马关西聚米人传名将策，骑驴灞上闭门老种故侯瓜。"余又自撰一联挽之："扬鹰关陇牧马泾原卅载人钦名将略，射虎终南骑驴灞岸十年大隐故园春。"

三月二十二日即旧历二月十八日星期六，甘园来约明日十二钟在其家西餐，并云鲍子年扇已觅得，大喜。鲍系古泉专家，扇一面其手拓古泉，一面自书咏泉诗，小行书精妙。上款对先大父称姑丈，下款署名称姻侄，绝非伪作，至可宝也。

三月二十三日即旧历二月十九日星期，余与润、禾、竹同至图书馆为海澄饯行，撞诗钟一课，余主试未作，取浣青第一，《题菖蒲游美》句云："万里长风凭破浪，一樽美酒可延年。"气象极好，五钟散。

三月二十四日即旧历二月二十日星期一，王品清夫人明日开吊，赶写挽联一付，文曰："返驾层城先花朝五日，招魂灞岸牵柳线千条。"

三月二十五日即旧历二月二十一日星期二，陈次公来谈，携来范鼎卿观察藏书帖目录，萃集金石六千余种，索价五千元，真大观也。

三月二十七日即旧历二月二十三日星期四，今日拟挽联一如左，挽岳持斋太夫人段："今朝瑶岛栖真听云天箫管齐鸣迎归海上蓬莱阁，昔日板舆就养看邠地桑麻遍野不数河阳桃李花。"

四月二日即旧历三月二十九日星期三，十二钟飞机一架由空中过，今日落西关，各机关均往参观。余因雇车来迟未去。读鲍子年《泉话》，卷中诸人名备载卷末，因录于左以备遗忘：刘青园师陆、潘伯寅祖荫、初渭园尚龄，著《吉金所见录》、刘燕庭喜海，文清公孙、吴子苾式芬、陈寿卿介祺、李竹明佐贤、锺丽泉淦、王戟门锡棨、胡石查义赞、吴清卿大澂、王廉生懿荣、孙澄之大川、翁宜泉树培，覃溪之孙、费虹舟开荣、马爱林、胡安之定生、幼云继振扬民、韩季卿韵海、戴醇士熙，谥文节、吕尧仙佺孙、吴柳门文炳、蔡铁耕云、叶东卿志诜、何镜海福宇、陈式甫模、刘振斋辂、金蒨谷锡鬯，刘燕庭之师、高西园凤翰、张叔未庭济、郭怀堂荫之、朱近漪枫、马伯昂昂、张石匏开福、陈粟园畯、张丽瀛崇懿、冯晏海云鹏、李朴园光庭、唐西园与昆、许宾门元恺、谢佩禾堃、朱多爔、陈谁园莱孝、翟木夫中溶、盛子履大士、张昆乔端木、黄小松易、胡自玉我琨、路子端慎庄、阎丹初敬铭、孙春山汝梅、李古农敬直、郑小塘修、吴霖宇惠元，竹朋弟子、伯兄子远廉、仲兄子周庠。

伪造古泉者：苏兆祥、张二铭凤眼张、薛氏父子皆长安人、苏亿年、高寄泉继珩、沈韵初树镛、吴我鸥珩。

四月十九日即旧历三月十六日星期六，早十一钟至署，五钟归。为幼农书砖文跋尾，又为李逸生题拓片："此器出雒南县山谷中，无字而花纹形制皆不类周器。按汤之先封商邑，即废商洛城，在今商县东九十里，战国时为商於，据张仪诳楚言：'商於地方六百里。'雒南在商县东七十里，即商於西二十里，正在契封境内，其为商器盖无疑也。"此器形制浑朴，花纹密致，文作甫，不可识，略似立戈形，疑即古文戈字。

四月二十七日即旧历三月二十四日星期，良甫交来龟拓十开，云华君天逸托题者。又见良甫新购得北周《张僧妙志》一本，颇佳，此碑在耀州云。

四月二十九日即旧历三月二十六日星期二，次公来谈，拟约幼如入署，以便共商旧学，并谈及余况，颇为关心，均可感佩。

四月三十日即旧历三月二十七日星期三，早十钟沈幼如来约明日同往答拜陈次公，承赠伯祖秋伯公诗稿、李元宾文集各一本。秋伯公诗稿家中旧藏一小篋，庚子余主讲崇实，年弟听鼓山西，所有书帖均寄许家，从此零落于外，思之痛心。范售帖目送还次公，午后三钟次公来，携来元刻《通志》极佳，索价五百元，有《补钞》三本，书微嫌短小纸脆，美中不足也。

五月七日即旧历四月初四日星期三，李宜之送来汉印拓片，文曰："云阳右胡骑监。"云癸亥冬，修龙洞渠得之土中，当检《汉书·百官公卿表》。

五月十三日即旧历四月初十日星期二，晚拟贺谢文卿为世兄合巹联："好句催妆芙蓉出水，名花纪候红叶当阶。"

五月十六日即旧历四月十三日星期五，读《新文选》一本。周实，江苏山阳人，有《上某提学书》一首，慷爽流利可诵。

五月二十五日即旧历四月二十二日星期，余往县志局，只立如、张梅岑数人才到，直候至二钟，寿老、书樵来开会，三钟散会。余创始请书樵向督署索十万分之一长安新测图两分，此最要件也。

五月二十九日即旧历四月二十六日星期四，陈次公来，携高南村凤翰诗稿四本，甚佳。卓亭云，伊有翁常熟手批《诗经》一部，约日往观之，六钟归。晚为年弟改挽联一付，挽马警厅长太翁："桐乡小吏梅尉微官却敌建奇功月夜清笳刘越石，绛帐谈经白眉著望传家有令子霜威赤棒汉金吾。"

五月三十日即旧历四月二十七日星期五，今早复作挽马子万一联，拟自书送之："栾氏守孤城保境安民功迈江阴阎典史，贤郎作美宦诘奸锄暴名高汉代执金吾。"

六月十日即旧历五月初九日星期二，至勉之处，值其为人治目疾。先用迷药注射，后用刀及毛刷刮目，血淋漓而病者略无知识，毫无痛楚。西医之术精妙如是，安得不令人俯首至地。吾国旧书，专以五行五色五味等等渺茫之理求效，乌乎可！

六月十三日即旧历五月十二日星期五，拟挽联三付。挽黄仲唐室朱夫人："夫婿多才勉斋绍紫阳之学，词人不死断肠与漱玉同传。"又代仲和"闺阁隽才乐府留传断肠集，风流夫婿伤心惨赋悼亡诗。"

六月十五日即旧历五月十四日星期，晚写联一，挽黄室朱夫人："征车未发目极东方遗恨千年望夫石，片玉幸存名高北宋雅音一卷断肠词。"

六月二十一日即旧历五月二十日星期六，日月易逝，今为慈亲二周之期，讽经一昼夜。吴敬之、杨幼尼、李约之来吊。"哀哀父母，生我劬劳。欲报之德，昊天罔极"，痛哉！

六月二十二日即旧历五月二十一日星期，晚为敬之谢步，知《三家诗义疏》及《礼经校释》扶万皆有，当借来一读也。

七月九日即旧历六月初八日星期三，午后在署写对联二付，为仙航题画词一首《清平乐》："松风谡谡。几树浓阴绿。更有萧疏数竿竹。左右两间茅屋。　　火云烧遍尘寰，闭门坐看青山。如此清凉世界。料应不在人间。"

七月十二日即旧历六月十一日星期六，午后晚青自湘归来，谈略知行路情景。自南京至陕州不过费六十余元，由潼关到省觅车不得，人及行李皆用胶皮车，费至百元以外。行路难，无过于陕省也。六钟归。今日改法课训令，以高逆叛产，拨作白郃澄等县公益之用。内添数语云"且取之民者，仍还之民。亦可稍平怨毒之气，而寒贪黩之心"云云，自觉颇沉挚。

七月十九日即旧历六月十八日星期六，早十一钟出门，便道取书，接尘寄《词律》旧板，虽非初印，尚是元板。

八月四日即旧历七月初四日星期一，仲章言晚青、星斋诸人之意，路太夫人寿序必欲强我为之，余力以病辞，而禾父因病至今节略开不出，此事或可打消也。五钟归。

八月五日即旧历七月初五日星期二，早起改订挽樊联如左："遗挂空存悼逝今怜潘骑省，绛帷不启传经昔仰宋宣文。"

九月五日即旧历八月初七日星期五，贺绍老来谈。江浙开战，今日已见《新秦报》，从此必牵动天下矣。

九月九日即旧历八月十一日星期二，蕴生遣谢鼎丞振甲，长安白鹿原人来告知：冯督留款现凑足现洋叁千六百元，月收利息三十六元，由商会借给地方，并(棹橙)[桌凳]器具，办一平民夜学。延鼎丞主其事，而商务会之商业校长蕴生子兼督之。每日晚六钟开讲，至八钟止，现共有报名三十余人，不日开学云云。甚善也。

九月十二日即旧历八月十四日星期五，昨夜歌《凤求(皇)[凰]》一曲。早十钟起，初拟不入直。继思明日秋节，后日星期，连两日放假，今日似不应旷职，因即乘车到署，约十一钟半，五钟归。代程小亭改联一付邮递去。祝景吉人八十寿兼重游泮水:“治绩满衡湘追陶令归来晚节喜同蓠菊健,文章侪屈宋更鲁公难老耆年重撷泮芹香。”

九月十四日即旧历八月十六日星期,早仲和送桂花数枝,置之案头,香满一室。余性好此,少时蓄于外王母家所典沈氏室,有桂四株,高出屋栋,花时芳香远布。余自八九岁从扬送世父至高邮,为外王母所留。十二岁七月,外王母上宾后始归,凡五年享受此味。十三岁入陕,北方此物极贵,所见大半盆景,高及屋檐者甚鲜也。每见此辄回忆外王母爱怜之德,不胜悲楚。

九月十七日即旧历八月十九日星期三,书挽联一付如左。六钟半归。挽法课崔协之太夫人伊联:“狱无冤民三辅讴歌京兆母,世遵慈训一门孝友德星堂。”

九月十八日即旧历八月二十日星期四,早恭祭慈亲,今日为释服之期。日月易驰,慈亲之没已二十七月矣。永为无母之人,生于斯世,实无聊也。

九月二十一日即旧历八月二十三日星期,早郑子屏、沈幼如来谈。幼如赠《毛诗本义》一部,此书系梅仁山世兄旧藏,前岁借阅,伊即欲赠我,我因系伯言先生手泽,坚却未受。今竟为贫所困,售于他所,展转为幼如所得,复举而相赠。却之不得,只好受之。鄙性向不喜受人赠遗,且经学书宋人著作更非所好也。

九月二十二日即旧历八月二十四日星期一,至署。午后绍老来谈,并约至伊室,看纯汀及绍老祝景吉人寿诗,写作并佳。陈次公来谈钟鼎拓片等,并幼如赠程春海字条、勒少仲联均送去,属先为道谢云。在绍老处见子平《樊川图》及《耕余课子》两卷,题咏甚多,南海两绝句诗字跳脱可喜,又有汉中陈君名毅五古一章古雅字苍老,近代一作家也。

九月二十五日即旧历八月二十七日星期四,昨晚拟贺刘介夫为子纳妇联:“一对璧人工吟新乐府,双栖玉树认我旧巢痕。”

九月二十六日即旧历八月二十八日星期五,为省署科员拟贺景吉人联:“才子三人鹤栖珠树,佳辰九日爵献琼浆。”

十月一日即旧历九月初三日星期三,挽联一付如左,挽崔营长纪纲太翁华峰联大荔城内三和巷:“兴学输财群士讴歌商洛道,传家有训一门孝友德星堂。”

十月二日即旧历九月初四日星期四,早间腿疾复犯,因而复睡,起迟已十一钟,亟啜粥一小碗,即往水利局,而督座已到久矣。水利局因开吊儿嘴引泾事,今日开会,召集各界往观,并开展览会三日,任人往观。奈今日为雨所阻,来者甚少,竟未开会而散。

十月三日即旧历九月初五日星期五,至署写挽范卓甫、朱六哥联二付。六钟乘赵车归。今日读《汉书·五行志》终。此志至难读,特加圈点钩勒之。挽朱漱芳兄:“我生第一知己既亡复何所乐,佛说大千世界无尽死又奚悲。”首句尤展成哭汤卿谋语,余与漱兄情谊极相类。漱兄晚耽禅悦,次句特用彼教语慰之。挽范卓甫兄:“兄竟先我云亡卅载前尘如梦,余亦残年待尽九原相见有期。”

十月八日即旧历九月初十日星期(二)[三],灯下得一绝,又跋阎景轩藏春谷画一则录左。跋春谷画:“春谷精八分小篆,而画尤高出侪辈。此幅苍莽浑朴,虽属少作,取径高古,已与凡近殊。《尸子》曰:‘虎豹之驹,未成文而有食牛之气。’其春谷之谓乎。”

十月九日即旧历九月十一日星期四,写挽联一付,挽赵其相太夫人刘:“入奉母仪淑德久钦大家范,出参朝政贤郎能达小民情其相为第一届参议院议员。”

十月十三日即旧历九月(初)[十]五日星期一,撰挽联二付。挽马海峰尊翁昆山:“乡里称善人名高沙苑大荔人,诗书延世泽学绍扶风。”又代马良甫:“望高白眉硕德一乡称善士,经传绛帐儒风百世仰吾宗。”

十月二十四日即旧历九月二十六日星期五,病中拟挽岳持斋尊翁、祝武忿堂六十晋二寿联各一付如左。挽岳持斋尊人朗轩联:“至性过人朝野钦其德行,义方教子乡里奉为仪型。”祝武忿堂暨德配卞夫人双寿十月十四:“庾岭梅开春归渭北,绥山桃熟颂献终南。”

十一月十一日即旧历十月十五日星期二,银票停止兑现,人心惶骇。此至劣政策,不知建议何人。冯子明军过河,在华阴与嵩军小有冲突,并闻有攻取华县之意。西路嵩军全开,东路风岐乾陇均请甘军填防,是又为陕省贻无穷后患也。

十一月十二日即旧历十月十六日星期三,写挽田润初太夫人李联:“持家本东海风规奉承礼教,有子习穰苴兵法保障乡邦。”午后一钟,仲章来谈。渭北兵又退渭北,甚慰。唯银元票止兑现,人心大恐,无善法挽回也。

十一月十五日即旧历十月十九日星期六,传说督座归豫,军事交润初,民事交聚五,莘农长政务厅,卓亭财厅,禾父警厅云云,不知从何发此议论。并闻冯子明兵已过渭南,并分支占蓝田;西路卫军占兴平、咸阳,原上亦开火,三原军即日渡河云云。晚访敬之,据说督座电召笠僧归,竟无复电。华县马、憨夹击,冯军已败。闻有南窜入山之说,街谈巷议皆无根云。

十一月十六日即旧历十月二十日星期,读《从戎纪略》一过。辛亥陕省革命真(像)[相],惟此书耳。希仁已死,此书印刷无多,亟应保存,用以作他年考订资料。

十一月十七日即旧历十月二十一星期一,晚写祝刘晓初封翁联。祝刘瑞璋年伯九旬大庆十月二十三日:“百年自得荣期乐,三昧亲承慧印经豫章何规十月二十三日入山采药,遇道士授以三昧《慧印经》,见《月令粹编》。”

十一月二十日即旧历十月二十四日星期四,途遇润芳,立谈数语。知东路战事已终,冯子明经嵩军让路,今还渭北。西路兴醴破坏甚,兴平抢劫教堂,并洋人负伤,女学生多人被辱,此皆郭坚遗患。当郭坚诛后,扫除甚易,而竟养痈成患,深堪痛惜。访晚青、少亮,均未见。遇次公,略询病状,数语而散,五钟归。挽李季修明府:“蓬莱高步华萼相辉壮岁才名动关右,桃李盈门萑苻惩恶神君遗爱在江南。”

十一月二十(三)[二]日即旧历十月二十六日星期六，由禾父处借来当代名人小传一部，甚佳。著者称沃邱仲子，不知为何许人。吴光新治军蜀东，自云曾亲与其行事，盖军阀之幕客，故叙述诸人穷形尽相，大都得其真。文章雅洁，议论公允，传作也。

十一月二十六日即旧历十月三十日星期三，写挽李季修联，并为梅雪庵书字多幅，赵宋丞贺少亮皆成诗。据云吴子玉已到洛阳，将来仍不免有战事，而吾省适当其要冲，奈何。前撰挽文穆太翁联补书于此："骅骝作驹已汗血，虬螭既驾难招魂。"

十一月二十八日即旧历十一月初二日星期五，昨夜撰挽鹤皋联未妥协，聊记于左以待改订："述慈亲懿行纾小子哀思每读遗文增涕泪，叹新雨朋侪如秋风飘落那堪人事日萧条。"

十一月二十九日即旧历十一月初三日星期六，车中改挽鹤皋联如左。挽赵鹤皋兄，前岁撰先太宜人诔文，今雨雅集社健将也。"述慈亲懿行纾孺子哀思墨沈淋漓犹存遗迹，叹今雨不来如秋云易散骚坛牢落又失斯人"。灯下写之，并为文穆写安葬门对两付："奉安窀穸，永痛蓼莪。""情深乌哺，地卜牛眠。"

十二月二日即旧历十一月初六日星期二，早十二钟到署，适绍老谈闻谌来乘之言，吴子玉有下野通电，若然洛阳可免战事，幸已。

十二月十七日即旧历十一月二十一日星期三，挽周石生夫人李："撒手人天德曜未偿谐老愿，多情夫婿草窗痛赋悼亡词。"

十二月十九日即旧历十一月二十三日星期五，膺若来，云憨师因与胡争巩县兵工厂开战，败后逃往南阳云云。

十二月二十八日即旧历十二月初三日星期，彤城来，携来《中国大文学史》一部，源流甚详备，可作教科参考本也谢无量著。晚访敬之，将捐米册送之，并借来《新考正墨经注》一本，张子晋之锐，河南实业厅著，河南官印局寄售，价一元半。

十二月三十日即旧历十二月初五日星期二，昨夜拟挽邓朗泉联，早十钟起，一日无事。挽邓朗泉兄："十年远走他乡杜老及身逢乱世，一事尚留公道邓攸晚岁得佳儿。”

民国十四年一月十五日即旧历十二月二十一日星期四，制大门春联一付如左：“锡名永识庚寅日，入春重逢乙丑年。”

一月十六日即旧历十二月二十二日星期五，十一钟军需课饬人送洋票千元，未云何故，亦无函件。因张华未归，无法询问，不得已冒风自往需课一行。车刚启轮而张华归，因即令之随往军需课。见周漱六问故，云系督座特下一条令如此，因将条取看，只书送某某洋若干，旁注需付二字。大致因余病多日，医药等等费巨不支，故有此赐，体恤周至，感深知己。两年来并未能稍效微劳，益增愧恧。

一月十七日即旧历十二月二十三日星期六，晚成一律，今日改订如左：“千金雅赠慰穷愁，稳暖香山万里裘。极喜病魔真可遣，转忧高谊重难酬。文章知己樊南郡少受知樊山先生，饮食教诲凡五年，肝胆照人刘豫州。屈指平生两恩遇，一般风义迈千秋。”晚写上督座诗并启，灯下作小楷，居然尚不过差。樊师六十二岁能于纨扇上作八百字小楷，此则吾不能也，明早饬张华送署。

一月二十三日即旧历十二月二十九日星期五，访禾父，谈及始知督座一款，乃笠僧电督座，并托禾父寄语为我送此，托刘公代垫，而刘公遂即由伊名下送我。雪帅可感，笠僧尤可爱也。

一月二十四日即旧历乙丑正月初一日星期六，早八钟起，祀先。家人拜年悉令免除，每逢佳节触念慈亲，儿辈强拜，益增痛也。

一月二十六日即旧历正月初三日星期一，病中拟挽联一付挽周子揩：“瑶宫作记新承吉，金盏敲诗旧主盟。”

二月十日即旧历正月十八日星期二，续假一星期，适值扶万亦来久谈。扶万云中山病故京师，四钟返。禾父赠二曲先生像片一。

二月二十五日即旧历二月初三日星期三，余三十日夜，梦见老母看余药方，因指医案中“颇颇”二字问余作何解，次日复梦如是。自老母弃养后，日祝于梦中相见，而三年之久只见梦一次，今乃两日连梦，且神情语言如一。案，顑颔二字出《楚词·九歌》，云："长顑颔亦何伤。"王逸注："顑颔，饥意。"余每病总患胸口不开，家人又恐不食，易召虚火，老母梦中特举此二字见示，必谓余病原由胃弱，总以少食为宜，虽长有饥意，亦无伤也。自是日始立志，每食不饱，非甚饿不食。老母之训，当永永奉守，终身不敢忘也。

三月三日即旧历二月初九日星期二，拟联一付，挽胡太夫人陈平甫之母："秉礼持家东海遗风垂世则，升堂拜母池阳回首忆前游。"

三月十三日旧历二月十九日星期五，读《水经注》颍、洧、潩、潧四篇，以王益吾《两汉志注》及杨惺吾《历代疆域图》注其今地名于书眉上，使全书能如是注释，则此书与今地合一，便成有用之书。惜精力衰惫，不能成此宏著也。旧有张匡学《水经释地》一书，无从购觅，且其书成于胜朝乾嘉年，于今时亦不合也。

三月十四日即旧历二月二十日星期六，闻宁月樵明日开吊，急撰一联挽之，并撰郗立丞太夫人张一联，即书之。挽宁月樵兄猜灯虎旧友也："君今西极乘虬去，谁复南山射虎来。"挽郗太夫人张葬龙渠湾："鹤驭三更迎归仙阙，龙渠一曲长护佳城。"

三月十五日即旧历二月二十一日星期，赵晋卿铨斌来，言觅严鹿溪先生及世父小传，拟送通志局。

三月二十一日即旧历二月二十七日星期六，连日更订《三国地名略释》，只余三卷。

三月二十二日即旧历二月二十八日星期，敬之来谈，借《水经注疏要删》六本。万旭如来谈，携《周礼》《世说》来，质疑数事，只答其一条，余皆不能解。送《隶篇》石印一部，暂留，未便受之。

三月二十六日即旧历三月初三日星期四，早，裕弟来访，家中旧地契因检出交之。北乡老坟契两纸共七亩，数年前年弟交来，亦在其内。余老矣，精神日益颓败，此等物礼当归之大宗。敬之来，由钱健庵处转借来参谋本部四年所印地图十张，伊共得五十张非全本，以贱价购之冷摊者。

四月四日即旧历三月十二日星期六，拟刘瑞璋年伯挽联一付：“与哲嗣齐年记九日佳晨紫菊丹萸曾向华堂祝公寿，痛老成遽谢正三春欲暮绿杨衰草来歌蒿里送君归。”

四月十日即旧历三月十八日星期五，访宋丞，云已归他出。因询郭瑞圃住处，知孙文伯自笠僧许来，因投刺见之。据其言从太原来，在平阳遇刘雪督，只带卫兵四人，次元相随，先一日眷口数十在介休相遇。刘在后行，颇狼狈。文伯约一二日回汴。

四月十一日即旧历三月十九日星期六，挽俞月如安葬联如左。俞月如姻丈挽联：“忿故国之山川一江星火两点金焦魂魄常应依北固，占新阡于嬴博百代馨香千秋俎豆使君至竟爱桐乡。”“故居在扬子江边铁瓮金焦千里乡关依北固，新阡卜凤栖原上馨香俎豆万家尸祝视桐乡。”

四月十三日即旧历三月二十一日星期一，挽俞联重改定如左，刊落虚字乃觉遒炼：“故园大好山川黄鹄矶边两点金焦望瓜步，新阡近邻韦杜凤栖原上百年俎豆视桐乡。”

四月十六日即旧历三月二十四日星期四，早十钟起，阅报有胡笠僧病故信，大骇。饭后出门不数武，遇扶万亦如是言。赶往南院门看他报如何纪载，乃亦只《新秦》一分，闷闷归。少时涛甥、张华皆如是言，盖已满城传说殆遍。朱健男自强来，并言有人问之电局所，说午后三钟访宋丞细询。伊有数电往询，未接回电。近日电局阻隔，开封电须由甘肃转，殊不可解。惟宋丞云此电由晋省传来，且十一日之事，今已四日，无确信，当是谣言。

四月十九日即旧历三月二十七日星期，早阅报知笠僧凶耗已证实，痛彻于心。

四月二十一日即旧历三月二十九日星期二，昨夜拟挽何潜白表弟一联：“君是廉吏子孙竟迫饥寒死道路，谁谓天心仁爱偏诛兰蕙植荆榛。”

四月二十三日即旧历四月初一日星期四，拟复岳西峰电如下：

“开封督署西峰师长勋鉴：真电奉悉。笠僧溘逝，得公维持，遐迩悦服。指日即真，必能抚循疮痍，竟笠僧未竟之志。预祝。毛昌杰叩。东。”代仲和拟挽涂心培夫人朱联：“淑德千秋烈女传，遗文一卷断肠词。”

五月三日即旧历四月十一日星期，出访禾父，并见蕴生久谈。笠僧病状，全误于恃强不谨慎也，痛哉！挽孙中山胡笠僧：“抱三民主义奔走京津惜大功未成山木摧颓哲人陨，提十万雄师奠安河洛奈捷书初告风云黯淡将星沉。”

五月四日即旧历四月十二日星期一，成六绝挽笠僧。

五月七日即旧历四月十五日星期四，昨晚将哭笠僧诗略为排比得十二绝、一律，今早写成。清稿三分，一托敬之转交竹言改正，其二交《新秦》及《平报》馆，托登报。

五月九日即旧历四月十七日星期六，蒋仲三经绍周同年之子宏道旧学生来，云学界拟电刘定五表欢迎之意，余即附名并改电稿一字，撰挽联四付如左。挽笠僧代赵宋丞：“论并世英雄方驾孙阳追踪冯异，仰生平志趣远师武穆近法文忠。”“生则为英论盖世勋名直与三峰同岝崿，殁而犹视痛神州扰攘何时四海见澄清。”挽陈太夫人：“有子为一代英雄久著羊杜风流范韩威望，卜地得万年吉壤近挹南屏山色西子湖光。”挽雷仲南太翁友初先生：“厌城市乐山林与物无兢，祛浮靡期实□教子有方。”

五月十五日即旧历四月二十三日星期五，又雨一日，微嫌多矣。石逸诗云：“荷锄望泽春遍少，扶杖看云夏更奇。”诚佳句也。

五月二十三日即旧历闰四月初二日星期六，刘养伯来，略言一路归来接洽，冯子明、麻元文、甄寿山麟游人均一致欢迎定五。军纪则以甄部为良，定五至今尚未筹得政务长，殊难其人。

五月二十五日即旧历闰四月初四日星期一，蕴生定初八日续弦，拟贺联一：“荆楚重开浴佛会，河洲更谱好逑诗。”

六月十一日即旧历闰四月二十一日星期四，早九钟起。午后一钟奉督署一七号命令，派充督署秘书六月十日发，今日到，赏票洋二元。在南院门一游，瀛记曹姓书局移竹笆市，因往看之。见《豫章丛书》，系新制棉连纸印，甚佳。又《豫章集》，王著，其子鹏运刻，碎锦吟皆佳。汪孟慈喜孙，一作喜荀，容甫先生子《从政录》仿宋刻亦好，然书皆不甚紧要，且价大，故未买。尚有李申耆《历代地图》一分，共一十六卷，裱八十本，因缺十本，故亦未买，此则甚有用也。

六月十九日即旧历闰四月二十九日星期五，昨夜为陈翰卿德藻，湖北人书扇一把，题笠僧遗书一则为郑子屏："笠僧旷代逸才也，而所学圣贤之学，所志圣贤之志。颜败丛兰，冉伤芣苢。此子竟不永年，吾将呵壁而问天矣。"

六月二十二日即旧历五月初二日星期一，高培支送来希仁《说文提要》稿本，缘昨在图书馆谈及，丁仲祜搜求许学著作，故向培支将此借来，拟寄丁也。然细读其书，仅止节录《说文》常用字三千余，直一删本《说文解字》，他无发明，似无须寄丁。昨在高处并晤刘依仁名安国，华县人，第三中学校长，谈及亚新地学社有陕西分县图，系左文襄所绘本，不久当可印出。

六月二十四日即旧历五月初四日星期三，读《东坡年谱》终。接鼎梅信，属作辅卿兄《读书提要叙》。饭后访仲和略谈归，代拟挽联一付交之，并托告刘介夫。挽杨书卿夫人薛代仲和："彤管扬芬声称南国，黄杨厄闰驾返西池。"

六月二十六日即旧历五月初六日星期五，晚写挽联两付。挽杨书卿夫人薛孺人无锡人，暂寄长乐门外江苏义园："内助得贤才常把丹黄共雠校，传家守故训时将清白勖儿孙。"又代宫月舫："月冷梁溪怆怀故里，钟闻长乐暂妥幽魂。"

七月十日即旧历五月二十日星期五，早起祭慈亲，不动外客。以此间习俗，三年率用吉礼，点彩演剧，主人受贺，实非礼。故余仍遵故乡俗，只家致祭，外礼概不收受。晚间艾女为放焰口一台，一钟毕。

七月十五日即旧历五月二十五日星期三，闻人言孙军与吴军开战，东门内载归伤兵颇多。吴战始不得手，又闻岳西峰及吴督办均派代表议和平解决、暂时停战，未知究竟如何。

七月十六日即旧历五月二十六日星期四，早约六钟时，何梅先之家人来报，督办于昨夜出省，署内人员迁徙一空，令我即遣人往搬行李，因即令张华、黄元同往搬取，幸未遗失一物。督办之去，昨日傍晚定，我不知也。非何之家人来报，必损失无遗矣。早饭前访敬之，知吴督去志已定于昨日。正谈，顷闻炮一声即归。老三来言周近仁移居，盖恐会馆为军队所占，伊有家眷不得不避之。裕弟去，余亦上街。在甘园铺中遇张子信君，因将李逸僧之扇托伊转交。南院门南华公司美华、亨大利两钟表店，均被抢。院门巷共抢七家，皆昨夜吴督既去，其东路败归之兵所为也。路遇孙玉溪，知李虎臣、姜伯范已入城。下午在赵松屏门首遇仲和立谈，遇熙庭，知孙禹行前队亦入城。李驻省署，孙军驻督署。遇孙克丞、屠小梅，知禁烟总办郭君翼已逃，财厅长侯鉴丞被押于陆军监狱。

七月十七日即旧历五月二十七日星期五，早九钟起，甚热未出门。午后一钟，幼农遣人送其《守宁远城纪事》一本，因将陈卷令其带回。

八月十二日即旧历六月二十三日星期三，长班报告顾燕青于今日巳时病故，此吾初授徒时第一学生，且少时设帐其家，重承耳山丈厚爱，优礼甚周，且于学问受益不少。燕青遇我，踪迹虽疏，情谊不薄，良可痛也。

八月十五日即旧历六月二十六日星期六，晚拟挽燕青一联："侪辈落落三两点晨星那堪泣凤伤麟更挥老泪，几席依依四十年旧事尔时鸠车竹马方在髫龄。"

八月十八日即旧历六月二十九日星期二，挽顾燕青联代仲和："卅年相交性情靡闲，一日不见生死长辞。"

八月十九日即旧历七月初一日星期三，刘养伯来，云定五已于早间到省，现住通志局。属余即往，以便办理笔墨云。振东来托代翻电报。

八月三十一日即旧历七月十三日星期一，携祝词清稿属看有无改云。顷得电，知陕督任孙岳，吴苣(孙)[荪]改陕西护军使，冯焕章任甘肃督办，仍兼西北边防督办，李虎臣任陕西帮办。豫陕甘剿匪总司令、陕甘边防督办孔繁锦均裁撤。又，姜登选任安徽督办，杨宇霆任江苏督办。此令一发，陕局暂时可免纷扰，亦大幸也。写贺张文穆喜联，明日续弦也："今日良辰谐伉俪，来宵好月共团圞。"

九月七日即旧历七月二十日星期一，贺杨书卿续弦二十一日白露节："择吉刚逢白露节，合欢共醉碧筒杯。"孙督擅委李梅森为烟酒局长，王子中建极为印花处长，并欲委焦易堂为政务厅长，且代拆代行，李可亭为财政厅长。向李虎臣商拟令强夺省长印，李不允，暂搁置。刘凤五省长、朱子敏财长，已电京，未见命令也。

九月十三日即旧历七月二十六日星期，写挽段太夫人联一付："慈惠待人温如冬日，义方教子望重秋曹。"

九月十六日即旧历七月二十九日星期三，挽宁月樵太夫人："比屋为邻久钦懿范，治家以礼永著遗型。"

九月三十日即旧历八月十三日星期三，贺周绍先连长归鄜完婚。

十月四日即旧历八月十七日星期，蕴生偕某来借《南山谷口考》一本。敬之、向臣陆续来谈。自定五来，我一身将为人役，且如山阴道上接应不暇。我不过一闲散顾问且如此，设据要津，不知更如何困苦也。

十月五日即旧历八月十八日星期一，接张泽涵信，附条陈一纸，以统一政令、拔用人材、整理财政三大纲，言之成理，然非武人觉悟不能行也。

十月十六日即旧历八月二十九日星期五，李东初托代拟挽联，立刻即要，拟就饬张华送去，而又遣人来催。挽郭伯龙联代李东初，或为牛耀廷转托："望重乡邦东国人伦郭有道，才兼文武西京循吏尹翁归。"

十月十七日即旧历八月三十日星期六，一钟复到选举事务所，略商酌预算事。饭时复回秘书室开委员单，请批薪水。批定，仍照上届委员长二百六十元、委员一百六十元。王莱亭来，访绍岩久谈，悉石逸背疮极重，濒危者数次，现已大好。挽吴希真："灞岸分襟竟成死别，玄亭问字痛忆生平。"

十月十九日即旧历九月初二日星期一，到秘书室。张虎臣调参事会秘书长，王子经亦闻有他调。说道荇数日未来，作文字者只敬孟绎岩四人矣。孟拟布告一长篇，文甚佳，唯恐不易履行耳。

十月三十一日即旧历九月十四日星期六，感冒，病九日至今始能勉强起床。马玉堂看一次，王勉之看一次，并为素姬诊视，皆略见轻减，终未退尽。早十一钟至所，令将概算改定，午后四钟交定午阅过。见南圃，谈及来家看病，并代定午送到现洋百元养病，因即面谢之。财政极艰，为我谋者至为周挚可感。当面告之，请后勿再如是。受之适增惭愧，却之又非彼我交情所应尔也。

十一月二日即旧历九月十六日星期一，祝路禾父太夫人七旬寿联九月十七："柽华垂荫家风旧，莱彩称觞寿母欢。"

十一月五日即旧历九月十九日星期四，挽张鸣岐省长代定五："数邺下人才盛名与韩魏国岳鄂王并重，守容城学说终身奉颜习斋李恕谷为师。"又"生有自来仙乐先征邻媪梦，天乎不吊神州未奠哲人殂。"挽邵某代定五："草檄飞书幕府高名驰塞外，扬枹击鼓使君遗爱在湘中。"挽赤百荇老先生亚武旅长之父："耕读传家克勤克俭，诗书教子允武允文。"

十一月八日即旧历九月二十二日星期，早七钟起程，住临潼县鱼浪山署中韩城人，次日住渭南县曹毓生灵秀，渭南人署，第三日住华县刘慈卿署植青，渭南人，第四日抵华麓，焦易堂、李可亭招待。先住太素宫，后迁云台观内焦仙祠。道人直隶人，号法正，俗姓郝氏，招待甚周，共住七日十九日初四日起身归。

十一月二十五日即旧历十月初十日星期三，拟挽景吉人联一付，托绍岩代书文如左："佳节近重阳去年菊绽篱边曾向华堂祝公寿，人生若朝露此日梅开岭上又歌蒿里送君归。”饭后归，写喜联一付，后日为宣儿完婚也：“梁孟风微须料量荆钗布裙希踪往哲，向禽愿了好整顿芒鞋竹杖遍踏名山。”此昔年代宝珊所拟者，略为删易用之。

十二月二日即旧历十月十七日星期三，定五招至客室，王丕卿在座，商酌与冯焕督一密电安密，战事将了，从事善后，请其出主大计。余因在素子室拟定，登时定五看过即拍发。

十二月四日即旧历十月十九日星期五，西峰、正鹄两电，知郭松龄反戈攻出山海关，已至绥中，自称东北国民军，并迫张作霖下野。李景林中立，自称国民第四军。陕军则李纪才在济南，樊老二在德州，邓宝珊在保定，虎臣住郑州以待时机云。

十二月五日即旧历十月二十日星期六，与蕴生、敬之、竹言、黄俊老闲谈，宋聚五拟撰民国陕西大事记，诸人谈困难甚多，确有至理。二钟到所，总计各县报到初选人已有三十余人。五钟饭，饭后在华贵勤房略坐归。

十二月六日即旧历十月二十一日星期，昨晚写挽联二付。挽锺琴石太夫人冯：“入奉姆仪淑德遥钦大家范，出参朝政贤郎洞识小民情。”挽周振轩：“霁月光风怀茂叔，只鸡斗酒哭桥公。”余购钞本《逸周书分编句释》残本，上元唐大沛醴泉纂，受业蔡世松友石校刊，只上编十八篇至《王会解》为止。

十二月七日即旧历十月二十二日星期一，跋秦芷斋书联。芷斋丈工文章，精金石之学。隶书笔学伊墨卿，往往神似，此联以不惬意未署名。今丈归道山已四年矣，寸纸只字皆当宝贵。上联用陶诗，敝藏陶集数种，皆作“宿”好，此作“素”，不知据何本，对句则张茂先诗。席间告定五请勿主持收房捐，此议本非定五所创，外间皆怨之，冤哉！

# 君子馆日记卷五

十五年一月五日即旧历十四年十一月二十一日星期二，自十二月十五日病至一月五日共二十日，今始下床。十七日定五来视疾，次日遣刘莲浦送来养病费现洋百元，情实可感。随覆手片，请后勿再施，增我惭悚。请王勉之看三次，服药已效，迄未净。仲和来劝请王荫之，看三次始驱净外感，又速服补剂三帖始愈，然虚弱过甚，尚需数日始能出门也。病中陈伯韬送来照片一纸，成七律一首。

一月十八日即旧历十二月初五日星期一，早十钟起，拟入署。因天阴，仍畏冷而止。今日开会议，议决覆选办事法。

二月一日即旧历十二月十九日星期一，《春秋舆图》一本交定五。伊近读《通鉴辑览》至春秋时，故以此书佐之。

二月二日即旧历十二月(十九)[二十]日星期二，写王佐周三周纪念幛一。

二月五日即旧历十二月二十三日星期五，见定五，询搬署事，已定明正十日迁移。余因密告陕事终无所为，再视大局若何，不妨借故引退。《易》云："见几而作，不俟终日。"此言甚可味也。定五颇以为然，并云伊久有此意，相机行之。

二月八日即旧历十二月二十六日星期一，笠山来言，宝鸡确为吴军所得，杨军专守虢镇，郿县亦有战事。到秘室与敬之、孟符略谈古诗平仄。宋芝田持论太拘，实非通论。孟符并云及填词一事，芝公直是外行。

二月十日即旧历十二月二十八日星期三，购《崇记历代地图》一部，李申耆著，大本共十六图八十幅，缺十幅，因将全部细细检点，与李氏五种所刻略有异同。

二月十一日即旧历十二月二十九日星期四，早九钟起，赵宋丞来，携朱子敏赠洋百元，辞不得。十一钟乘大车至财厅，面辞之。未久坐，步行到所。蕴(巳)[已]先到，未几春、笠均来。因商就现有之款与同事暂发半月之薪，现七票三搭配，以备度岁之用。三钟，定五约谈，看旧拓《云麾碑》一本甚佳，余为估价二百元。晚朱仲尊仍将子敏赠洋送来，义不能却，受之。此仍是笠僧关系，言念及之，黯然欲涕。

二月十四日即旧历十五年正月初二日星期，余即往敬之家答拜，见孟符《元旦》七律一首甚佳。

二月二十一日即旧历正月初九日星期，昨夜制挽联二付如左。挽涂澄亭表弟："风俗日偷管鲍交游弃如土，予怀益恶刘卢世戚渐无人。"又代仲和："君死岂无因良夜刚逢司令醉，我生复何乐重泉转觉故人多。"柏孝奉为孝龙子续弦，撰联贺之："今夕同斟合欢酒，来宵共看上元灯。"

二月二十八日即旧历正月十六日星期，郭建侯来谈，问双声叠韵并《六书音韵表》诸疑难，具答之。

三月六日即旧历正月二十二日星期六，在署中知潼关失守，我军退驻华县。省长派蔡祥荇往慰问赵、卫、麻、王诸将，并拟派南浦往晋，与阎督有所接洽。

三月九日即旧历正月二十五日星期二，据闻敌军已至新丰。顷闻筱亭言出门时相遇，赤炳文由东返夺回潼，此说殆不足信，若然则一二日内省城又起大恐惶也。

三月十日即旧历正月二十六日星期三，到所阅报，知赤旅克复潼关，西攻至吊桥。三钟定五约谈，为改贺冯宣抚直豫陕三省之喜。内阁改组，贾德耀为总理兼陆长，绍岩代长安知事，复请培绎如来任秘书。余赠颜碑精拓一份，今日交之。

三月十一日即旧历正月二十七日星期四，早十一钟至所，写挽联

一、集联二，拟赠韩继云。挽王勉之尊人蕴空："乍脱征尘五日惊魂犹未定，死有余恨四郊群盗尚如毛。"

三月十四日即旧历二月初一日星期，苏敏生来杨虎臣办公处主任，旧在民立中学任教习，曾在子逸处见过数次，故尔与之熟。据伊言，汴梁确为吴军所得，岳西峰、李虎臣均被困陕州，天津被李景林反攻，亦有此说。杨虎臣西边战事颇得手，惟子弹缺乏，现已移开来省，拟向省东行，为豫西援助，而令卫总丞定一西归敌孔吴云云。

三月十五日即旧历二月初二日星期一，阅京电知直隶战事甚确，三军失败实意中事也。

三月二十一日即旧历二月初八日星期，访莱坡、勤孙均未见，归至门口，适遇莱坡，遂约归畅谈，云有南、祝两夫人画嘱题诗，允之。挽秦联如左："懿行常昭彤史范，佳城永奠白杨村。"

三月二十三日即旧历二月初十日星期二，早九钟仲和来信，托拟挽缪夫人联，因令在敬之处借讣闻。十一钟王虚斋乃心、赖定之永镇，城固华峰子同来询京电事，去即到所。撰联一付如左："故里难归叹豺狼遍野魑魅窥人痛绝烽烟阻南国，花朝乍过正芳草粘天垂杨窣地愁看旐旐出西郊。"赵念甫来，四钟余至秘室即开饭，因将卓亭之言转达定五，定五已如其所开单照准矣。

三月二十四日即旧历二月十一日星期三，到署定五又促我担任关中道，剀切与言并力荐郭蕴兄、吴敬老、谢文卿，均未允。正谈顷，素子亦来，并与素子力言不可状，迄未解决而散。到所无事，到秘室。绎如未来，因至竹言处，拟将汉廷代政务厅长事告之，而汉廷正在座，不便言也。

三月二十七日即旧历二月十四日星期六，早八钟起，省长、素子均来道喜。十一钟半到所，蕴生已到。街上悬旗，云虎臣今日回省，省长已往东关相迎。少时省长回，云今晚住临潼，大约明后日方归。

三月二十八日即旧历二月十五日星期，李督昨晚回省，省长已见面。

三月二十九日即旧历二月十六日星期一，李督办今早往三原，而又向长安催烟款，限五日要三十万，并收房捐两月，真不了也。

四月五日即旧历二月二十三日星期一，清明节。早八钟半起，十钟携湘孙同往督署行清明植树典礼。植树毕，顺看吴督新修之房，尚未毕工而吴已去，深可为好兴土木者戒。

四月十二日即旧历三月初一日星期一，见定五，云李督昨有出省之意，今日宗旨又不定。余告以镇静为是，薛正清来电亦与余同。

四月十三日即旧历三月初二日星期二，省署来请即到省署。定五言李督辞职已发通电，杨虎臣师进城。定五亦辞职，即请孟符拟电上执政、总理各一通，并有拜章。既上，即拟出署就医，印信交我代拆代行之语。余力言不可，即操笔删去，并请素子、汉廷来力谏之。汉廷极然予说，李振初、吴敬老均以定五说为是。经余一再解释，敬意已了解。席中我与敬之又力言其万不可轻去之义。

四月十四日即旧历三月初三日星期三，往省署痛陈不宜轻去之故。李贞白亦来力言，之意似有转机。余即到道署，已二钟矣。四钟，往通志局和平期成会见蕴生，本拟约之同往省署，而省长来请，余即暂往。复有提及令余代行，已下条并令即将印代归。余即遣车往约蕴生，而和平会同人已到督署，并约余往同见督办及柴司令代表宋世□，谈毕复约蕴生、王善卿同来阻定五之行。

四月十五日即旧历三月初四日星期四，早，腿疾犯即起，少时愈。十钟到省署，适李贞白亦来略谈。省长归，谈及刻下杨虎臣定今日进省。李督意俟杨来会商军事办法，省长暂时不行，甚善。

四月十六日即旧历三月初五日星期五，到省署，李贞白亦在座，定言杨虎臣今晚进省，姬慧伯昨日进省，素子曾见面。余闻禾父某天自临潼返，特往访之，两处均未见。路遇文穆云，闻霆轩说彼方要求六钟进城，代表谓时太促，万赶不及，彼方谓若不然则进兵云云。吉凶今夜必见分晓也。

四月二十八日即旧历三月十七日星期三，往省署，军界召集会议，请各机关、各团体电告中央、各省，报告陕西被兵惨祸，四钟散。

四月二十九日即旧历三月十八日星期四，访子逸久谈。子逸云杨虎臣师长方在伊家，谈次欲来拜余。余因便往拜焉，见面人极谦下，气度娴雅，略谈归。

五月一日即旧历三月二十日星期六，昨晚战事最烈，大炮十余响，枪声不可计数。惟余倦极，故尔能睡。今早七钟起，枪声仍未止，炮声亦间数分钟一响。

五月二日即旧历三月二十一日星期，早八钟起，十钟访王润生，拟托向仓廒绅说项，在应交县款内扣数百元。据云城内吃紧，乡绅无入城者，且十九年钱粮确已征完，刻下惟房捐一项正在催收，如能与绍虞商妥，准在此款内挪用，则可办到。即出访蕴生不在，访问渠略谈。访继之，即将润生所谈请其商之绍虞。访韵卿未见。归，敬之来谈。饭后至省署，定五正在庭闲步，因入与清谈，据云段仍出维现状云。出访素子，不见即归。迂道访甘园，李友鹤诸人正议下星期开会，拟俟战事了后，演剧筹款赈济难民，甚盛事也，余极赞成。众散，更与甘园清谈，片时返。

五月四日即旧历三月二十三日星期二，到署，聂梦九来，言同人说有田毅民督陕之说。四钟出署，到省署见素子、警堂。警堂言，适往我家未见省长，因蕴生言明日一钟召集财政会议，共四十七人，恐到者未必及半也。

五月五日即旧历三月二十四日星期三，到署，午后一钟到商会。约蕴生同到省署，今日召集财政会议也。四钟始开会，议决在外县发行公债，俟商之军界定议后举行。

五月六日即旧历三月二十五日星期四，午后一钟到和平期成会，议答刘雪帅回信。招韩绾卿，久不至。芝老因多谈不耐散去。直至五钟始来，言彼方能承认陕豫合作，任井崧生为陕西总司令，然后方能言和，话毕众散。

五月七日即旧历三月二十六日星期五，至和平期成会。韩绾卿函云，欲言和须承认井为陕西总司令，麻为副司令。井未来，由杨虎城代行。再议条件，即由张紫桥拟覆函，将韩信附入函稿。大众看过极佳，发缮交俞嗣如送邮，三钟后散。

五月十三日即旧历四月初二日星期四，至和平会。一钟芝老来，二钟卫总成师长来，议定由和平会函询刘雪督，若陕西果能退，彼方能否不追击。并函吴苣督，请劝刘罢攻，以获麦在即也，三钟半散。

五月十四日即旧历四月初三日星期五，午后一钟到和平会，刘雪督复二宋、念堂信，云极愿和平，陕军有枪者皆为改编、无枪者给资遣散，岐、凤、兴、武为分驻地点云。照钞数份，举次枫、嗣如与卫总成送阅，借余车前往，三钟时归。云与二虎商定，再与回话。又李、杨各送一纸，韩绾卿一纸，由郑子屏代交，四钟散。薄暮，振初来谈未去，省长来谈，少时去。

五月十五日即旧历四月初四日星期六，至和平会，到者无多。问警堂，言二虎见雪复宋、武信甚不谓然，大约和议不能成也。蕴生与嗣如因报载财政会议事不实，嗣如漫云闻之蕴生，因而面相诘难，颇激烈。嗣如即去，少时众亦散。余到省署，饭后同绎如酌修致雪督信，请停战令民收麦，改成而定五已往李虎督处，即同出署，拟明早再往一谈。

五月十六日即旧历四月初五日星期，至省署见王丕卿函，云有东路人得家信，传说刘肩中飞弹，势颇重云云。午间为惠春坡道喜，并见魏子树。据凤丞言，春坡到任聘顾问二人彭谷扬、王益然、谘议八人，子树当即八谘议中一人也。薄暮，南城枪声甚多，大炮数声，家人小孩均甚惶骇。

五月十七日即旧历四月初六日星期一，到署，善初来，言在外借得百五十元。柏卫长言，卫士发饷六十串，不足火食，请增加。善初言，即照通志局例，人发三元现洋，余数无论多寡，皆以票洋补足，姑照此办理。

五月十八日即旧历四月初七日星期二，早七钟为炮声惊醒，昨夜放数大炮，余在梦中未闻，今早一炮由余家屋顶飞过，声尤烈，家人群惊起，携诸孩避居街房。余亦即时起，起后未久而炮声停。十钟往商会晤蕴生、定九诸人。《新秦报》已登褚小(密)[毖]枪毙事，传闻三师处有密探获有信件，证据甚确云。又有一说，前年遇害之屈议员、吴卜山两案，皆褚所发纵，此番系屈之告密云，未知然否。午饭后至省署，知长安县改委张念祖子甲之子也。

五月十九日即旧历四月初八日星期三，四路总司令部来函，属转告西门外外人迁居以避危险，盖其花园已驻兵矣。随起函稿送署，明早缮发。

五月二十日即旧历四月初九日星期四，早八钟起，接军务联合处函，今午李督办就陕西总司令职。十一钟往道喜，乃知李尚谦让不就。聂梦九来，言美安息会贾、华两牧师复信来，云今日迁城内，请发护照、封条，当即发与护照一纸，封条俟后再发。梦九言，李司令于三钟半时任事，贺者均已去，惟省署数人而已。

五月二十四日即旧历四月十三日星期一，十钟时聂梦九来，言贾牧师愿将西关物件搬进城内，请发护照一纸，给之小车二十辆、挑夫六人。四钟后炮声又紧。

五月二十五日即旧历四月十四日星期二，午后约三時，南门外炮声又作，共计十余响。家人仍移住街房，至晚停。

五月二十六日即旧历四月十五日星期三，到署，曹仲谦谈云，自褚小(密)[毖]事出后，竟有人飞语及刘乐天者，属余如有谈及者，务为据理剖白云云。四钟到省署，饭后略为改订致刘雪帅函稿，六钟出署。

五月三十日即旧历四月十九日星期(二)，午后一钟到省署，见定五，将邵教士函与阅之，云无识之传单无足计较，贵教诸善士劝人为善，每遇急难，我兄不避险阻出而排解，受福孔多，至为佩感，凡在公之人，对于贵教会无不极端保护，务请宽怀为幸云云。因即归。

六月七日即旧历四月二十七日星期一，见定五，代敬之续假数日,并将刘依仁伯母行略交之。本拟请敬之代撰家传,敬之因病不能作,故缴回。余因告定五此等应酬文字,不必求好,可随意请一人作之。定五近日读《通鉴辑览》甚勤,因与略言读书之法。四钟归,七钟余即寝。

六月九日即旧历四月二十九日星期三,到署命人来请美教士贾、华二君来见,伊开西门外住宅存物单两纸,请余签字。余答以并未点验,无签字之理,惟留一纸存案,允之。

六月十日即旧历五月初一日星期四,早八钟起,饭后复睡。十钟时仲和来谈,县署日昨将伊请去,派捐军饷二千元,婉商减至千元,实在无法应付。并知吴敬则派万元,谢文卿派八千元,甘园派三千,余皆不识,约计单开十余人。仲和去,余即往长安见张伯铭、康继尧、邓敬亭、高介人,更有四路军需某君在座,不便谈话。辞出,伯铭送时,路中将仲和近况略告之,请其推情照拂,并将甘园事亦与言之。此际无论何人,现款实难筹办。伯铭并云仲和近况,适敬亭亦与言之,意思似已了解。余便请其筹少数款,救午节之急,亦有允意,余即归,与仲和函知。因早间建侯函约在家相候,不便往面谈也。五钟时建侯来谈,云长安亦派伊助饷三千元,劝捐者一潘姓、一张海帆。余允为向海帆说项,留吃便饭去,借《小方壶斋》六十四本、《顾勯堂日记》一本。建侯去,余即访海帆,未见。到省署见定五,云赵贵卿昨日归,彼方答复甚和婉,而此方得姚鼎阳信,云张飞生已到咸阳。传闻陈伯生来信云都中大局有变,伊已奉段令带兵回陕,晋督亦助援陕党,自新已假道山西,由北山归,解到大批子弹。又闻缑俊卿章保已为部下所戕,全部投田润初矣。访赵贵卿不在即归,访荫之略谈归。

六月十一日即旧历五月初二日星期[五],早九钟张海帆来,因将建侯近况为言之,请其切实照拂,满口应允。频行云究竟能出若干,余以意答之,若一二百元必能勉力报效,多则恐难办到。贵勤略述此次往来情形,述毕去。余即往建侯,将见海帆时语告之。访仲和,访甘园,均因捐事烦恼,特往慰之。归途遇谢文卿,立谈苦况。今昨奔走两日，只凑千元交去，限初四午后三钟续交一千，由至新社出保条。只明日一日工夫，实无可设法，忧虑不堪言状，良可慨也。

六月十二日即旧历五月初三日星期六，余即到省署，未见素子，与绎如坐谈多时归。绎如前见镜湖奉李督使往东关，邵教士拟借军饷数万，真奇事也。归途至曹书铺，将马渥夫绘陕西舆图还之。《元和郡县志》索价五元，《舆地广记》欧阳忞索价二元，欧书宣纸，印甚佳。

六月十三日即旧历五月初四日星期，往财厅访春波未见，至省署见之索款，云拟商之军界，借发政费一层，能允与否尚不敢必。出，访子彝，借朱墨《韩诗》三本、《经传释词》四本归。邱善初来，云长安缴百元，惟尚未见高九如面。

六月十四日即旧历五月初五日星期一，早十钟起为老母叩节，对影象展拜，痛不可忍。家人拜谒，立止之。邱善初来，云长安取来百五十元，各员分配，人五元，卫士、夫役人一元聂科长十元，共百一十元。卫士九人，节赏九元；夫役八人，节赏四元。车钱三十元，共用洋百五十三元。付内子钱五十千，作家中打散。财厅竟未发一文也。建侯遣人来告捐款催甚紧，明日拟再为设法一疏通之。

六月二十一日即旧历五月十二日星期一，早八钟半醒，十钟至署。继之来谈，问渠事已搁置，或者可免。二钟到省署，代敬之辞职。定五言，现无事可办，不必来俟，有相烦时派车来请，不可言辞职。昨有一诗也，李汉廷交来，即是此意，已令素子往挽留矣云云。饭后见敬之，代达定五意。素子亦来过问，敬言翟星斋富户捐竟出至千五百元，明日当往慰问之。

六月二十二日即旧历五月十三日星期二，往看翟星斋，久谈。据云姚莱坡富户捐既出四百元已了事矣，而新知事接事复又翻异云。出，访白绍鱼，云同友往骡马市观剧未归，留刺返。

六月二十七日即旧历五月十八日星期，午后邱善初来，言高九如亦病银行借款事不谐刻，惟有设法仿贾道尹旧例，向丁神父以交涉，署名义贷千元，维持现状，可托涂心泉先商之。裕弟借来十元，可暂为接待省长之用，然亦支持数日而已。

六月二十九日即旧历五月二十日星期二，今日老母第四周年，购菜不得，仅自制祭菜五小品，黄鱼、火腿，并仲和昨日所赠苋菜而已，伤哉。

七月一日即旧历五月二十二日星期四，早七钟起，九钟敬之来，略谈去。允赠向之《唐代方镇表》，据云宋明两代均有其书，且较《唐》为详，惟并未注今地名，为缺憾哉。

七月二日即旧历五月二十三日星期五，素子言省长到道署，因即返署略谈去。余以道署经费万难支持，与商请委李子逸，子逸与杨虎城有旧，伊如任此，每月数百元杨必能相助，而定五不允，云此时不便有所更动，经费一层，再为财政厅言之，前曾允拨二百元当能办到云云，亦不便再告艰难矣。

七月六日即旧历五月二十七日星期二，到署，丁神甫来长谈，允借洋五百元，两个月限期还，并需余与梦九皆署名。三钟到省署吃饭，饭罢卓亭、孙文伯来，与定五议外人致刘信稿。因高陵主教函告姜伯范，云伊已与刘函，请令难民回乡，令省城各外人与慈善团体亦去函请，而省内军事主政者不谓然也。看杨虎城诗，并为易数字。归未上灯，困不可当，即睡。半夜枪炮声甚盛，起望城内西北角大火，稍时幸息。

七月七日即旧历五月二十八日星期三，今日奇热，昨夜火系南院门西之市场已焚毁一空，又添无数难民，惨哉。

七月十三日即旧历六月初四日星期二，晚看敬之，正坐时又雨，乃乘车返。莱坡富捐出六百，竹言曾言已经打消，实不然。敬之家存米十八石，为粮台辇去十三四石，尚能为留数月之食，亦不幸之幸矣。

七月十四日即旧历六月初五日星期三，会计处还来洋百元，归家略休息。到省署，饭后归。访甘园，同往答拜杨虎城师长，张亚雄亦在座。略观中州会馆可园，大异旧规。余少年时常来游，今日重来，逾三十年矣。

七月二十四日即旧历六月十五日星期六，早薛宅来报丧，寿萱于本月十三日亥时作古，今日三天。十钟到署，十二钟西门福音堂严牧师至佑来，云有信、电拟托总司令部代转刘雪帅，问可否，少坐去。四钟时复来，持信十五件、电三件，共装一函，并与我一函，托转请司令部代递，余即允代办，随来教友赵君，在此将信封缮就同去。去后余即写信饬卫兵送去。

七月二十六日即旧历六月十七日星期一，署中人来，云武、路两牧师拟来署见面，答以十二钟相候。旋即赴商会见蕴生，托为仲和缓颊，并见孙克丞。十一钟到署，十二钟武、路两君来，云拟修函托总司令部代递。余即将粮台报告春茂涌在彼存麦九百余石，骆驼巷某姓存麦五百余石，有无其事？武、路咸言毫无影响，余告以有函相达云云。去后即拟函令人送去。明日再嘱聂梦九往查，以便禀复。

七月二十七日即旧历六月十八日星期二，到署，教堂复函已来，又派聂梦九自往详查一次，粮台所称事全属子虚，徒贻笑外人耳。李仲特来谈，少时送之。觉微风相袭，又有病意。归来略息，往省署与素子报告查询囤麦情形，明日呈复。

八月四日即旧历六月二十六日星期三，又病一星期，今早勉强起床，因仲和捐款事，县署逼之甚迫，昨日将其家丁羁押县署，特起拟为托郑子屏为周旋。九钟出门，先访仲和，已出门。见叔惺略询，大概不得要领。即访子屏，子屏病不能会客，扫兴而返。即到署，高九如来略谈借款事，云以钱票借用，我云可照时估写作洋元，如此将来两方均无吃亏之患，未知能行否。长安县仍答随后为筹少数，财厅今日拟往商之。午后二钟到署，见定五，因久病未晤，并拟托为仲和缓颊乃定。为缪石逸事三致书而无效，因而未言。警堂、汉庭旧事重提，催迫亦甚。警堂已逃，汉庭丁艰稍缓。饭后归，素子病牙颇重。五钟时仲和来细谈，拟明日访王润生，代为设法。赵叔扬、赵锡三同来，言警厅又令各坊造居户册，以备挨户派麦。

八月六日即旧历六月二十八日星期五，大雨一日，至夜不已，万余难民弥增困苦，天胡不仁至是哉！四钟访王润生，谈及仲和事，托其说项。据云毫无理解，不通人情，直是无法。近来日避居陈督军之公馆内，专为避人说情者，其奈之何。

八月七日即旧历六月二十九日星期六，早十一钟到署，遣车接梦九，请往总司令部见参谋长安君，朝邑人，说外人托寄信件，仍请其代转，已允，惟月只可一次，再信不宜多，因彼处无识外国文者，检查已艰难也。司令部来函，云西关嘉牧师教堂已饬第四混成旅加意保护矣，当即函复嘉牧师。省署庶务赵善征来送洋三十元，愧哉！四钟访高九如，略谈。访周凤冈，并见王香亭营长，知仲和事仍无办法。甘园又出洋六百五十元，经杨师长说项，始了事，海帆亦在座。春坡前话云直不能谈，故未与我回话。归，少时赵叔扬、赵锡三、陈惺园同来，言长安与归义三坊派麦百二十石，三坊共派洋三千元，直无办法。

八月九日即旧历七月初二日星期一，早七钟赵锡三送来三坊合词，呈稿中多过火语，特起为改定，即令送去。饭后拟涂表姑丈象赞："宓宰单父鸣琴而治，越三十年音徽未沫。敬拜遗像悠然以思，西京循良百世之师。"

八月十日即旧历七月初三日星期二，张亚雄来略谈，云有糯米可让数斗，照买价十二元，且可当时不付款，真难得也。赵锡三、叔扬来，言捐款已改办法，照警察灯油捐，每百钱者捐洋一元，如此甚不难办，而麦捐则催办甚急，此尤难也。

八月十六日即旧历七月初九日星期一，邵教士伯清涤源来，久谈甚欢，三十年前旧交也。四钟归，云禾父在同善社相候，因往见之，并见查君。听弹琴两出，声细几于无，古乐必不能行，可见也。

八月十七日即旧历七月初十日星期二，到锡三家。十二钟人始到齐，收前日所派麦数，重行公定，除去长安教育局、通志局、国学专修馆、兴汉会，另派一单。吾家仍派一石二斗，余则有增有减。四钟散，余即赴省署，省长他出，见素子略谈。在素子房见审判厅公事，云犯人不能供给口食，数十人拟一律开释，皆杀人强盗十年徒刑以上者，是又添数十恶人于社会也。

八月二十一日即旧历七月十四日星期六，早十一钟到署。舒大夫来答拜，并携信一件报告交通部，云邮政局长陈伯韬芨涛因霍乱于今早病故，请吾送总司令部检查，即托设法送至他县，交邮局拍发。又昨接武牧师请索告示信，因即拟两函请梦九亲送去。

八月二十七日即旧历七月二十日星期五，昨日七钟即睡，十一钟腿疾惊醒，在摇椅上假寐。早八钟醒，十一钟到署，写联一如左。挽陈伯韬芨涛邮务局长："杯酒联欢镜里尚留鸿爪在，重泉有恨云边久阻雁书来。"写毕即携往吊之，今日头七也。见许璧臣，省长属之令代主持丧事者，璧臣与伯韬同乡且旧交也。

八月二十九日即旧历七月二十二日星期，薄暮，子屏送来麦一石，付护兵酒钱二千今日价四元五六。

九月一日即旧历七月二十五日星期三，一钟时嘉华达来，言急欲往汉，余固留之，仍不肯，云情愿与我写一函，云纵有意外不怨保护不周云云。答以必如此，俟信来再与省长商之。四钟张华告建侯来，当即归。正谈顷，子彝来，细述三次与虎城谈张事，已决定即释放交冯旅，翟事必无危险，但非纾巨款不可。

九月二日即旧历七月二十六日星期四，早八钟起，九钟半买来小米一斗，洋四元，因用车装送粮台。余乘车至易俗街口下而步行访梦九，告以嘉华达昨日来谈之意，出复步行归，车遣往子彝家借用也。马仆言敬之来，云有话商议，因即往其家见之，托为心斋设法疏通，因将转托子彝，并子彝三见杨师长之事详告之，归。

九月七日即旧历八月初一日星期二，早八钟起，梦九送来代借八十元付收条，并函请病假两日。食油饼两枚，即乘车游晓市，访亚雄未见，归。饭后十钟到署，交庶务六十元，令付车价一月，卫士、夫役各一元，余留杂用。招凤丞来，将改定建侯诗两本，令与仲皋同看，可悟作诗之法，并择数首属代钞存，中有代改小题数首，如《泥人》《泥马》《泥瓜》及《挽宋蔼人》诸首颇有意致故也。

九月(八)[九]日即旧历八月初三日星期四，早八钟起，九钟亚雄来谈去，十一钟至赵松坪家，见其侄光甫，云伊父有病，调查员拟推举晁兴泉之子。又粮台催拟合议办法，余云即须赴署，不克久候，将来公议如何即如何，吾从众也。

九月十三日即旧历八月初七日星期一，记改郭建侯诗如左。《泥马》:“块土能成汗血功，康王莫漫泣途穷。长江天堑投鞭渡，渡得江来便化龙。”《泥人》:“黄土抟人造化奇，侏儒三尺好容仪。此身本自泥涂出，莫向清流与濯肌。”

九月十四日即旧历八月初八日星期二，早八钟起，又有兵士来欲伐树，即函请子彝索粮台条据，至午后粮台派人来告，无论何人不持粮台条据不准来伐，而伊仍不肯出一凭条与我，可恨也。十二钟到署，冯炳奎告长假，奉其母出城就食，庶务无款，因以身带一元赏之，交柏队长手。为问渠写条幅，录新作《围城吟》，即交继之转交。三钟归，饭后步游南院门，由粉巷往看仲和，略谈返。仲皋来谈，托代觅米三五斗，扇面交之。

九月十五日即旧历八月初九日星期三，今日为上丁祀孔之期，早四钟兴，沐毕，食面一碗，少候至四钟四十分，起身及至孔庙，尚无一人到者。少时警长徐烈卿到，直至六钟时人始齐，敬谨致祭，余分祭东配，三献礼上下，略觉困倦，祭毕略息归。

九月十六日即旧历八月初十日星期四，自昨日病，至今日未退净，早十钟勉起赴署，继之复来，为卫士、夫役等直欲断炊，真无可设之法也。

九月十七日即旧历八月十一日星期五，早八钟闻有飞机，即起望之，少时即去。十一钟访子屏，并见劳觐九、高介臣，托子屏代觅粮食。出看聂梦九病，路遇亚雄略谈，可代觅小米五斗，立谈片时别去。至省署，见素子，将诗送与鉴正，雷仲南、吕南仲亦在座。见定五，王卓亭、胡文卿、王绶金并一回教某君同在座。见早间飞机所散传单，回汉文各一纸，大意系安慰回人者。归知粮台又来伐树，即向子屏索来一条。饭后复访子屏，令以电话告粮台，未知有效否。敬之来，言席梧轩云王太太事终非空言能了，属余转告之，并托再为心斋托子彝缓颊。晚，子屏送来麦一石，给脚力四千，今日市价约七元余。

九月十八日即旧历八月十二日星期六，方拟入署而李贞白来谈，看余诗并看子彝诗，约同访子彝，至而梁蔚园在座畅谈。午后四钟时，贞白去，余留食馒首一枚，(昙)[坛]炖红肉味甚美。方食毕，杨虎城、卫总丞两师长同来，周旋数刻归。星斋事更托子彝，子彝极力设法。惟彼方愿欲甚奢，已出至七千，仍不放手，幸而虎城面允子彝，绝不令其吃苦。归时即访敬之，将此情告之。晚为贞白写诗稿一分，今日送子屏诗稿一分。麦价二十元。

九月二十日即旧历八月十四日星期一，十二钟至署，发卫士三名、夫役八名、火夫茶炉节赏各一元。又已去之冯炳奎有老母不得养，特与一元。翰文不能归，亦与一元。吴川、马维德、祝廷章各一元，共节赏十五元尚短张华车夫二元。给发毕，即往商会见蕴生，将诗稿一纸呈正。印花处文，当与王子坤商定。原文退还，即属用正式公事将表退回另造，扣提成数，准照新章百分之十，再无异议。因即往寻管济甫未见，即面交万旭如，请转告济甫。往省署，素子新兼司令部秘书长，未见。见定五，询知张靖清、杨叔吉同归。杨无意入城，张遣人请命于司令部，拟入城。司令部答书，如个人回家即所欢迎，若有与战事相涉之事，则决计主战，无可商量，不必徒劳往返，请自度量而行云云。若然张必不来矣。

九月二十二日即旧历八月十六日星期三，早八钟来飞机一架散传单，道署落一纸，系告兵士令反杨者，内云一军全行失败，冯已自戕，殊不可信。即到省署，知张靖清为丁增华接归，只谈数语，云汉口失守，吴退信阳，他未及谈而城上开炮，绝不准其进城。传单与定五、素子看之即归。

九月二十八日即旧历八月二十二日星期二，连病数日，今日勉能下床，尚畏风如虎。早天主堂闵司铎理遣人来，属余署派一人与之同往十里铺送信函，告以不可如左："敬启者：戒严时间，在官之人不准与敌方来往，军部禁令严厉异常，贵堂令敝署派人偕往嵩军送信一节，殊觉不便，盖一经涉足敌境，归来即有嫌疑，此事已经数次，前车可鉴，不得不特为慎重，方命祈原谅。"杨幼尼出城被阻而归，云在战壕并见莱坡变装逃出亦未得过，宣儿两次出城亦未得出。昨日同吴川等同出，并闻有一误中枪弹者。李厨归言其服饰与宣儿相似，合家惶惧。余病昨已减轻，闻此语痛(澈)[彻]心骨，因而加重。既向吴川铺询问无其事，稍时宣亦归，而余心惶惶犹不定也。午后一钟，刘文焕自携所画老母像送来，炭画直与照片无异，可感之至，少谈去。

十月七日即旧历九月初一日星期四，雷振之来，言亚雄代赊生白米三斗，价十元一斗，甚善较市价贱二元，价贱且赊账，真难得也。十二钟亚雄来，一钟去。昨今两日读支伟成镇江人《清代朴学大师列传》毕，晚读《书林扬觯》上卷终。

十月九日即旧历九月初三日星期六，寒露节。一钟至省署见定五，观邓宝珊冬电、鄠县刘知事歌电，均言援兵已至宝鸡，虢镇克复，七师大败入山，不日可会师援省云云。仍不知若干日也。素子他出未见，定五收拾官书局残书数种，余取归《三礼约编》《东洋史要》《历代史论》各一部。归知星斋已释出，饭后即往看之。虽经释出，限十日尚须交八千元方能了事，亦大难也。晚读《周礼约编·考工记》一卷，并读《周礼补注·考工记》一卷。

十月十日即旧历九月初四日星期，双十节。步行在南院门一游，路遇禾父正拟来访，因与同归看子彝诗，并看余和贞白诗。禾亦有和句钞示，甚佳。久谈，约二钟时去。曹姓书铺送来周寿昌《汉书校补》五十六卷、《后汉书补正》八卷，书颇佳，惟大半已为王益吾所采录，且索价五元，太昂，拟明日退还之。

十月十一日即旧历九月初五日星期一，见刘姓少年，岐山人，在冯钦哉部下干事。传说一军援陕，确已到盩鄠一带，今日有军事会议，一星期可会师，省垣大战(以)[已]解围云云。借建侯《清稗类钞》四十八本、罗叔蕴金石书两种六本。

十月十二日即旧历九月初六日星期二，祝庭璋自东乡归，传说晋军曾有来者，近闻甘肃来援，嵩军命晋军东开而以嵩军填防，不知何意。午后张文穆来，言援军已到，不知至何处。吕益斋偕安会亭团长来访，谈诗颇有条理，留自作五古一首颇佳。伊新自兴平回省，绕道鄠县，云援兵已到盩厔，咸阳路仍不可过，久谈去。

十月十五日即旧历九月初九日星期五重阳，访聂梦九久谈，又借来四十元，真大快也。转瞬家人将断炊，且公家催粮甚急，竟无法。设得此，可解数日忧。连前共借百二十元，利钱不肯说，且不要字据，尤难得。

十月十六日即旧历九月初十日星期六，往南院门购《鄠宰四种》大本一部。

十月十七日即旧历九月十一日星期，早九钟吕南仲来，余尚未起，即下床。南仲因言余坊粮已交过九成，赶紧须设法上禀，因约俟余饭后与叔扬会商。吕去，余用膳，膳毕即访叔扬，并请南仲在叔扬处会商。少时荫之亦来，并招锡三代表席姓来询。本坊现只余四石之谱未交清，因定议请南仲主稿上公事，议毕散。余游南院门，购世父《关中金石古(佚)[逸]考》稿本一卷缺卷二、《古存考》稿本一卷全，并《存(佚)[逸]考》残本二卷、《海录轩文选》残本八本归，共钱二十一千文，用洋一元，找回钱九千。

十月十八日即旧历九月十二日星期一，见定五，云今晚下总攻击令。出，步游南院门归。

十月十九日即旧历九月十三日星期二，到省署见定五、少岩、素子，知援兵之来，确已不远，然若无所酬，恐不能为力。

十月二十二日即旧历九月十六日星期五，叔扬来询禀帖上否，正谈顷，四旅三团又来一条，云归义三坊续派粮二十石，因即往赵家请阖坊会议，到者约六七人，议毕归。敬之、张绂庭皆来略谈去。

十月二十三日即旧历九月十七日星期六，南仲来访，因约至锡三家会议，至晚未决，因暂归。晚饭后复往，始议决。续派粮四石八斗，商会同善分配二石四斗，余二石四斗以三十三石之比例，旧派一石者派七升三合，我派八升七合六，二十日先交四升。

十月二十四日即旧历九月十八日星期，查绍白来派粮又不承认。十钟在锡三家会议，李子春来，为众议所迫，勉强承认，与南仲争论声色俱厉，殊无谓也。十二钟与叔扬、南仲、周定斋并吴君五人同往商会，经严辑承认出十石以后再说，蕴生亦在座，不便再争，且姑照此办理。

十月二十五日即旧历九月十九日星期一，省署会议，发行旧银元票加盖戳记文曰“团体保证开城兑现”，用省议会、省参事会、总商会、赈务局四团体作保障，一致通过。

十月二十七日即旧历九月二十一日星期三，敬之来谈，借《朴学大师传》两本去。祝庭璋代购小米一斗，价洋二十四元，缓日交。

十月二十九日即旧历九月二十三日星期五，至省署未见一人，复访子彝，而杨师长仍在彼，因即归。便道访梦九，而梦九在门相遇，伊正拟来我家也。稍迟一刻，即相左矣。因入谈，复借来洋三十元共百五十元，并云有麸子可觅重托。归途遇振之，告之令今晚或明早往询，如能得最佳，近日即此亦难购也。

十月三十日即旧历九月二十四日星期六，早八钟起，闻出城逃难者纷纷退回，云外面援兵已到，正在激战之时，行至后村一带即闻炮声甚烈，然城内无所闻也。余往子彝家，在梁府街口外亲睹其事，一商人以竹篮盛粮约斗许，上用毡毯覆盖，竟为当街兵士四五人夺去。在圣公会遇耿一伟，言邮局会计某君家住参府巷，今日被抢，甚可惧也。

十月三十一日即旧历九月二十五日星期，早七钟起，闻昨夜并无激战，枪炮数响游戏焉而已。十一钟到省署见定五，见姜宏谟致李电，云一军五旅长两支队均于二十九日由涝店东来，分驻斗门镇各处，姜现到杜城距城十余里，三两日内可解省围云云。姜两月以来所报无一可靠，此信恐不可信也。

十一月一日即旧历九月二十六日星期一，敬之来谈。午后二钟，传闻西门已通，援军有入城者，急往街探信，至南院门均如是说。步由市场至西大街广济街口察看，毫无动静，且行人寥落。归途至南院门，遇甘园、子屏，略谈归。大约援军至大白杨，彼处嵩军守兵退去，乡人有一二入城者故云。西门大通，此说似较可信。

十一月五日即旧历十月初一日星期五，早八钟起，家中食罄，即麸面亦无之，与蔡雄霆写信借麸子数升，令祝廷璋送去。十钟至省署，定五出门，见素子，并见仲南等略谈。访子彝，并见梁蔚园，细询张翼初状况。据述烟瘾甚大，恐无生育之望。其前房之妾系京妓，妾死，其母其兄据其家政，无术驱遣云云。出，访梦九。雄霆请看新买字画，惟香光两小册、枝山一手卷略可，余均伪，只祝枝山中堂在数轴中稍可。梦九、雄霆、滋轩三家凑麸子三斗，带回始造午饭。

十一月六日即旧历十月初二日星期六，早八钟醒，复睡。十钟省署庶务赵君送来洋三十元，去后仲南来，略坐去。祝霆璋代购小米五斤，洋十元。

十一月八日即旧历十月初四日星期一，早八钟起，出洋二十元购粮食。十二钟乡约来，言团部又欲派粮。二钟后在锡三家会议，先往团部交涉，拟请减轻。团长他出，团副孙君卧病，幸借荫之看病之便始得见面。并见戴君，允向团长转达，恐未必有效。复回赵家公议，仍照四斗八升分配，俟明日交三斗，能否有效再计较问今日麦价，午后每斗二十一元。陈素子携来电稿一纸属改，晚间改就，明早见定五面交，尚须面谈。

十一月十日即旧历十月初六日星期三，早九钟梦九来，兼商借款事恐未必有效，真无术矣。饭后料理字画约二十余件，交雷振之带圣公会托卖，价值甚低，或能出售一二。午后四钟，王智辉、凤丞来，略谈去，皆云断炊，无法可想，楚囚相对而已。

十一月二十三日即旧历十月十九日星期二，病十日今早愈。梦九来，言路牧师允借银百五十两，作洋二百元，便期归还，不论利。因即写一借据交之，明早遣车往取。仲皋来，交来洋十元。饭后往商会与蕴生商以银易洋事，明日可交魏子树代办，约八钱一二。归，饭后严教士西大街协同会遣人来，言军队住西关神道学校，恣意践蹋。余告写信来，以便代转司令部。

十一月二十四日即旧历十月二十日星期三，早八钟起，仲和来，交五十五两，托向商会易洋。聂梦九代借百五十两，亦交来。陈素子、李贞白曾同来谈，素子携芝田信，拟请另改。客去，因即往商会，将银交会员代易洋元，以八钱二分一元，共合二百五十元整，先带归百元。余偕蕴生同访芝田，路遇孙仁玉，因三人同车往芝田家，令马维德将洋送归。中途遇王翰卿，同往宋宅，磋商久之，始将信令写成，余代交省长，并见素子，略坐归。家人已于午后出城，南右嵩馈上面六斤，赏洋一元，此物已两旬不食矣，以今日之价值，洋二十余元且无此净面也，至可感念。李子彝来看，未遇。

十一月二十五日即旧历十月二十一日星期四，早八钟起，家人昨晚仍未得过战线，今早复归。仲和来，将洋五十元先交之下短十七元零七分。十二钟至省署，询知芝田信交赫团。

十一月二十六日即旧历十月二十二日星期五，访子彝久谈，二钟归。凤丞来，拟出城，询有机会。答以昨日家人出城阻回，劝毋再冒险。芝田信竟未递去。

十一月二十八日即旧历十月二十四日星期，日昨薄暮，一军击退嵩军。今早七钟起，即启南门登城一望，乡人纷纷运粮入城，出城者亦众。归来过粉巷一探粮价，每元购米一斤。及归来而振寅、振夏及长房老四，先后送来粮食共一斗余，午后粮价跌至八元一斗。及由省署归，闻已跌至四元一斗矣。自今乃有生机，万分之幸也。午后一钟，省署会议约明日聚，警厅预备欢迎一军。长安县委白绍虞今日下委。

十一月二十九日即旧历十月二十五日星期一，早八钟起。内子乘车下乡，十钟归。十一钟至省署，省长出城至东十里铺见孙良臣司令，及归来又往司令部。久候未归，余腹饥即归，时已四钟余矣。在素子处见一军秘书赵皖卿，详述进战情形。又闻右任已到三原，冯军长委为留陕二三军临时总司令。归家知窦彤城随右任返，属余借洋若干，以应急用。

十二月一日即旧历十月二十七日星期三，蔡祥符来，言难民赈济委员会午后一钟在皇城邓宝珊处开会，请余往。一钟因往，行至皇城，忽心有所触，急欲一访建侯，令马维德持片到会声明有要事不克到会。余即往见建侯、相庆、再生，商借百元，借来华国十二本。

十二月二日即旧历十月二十八日星期四，早八钟起，十钟至商会，访王恺臣未见，见郭世兄，托转告黄货无庸再觅受主。即往省署，今日两长召集会议，由八钟候至午后二钟未到齐，改明日十二钟召集。李虎臣有电宣告下野，请冯来主陕事，即日呼应便不灵矣。定五拟即日回籍，省长印交余护理，布告由段少岩拟就，始与余商。余即婉告精力万难担任，果如是，则朝受事而夕死矣。卓亭亦在座，并为余言之，始收回成命。随为代拟电稿一，致冯焕帅，请其速遴良才来主陕局云云。时已四钟，即归。晚，李振初来，云伊受任宝鸡县知事，道署公事属明日办好，伊定后日往接事。此公果能任事，三五月必能提款若干。馨香祝之。

十二月十三日即旧历十一月初九日星期一，拟致孙绍云电："绍云仁兄总司令勋鉴：庚电敬悉。陕局纷纭，十有余岁。更经大乱，元气弥伤。毖后惩前，挽回劫运，非根本觉悟，改弦更张，发扬民治之精力，铲除一切旧弊外患，虽去内乱，仍无已时。我公主张开全陕国民大会，改造陕局，崇论宏议，实所钦崇。第兹事体大，经纬万端，筹划进行，必须大力相助。并祈电恳焕帅早日莅陕，毅力相持，成功较速。不敏愿以国民资格从诸同志之后，勉竭棉薄，效力乡邦，无任欣幸。回思吾国，纷乱连年。考厥祸源，盖由只有共和虚言，曾无合法之政府。陕局既经改造，指日削平河洛，奠定幽燕，全国一致，翻然革新，民气伸、内乱弥,外患亦无自而生。瞻望神州,馨香以祝。弟治洲印。元。”

十二月十五日即旧历十一月十一日星期三,早九钟起,为子屏改《南山谷口考序》,即令送去。十一钟至署,二钟至省署,为舍叔言欲索北关厘金。当时命警堂告春坡,在素子处看绎如所拟通电,报告陕乱始末并乞赈,文甚好。

十二月十七日即旧历十一月十三日星期五,早九钟起,十钟出东门,在八仙庵欢迎孙绍云司令良丞。十二钟到,闲谈时与安凤喈保荐屈深,据云人极深稳,有机定当拔擢云。一钟返,在城门遇管济甫,同车至端履门什字。素子约看定五新公馆七十一号,即郭希仁旧居,济甫即在此下车。余与素子、祥符同在定宅,一看即偕至省署。定五出外养病,省长职务令余代行,三辞未解决,余即归。到家一看,即往道署,看公事毕归。晚,杨景珊竟将代行委令送来,即往与仲和商之,往定五家面辞。少时素子亦来,深谈至十一钟仍未允,乃归。

十二月十八日即旧历十一月十四日星期六,早写致定五信,辞代行省长委稿存文稿第三本。十钟写就,遣马维德送去。十一钟到署,马维德归,云素子即来,请在署稍候。看公事,托聂梦九往省议会探右任来省信,并命杨福荫到彼供缮写。午后二钟,素子要蕴生同来,劝我权代省长事,原委复携来,只好留下,约明日十一钟到省署与同事会话。

十二月十九日即旧历十一月十五日星期,早十一钟到省署,见素子、警堂、仲南,代行公事数件。闻右任明日十一钟到省,因请素子往接。四钟饭后归,请继之来,告以镇安情形。访定五,将京电一纸示之,电文如下:“关中道尹:本月十日,政局陡变。中枢政务,关系极重,不容一日中断。在政局未定以前,自应暂维现状。亟盼迅定国是,俾息仔肩。特电奉达。外交总长胡维德、财政总长贺德霖、司法总长卢信、教育胡仁厚、海次吴纫礼。文印。”

十二月二十一日即旧历十一月十七日星期二,早八钟起,十时至署，十二时至省署。四时素子归，知右任于三时到省，住旧皇城邓宝珊处。

十二月二十二日即旧历十一月十八日星期三，早八钟起，冬至节，九钟祀祖。敬之来谈，梦九来言省长接待，薛子良拟借道署为行台，允之。十二钟到省署，今日右任就总司令职。素子往道喜，直候至五钟未归。余因即往定五寓中，素子、梦九均在彼，深谈至九钟归。

十二月二十四日即旧历十一月二十日星期五，早九钟起，十钟定五来招，饭后即往，知右任派魏宝仁至省署点查家具，云即日迁居省署。定五因令素子往询情形，坐候之以定办法。因为拟电稿一，少时电话传言素子回署。余即到省署，函招子彝来，令向右任说明令顺手续办理。

十二月二十五日即旧历十一月二十一日星期六，午后二钟，右任差人在家相询何时回家，由电话告以四时在家相候。三时看公事数十件，四时回家。少时右任来谈，并约蕴生来，告以诸事须由收束军队下手，然仍须用和平，不可激烈云云。省署当时亦不迁移，将来仍用作民政厅。七时去，素子来略谈，即将晤于情形转告定五。

十二月二十七日即旧历十一月二十三日星期一，到省署，李虎臣自乡归来谈，伊被困杜城亦四十余日，饱受惊恐，但未受饿耳。李汉亭口述数诗均佳。午后四钟，答拜右任，并见卫总丞、吴仲奇同年。吴随马绍云师长自甘来者，住红埠街右任处，客多无暇谈话，告以警戎学生无毁斥教堂，免生枝节。伊允照办，少坐即辞归。

十二月二十八日即旧历十一月二十四日星期二，早八钟薛子良省长笃弼来，见余尚未起床，既来又不便挡驾，因即请入。正谈顷，张文穆亦来，少谈去，文穆仍留。据其谈话口气，似外人尚未了解定五进退之意，余告以退志已决，绝无更变。

十二月三十一日即旧历十一月二十七日星期五，段世兄传定五言，令与素子向蕴生共商其进退之良法，余主坚持冷静态度，因与素子、警堂同往定五寓，告之即返。

# 君子馆日记卷六

民国十六年一月一日即旧历十五年十一月二十八日星期六，十一钟见《国民日报》载总副司令明令省长、道尹、警务处、实业厅各员缺均即废止，省署、道尹、警务、实业公文案卷，由本部民政厅接管云云。即至省署与素子略谈，即将《日报》送定五。素子往莲花池欢迎会，余访子彝，见南右文、刘某，谈次知民政长有委郭子兴代理之说，茹卓亭不就也。将行，素子亦来，又留谈数分钟，同至定五寓告之。约议一切公文即时停顿办理结束，何时有人接收即交之，一大快也。

一月二十一日即旧历十二月十八日星期五，文穆来，云定五、祥符均在平凉，宁夏中途遇险，此信昨晚闻之益斋，今早闻之王霆轩。而余方接定信，十六日自平凉发，现任冯部建设部部长，拟一二月后赴俄，并无日内他往之说，足征谣言不足信也。省长管卷诸人来，云八路兵士迁移直入省署内放抢，夫役铺盖暨旧家具俱抢去，旧卷亦有失遗者。余令补一公事，以便移交，他无法也。

一月二十二日即旧历十二月十九日星期六，便访梦九未见，遇仲皋。归途与梦九相遇，下车立谈。伊亦闻定五遇险之说，盖得之报馆中人。余归而杨晋珊来，言今日接宋念庵十九号由邠县所发信，云定五与冯焕帅同东来，留住长武，伊先独行，故早至邠。如斯以观，则前言实谣传无疑也，闻此言心为一快。

一月二十三日即旧历十二月二十日星期，余写挽寿萱联如左："平生风义兼师友，胜国文章失典型。"遇吴幼丞，知右任往三原。

一月二十四日即旧历十二月二十一日星期一，早八钟起，写挽方海帆联一付方少海团长之父："经术授徒医方济世，兵书教子礼法传家。”饭后往吊寿萱，见陈松乔，南乡杜城左近人。

一月二十六日即旧历十二月二十三日星期三，宋念庵自平凉归，来见，云定五约郝某、赵昆山同往乾县，将任郝为秘书，昆山未定位置云云。刘依仁安国新委白水县，来见略谈去。午后二钟访子彝，并见张梦滨、南右文三原人，谈次因子彝《精华录训纂》不全，允将余藏书赠之。今日东西大街净街数时，因冯焕帅来省故。此公向来轻骑减从，今日乃如王者出禁入跸，举动大可怪也。晚蕴生来谈，云焕帅已到，明早约十钟时来余家，同往谒之。

一月二十七日即旧历十二月二十四日星期四，十一钟蕴生偕胡优丞同来，少时张定九亦来，同谒冯焕帅。至门，武念堂亦约同行，因至其家少座，同至红城。冯往图书馆，余等因见定五久谈，冯仍未归。念堂、定九、优丞先后去，余与蕴留候至三钟时见面，谈次意见与我辈仍不甚异，与报端所载大不同也，略坐辞出。

一月三十一日即旧历十二月二十八日星期一，早八钟起，十钟省署三科科员李晴林蔚森，长安、王莲君若濂，蒲城伯韬之侄来，言证明文件损失。余告以俟民政厅成立后呈明，以后有需用时，请同乡印结，只有如此办法。

二月一日即旧历十二月二十九日星期二，访子彝，赠与五十元，右任赠款大半出其力也。右任送伊二百，余赠不收，强而后受。

二月二日即旧历十六年正月初一日星期三，昨夜腹痛微减。早七钟大解，即趁便起床祀先，受儿辈拜贺。十钟时顾凤丞来略坐去，步游南院门。今岁公安局禁示过旧年，仍令商人照常开市。余游南院一过，无一户贴春联者，门则仍未开也。微雨，归。午后一钟窦彤丞来拜年，言王海珊遣人来邀，三两日即往凤翔。出近诗数首，并口述数首，均颇佳，较前作大有进步。“世上无难事，只怕有心人”，洵不诬也。赵贵勤来，述定五请作挽阵亡义士联，明日在红城即旧皇城开追悼会，即草一联付之：“诸君真海内健儿不惜百万头颅直视沙场同乐土，斯地为秦藩故址际此一天风雪聊将杯酒吊忠魂。”

二月十三日即旧历正月十二日星期，早八钟醒复睡，十钟起，赵贵勤来，云定五昨日奉冯电往临潼监修华清池，拟改为大公园，不知有无他意，殊不可测度。贵勤去，吃饭时仲和偕濮绍戡来略谈。同往甘园家，看郭忠恕、马远大幅画极佳，又李晓园《续兰亭修禊图》。

二月二十六日即旧历正月二十五日星期六，写对联二付挽顾芝眉夫妇合葬二月初一日："白首同归二月初吉，玄宫永闷万岁长安。"挽孙文伯祖太夫人王："祖武克绳有慈孙名区作宰，女宗共仰惟贤母奕世留芬。"

三月二日即旧历正月二十九日星期三，早八钟起，十钟甘园来托为春谷写墓志，文系敬之所作，极佳，惟太长，写者甚吃力也。将凤冈信托转交。李宜之来看，建设厅事已辞却。午后步游南院门，购北魏《密云太守霍扬碑》一纸。河东猗氏人，碑即在猗氏，十三年出，书法极类《爨龙颜》，景明五年正月即正光元年。

三月五日即旧历二月初二日星期六，早九钟起，民政厅委王静山持函来接交代，答以当即作函，将印信送去，文件器物无可点交云云。饭后写覆民政厅函，即令张华送去，并省长印二方、商县印一方，取有回条。

三月七日即旧历二月初四日星期一，见帖贾范姓来，付《广武碑》。又洋五角，兑换《霍扬碑》一张。《广武碑》，据范君言，系述古斋谢君无意中访得之。今日读《古文审》八卷竣。此书为嘉鱼刘幼丹心源太史著，订正前人误译金文，绰有独到处，以所见极多，小学功用甚深故也。此光绪十七年所刻，二十四年《奇觚斋吉金文述》二十卷，用石印印出更详博矣，此为近代第一小学大师也。

三月十四日即旧历二月十一日星期一，咸阳刘仲绣，名文锦，西北大学文科学生，因闻王来廷言，意欲研究《说文》，来谈。刘君年少而看小学书不少，可嘉也。

三月十九日即旧历二月十六日星期六，今午下床，写挽赵锡三联："八月惊魂犹未定，一朝鬼伯忽相催。"

三月二十一日即旧历二月十八日星期一，张焦桐琴偕欧阳载育来见。载育名坤，湖南永陵人，民厅秘书。前在西北大学闻宜之谈及，特来相见。谈次知民厅两长并一科科长均向总司令辞职，缘撤换保安局长魏保仁不听命令也。宋绍正来细谈，新委赵国斌蓝田人，鹤亭子不谙手续，两面皆有错也。今日读《奇觚室金文述》毕，连日读《恪斋集古录》二十六本、刘幼丹《古文审》八本，并《金文述》二十本。甘园以所写墓志来商定。

三月二十四日即旧历二月二十一日星期四，早八钟起。接民政厅一函，仍令详造省署交代。午后继之来略谈，知禾父任田润初参谋长，于十九日往三原。继之亦定往蒲城，三两日即行。晚拟柯莘农《金石拓本序》成。

三月二十七日即旧历二月二十四日星期，访子彝，并见刘绍文、郗敬斋、李寿亭、张景秋、田蕴如，久谈。托子彝向右任为定五辨白。正谈顷，韦文轩来，知定五自泾归，时已五钟，即往访之未见，留片约今晚来寓面谈。余即归，饭后即上灯矣。晚定五来，以所闻告之，令少发议论以避时评。

三月二十八日即旧历二月二十五日星期一，十二钟访郭子兴，细谈省署交代之困难情形。

三月三十一日即旧历二月二十八日星期四，敬之来谈，四钟乘车赴右任、宝珊之召，五时入座，六时散。今日送来政治专门顾问聘书一纸，敬之则顾问，无他分别也。

四月二日即旧历三月初一日星期六，十二钟半送民政厅覆函说明省署交代无法补造，并折据数目不符，及银行欠款皆非刘任内事，不知尚有后言否。覆杨虎城信，希望其整顿军纪，能如前在扶武时旧规，可作陕军模范。

四月五日即旧历三月初四日星期二，宋鹤亭来，携明益王字一条，见示口述近集《诗经》五言对数联极工，如“胡然而帝也，乃如之人何”“谁从作尔室，何以穿我墉”“诞置之隘巷，胡为乎株林”等共四十余联云。万旭如送来《近思录集解》一部，约略一读，此本终胜江注，江注未有训诂，不便初学。此记系用方于鲁墨书，亦无甚异，其为赝品可知。

四月六日即旧历三月初五日星期三清明节，程仲皋送来江注《近思录》一部，因雨将至，急于趋公，未久谈。此本系少墟书院所刻，字大行疏豁目，惟字不佳，且此注鄙意终逊叶注。

四月十日即旧历三月初九日星期，聂梦九来谈，禁烟总局孙奉堂已去职，继之者为过之翰，冯部财政部长也，达儿事无可希望矣。民厅科员蒋迪先沛荣，湖南湘阴来，言民厅公事已发，系伊主稿，叙述虽甚详尽，但能先向总部疏通更善。总部一科科长为袁文焕，向不相识，只好听之。访韩敬斋，并见蓝君，今年自汉口归者，杨瀛老之旧人也。略谈南方事，知陈明侯现在蒋介石处，为联络军队事任奔走之役。归时约五钟，六钟小睡，七钟半起，成诗一首，拟明日书，并写去岁和诗送贞白。

四月十二日即旧历三月十一日星期二，早十钟大雨，终日禾苗受损，忧如之何。午后拟挽右任世母联，出句甚切，对语数改，均不恰意，拟书寄子彝为余选定之，如左。挽于右任世母房太夫人联四月初六日安葬："当年育两岁遗孤推燥居湿咽苦吐甘世母恩勤迈慈母，此日正三春欲暮雨惨烟凄鸟啼花落素车杂沓送云车。"又"艰辛鞠两岁孤儿推燥居湿咽苦吐甘世母恩勤等慈母，犹子奉三民主义宣化承流著书立说名山事业绍中山。"

四月十四日即旧历三月十三日星期四，昨日为谢彩臣拟挽彭仲翔联，杨幼尼托代拟："三辅佳城埋烈士，万人空巷吊忠魂。"又自撰一联："手刃仇雠除害马，心仪兄弟并英雄。"过星垣门，知后日安葬其太夫人，明日家奠，赶归撰一付，急就不能佳也："素旐翩翻出南郭，彩云拥护返西池。"

四月十八日即旧历三月十七日星期一，吕益斋来看，送来卫总城聘顾问书一分、函一件。晚民政厅来咨一件，省署仍令补办交代，直是无理取闹也。

四月十九日即旧历三月十八日星期二，读宝鸡何芸舫《艮石山人集》一过。何名毓藻，嘉庆时人，举人，历官大荔、三水教官，署四川冕宁、西昌县，诗文皆入川后始有可观。其少年中年之作，皆不脱头巾气也。郭建侯钞本，无刻本也。

四月二十日即旧历三月十九日星期三，为柏占魁代书挽萧某联一付："踏白石以上升暮春三月，过黄垆而兴痛此别千秋。"步游南院门，以十千文购长沙饶珊叔智元《明宫杂咏》残稿本四册，全书当八册，缺其半，甚可惜也。此书成于癸巳十二月(光绪十九年)，在《十国杂事诗》后二年恐未付梓，诗极佳，注尤详博。晚定五来略谈去，伊现将往西路修理官道直达平凉，约后日行。

四月二十二日即旧历三月二十一日星期五，绍文将于太夫人写墓门联属为代拟，对文右任云葬地名庠口镇，与其母墓相近，因为撰联曰："千古河山终不改，九原锺郝永相依。"门额："融融泄泄。"即时写成隶书，颇好。财会款右任允明日向子良言之，余拟后日一往催省署交代案，亦面告以不可再驳。据右任言并非伊意也。昨晚作一律，今早交邮寄子彝，并请转送贞白家。

五月八日即旧历四月初八日星期，贺端丞来谈代改学生会祝词，又索《围城吟》诗，以钞稿一分畀之。据言省署交案公事，又由厅转呈总部矣。郑子屏竟于昨日申刻病故，痛哉！此实吾县后来之秀，乃不永年，奈何奈何！

五月九日即旧历四月初九日星期一，饭后拟联二付。挽江稚帆明府代仲和："与德为邻十载居依江令宅，鸣琴而治百年人爱召公棠。"又"三辅遗黎思樾荫，一官敝屣老瓜门。"

五月十日即旧历四月初十日星期二，拟挽郑子屏一联："学博古今郑渔仲，才兼文武尹翁归。"

五月十一日即旧历四月十一日星期三，昨夜拟喜联三付，代仲皋贺罗君续弦女家张姓，四月十六："夫婿才华继昭谏，贤媛族望著清河。"

又"却扇诗赓红叶艳，合欢酒饮碧筒清。"又"百两和鸾迎谷口女家醴泉，一双彩凤集频阳男家富平。"

五月十二日即旧历四月十二日星期四，写挽子屏联一付如左。挽郑子屏："十年气□兼师友，旬日睽离判死生。"

五月十五日即旧历四月十五日星期，闻白蔚章言，省署交案又批，令民政厅直向刘省长询问，真可怪也。

五月二十三日即旧历四月二十三日星期一，早八钟起，少时地震，对门湘子庙墙震落上段，湘、牛两孙方开门未出，使早数秒钟即被祸矣，险哉。然即此，湘孙已受大恐惶矣。

五月三十日即旧历四月三十日星期一，义兴堂曹姓来，言有不全赵注《水经》一部，缺五本，在骡马市曹姓家可补全，京客出十元，伊索价二十元云。

六月三日即旧历五月初四日星期五，致卫总城、岳西峰总司令谢聘书："维摩善病，愧笺候之久疏；蘧使远来，望旌麾而色喜。采及葑菲，询于刍荛。以山泽之癯儒，作军门之揖客。鹤书下贲，蚁悃增惭。恭惟总城、西峰总司令，铃阁风清，韬钤望重。坐膺节钺，作保障于乡邦；誓扫欃枪，覃威棱于河洛。功成指日，望在下风。昌杰樗栎凡材，乡里下士。年逾六十，身无寸长。孔壁汲冢之残编，只略通其句读；鵸冶风胡之兵法，曾未涉其藩篱。乃蒙隆礼相邀，用备前席之问。泛红蕖，依渌水，我惭昔日之参军；说礼乐，敦诗书，公真近时之儒将。临风怀想，拜手欢欣。谨肃寸笺，敬伸谢悃，顺颂勋绥。顾问毛昌杰谨肃六月三日。"昨夜拟信稿一件，早八钟起，命达儿书之，明日挂号发。右任送节费流通券三百元，可感也。客去写对联三付、扇一柄武旭晨，录《送周季贞诗》第一首，又为莘农跋《刘平国碑》，段仲嘉跋石经《公羊》残本。

六月二十二日即旧历五月二十三日星期三，年弟来，言有山西旧学生赵友琴名守钰现在一军充师长，忽于段仲嘉处询知，特来相见，当可得其援助。

六月二十三日即旧历五月二十四日星期四，今日读《古文审》终。此书嘉鱼刘幼丹心源光绪十七年所著，其《奇觚室吉金文述》则二十八年所成也。

六月二十六日即旧历五月二十七日星期，早八钟起，饭后复睡。段仲嘉来谈，伊所藏诸唐人石刻，拟仿《石墨镌华》例，录其全文，嘱为题跋云云。并言赵友琴昨晚送年弟洋四百元，票现各半。午后年弟来谈，伊昨往答拜，幸遇其闲，见面后即送款来，令年先当住宅，而伊尚不甚为然。

六月三十日即旧历六月初二日星期四，早八钟兴，十钟敬之来谈。一钟为聂尚轩书条幅亚雄托，写《题〈陈圆圆礼佛图〉》二绝句。三钟至适道中学，今日欢迎邓鉴山，谈次知右任暂不回陕，此间由石敬亭代行。

七月二日即旧历六月初四日星期六，前日许琴伯口述旧诗两首甚佳，纪如左。《观胜朝亲贵演剧》："金貂朱邸夜开筵，帝子风流托管弦。回首不堪天宝盛，曲终肠断李龟年。"《七夕》："银河一水可通航，隔岁相思两渺茫。修到神仙还不足，年年耕织为谁忙。"昨见刘子俊《飞花》诗中一联极佳，云："也似秋风吹落叶，悔从孽海聚浮萍。"早五时醒，少时复睡。一钟乘人力车答拜赵友琴，未见，赠《颜勤礼碑》一分、《存逸考》一部，为留下。访子彝，卓亭亦在座。子彝新赋《有感》一律云："镳镳一声君去也，迢迢千里路难通。关中已换新秦月，梦里犹存旧楚宫。回思湿沫呴濡处，已在江湖相忘中。"甚佳，惜忘其颈联。

七月二十一日即旧历六月二十三日星期四，为赵友琴写扇，录《题〈陈圆圆礼佛图〉》二绝，题《昭陵石刻什伐赤》拓本一绝。

七月二十四日即旧历六月二十六日星期，早五钟起，今日赵友琴约游宋氏城南草堂。六钟吃点心，即往年弟处。行至南门什字，与年弟车相遇，即登车，年弟与段仲嘉及余同一车。至宋园诸人尚未到，少时陆续均来。八钟早膳，四钟晚膳，五钟起身，六钟到家。座中为韩继云、宋荷亭、冯继之、李问渠、吴某、冯旭初继之子、余继文年弟学生，浑源人、段仲嘉、吕某教会外，皆其本部人，其记忆者参谋长徐仙槎名廷机保定人，原籍昆山，军械主任王幹臣定县人，参谋主任陶云阶名庆，海军需官王景铭名焜耀荣河人、贾鸣山山东沂县人。吕君及王军需官弹外国琴极佳，吕技尤熟极灵妙无比。余不复忆其姓字矣。

七月二十六日即旧历六月二十八日星期二，午后总司令部送来政治顾问聘书一封，顾问共十四人如下，除赵、吴二人外省，余皆陕籍：吴仲旗、赵守钰、宋菊坞、宋芝田、李孟符、毛俊臣、吴敬之、寇立如、黄俊臣、郭蕴生、王荫之、胡优丞、李仲特、李桐轩。

八月四日即旧历七月初七日星期四，霍梅卿先生从祀乡贤册弁言："年伯朝邑霍梅卿先生，历秩清要，终始词曹，未尝一与吏治。而宅心行事，济物利人，骎骎古名相风。规良有司，治绩于族于乡功甚夥。乡人不忍没其义，条举事实，公呈从祀乡贤祠。既得请竹汀同年观察，复采集诸文牍事册，遍征题咏，以广其传。昌杰综观先生事实，出可为循吏，处不愧纯儒。德业事功，普及遐迩。一己操行，尤夐绝古今，民国以来，麟角凤毛，不可复睹。吾因之有感，谨志数言，愿大雅宏达，各抒胸臆，赞咏先生为古儒吏，风为先生千载寿。"撰李嫂黄夫人仙逝联："伉俪八年余一夕秋风返瑶岛，凄凉三日后双星良夜渡银河。"

八月七日即旧历七月初十日星期，晚拟联一付挽沈幼如兄："同学少年余我在，孤神独逸似君稀。"

八月九日即旧历七月十二日星期二，午后为宋鹤亭道喜，嫁女与刘文卿次子号公辅。归来即写一联送文卿："良会银河后双星七夕，同擎玉斝祝万岁千秋。"

八月十一日即旧历七月十四日星期四，闻刘师言今日为王荫之生辰，即撰一联："后天孙七日，祝君子万年。"

八月十三日即旧历七月十六日星期六，《续汉·百官志》摘要：

大傅，上公一人。每帝初即位辄置，薨，辄省。

大尉，公一人。长史一人。掾史属二十四人，西曹，东曹，户曹，奏曹，辞曹，法曹，尉曹，(赋)[贼]曹，决曹，兵曹，金曹，仓曹，黄阁主簿。令史及御属二十三人，公令史，阁下令史，记[室]令史，门令史。

司徒，公一人。长史一人。掾属三十一人。令史及御属三十六人。

司空，公一人。属长史一人。掾属二十九人。令史及御属四十二人。

将军，不常置。第一大将军，次骠骑将军，次车骑将军，次卫将军，又有前、后、左、右将军。长史、司马各一人。从事中郎二人。掾属二十九人。令史及御属三十一人。部校尉，军司马，曲军候，屯长，军假司马、假候，别部司马。

太常，卿一人。丞一人。太史令一，丞一。明堂及灵台丞。博士祭酒一人，博士十四人《易》：施、孟、梁邱、京房；《尚书》：欧阳、大小夏侯；《诗》：齐、鲁、韩；《礼》：大小戴；《春秋》：严、颜。太祝令一，丞一。太宰令一，丞一。大予乐令一，丞一。高庙令一。世庙令一。先帝陵，每陵园令一人。丞、校长各一。先帝陵食官令各一人。

光禄勋，卿一人，丞一人。五官中郎将一，五官中郎，五官侍郎，五官郎中。左中郎将，中郎，侍郎，郎中。右中郎将，中郎，侍郎，郎中。虎贲中郎将，左右仆射，左右陛长，虎贲中郎，虎贲侍郎，虎贲郎中，节从虎贲。羽林中郎将，羽林郎号岩郎。羽林左监一人，丞一人。羽林右监一人，丞一人。奉车都尉。驸马都尉。骑都尉。光禄大夫。太中大夫。中散大夫。谏议大夫。议郎。谒者仆射一人，常侍谒者五人，谒者三十人，给事谒者，灌谒者。

卫尉，卿一人，丞一人。公车司马令一人，丞、尉各一人。南官卫士令一人，丞一人。北宫卫士令一人，丞一人。左右都侯各一人，丞各一人。宫掖门，每门司马一人，南屯司马，苍龙司马，玄武司马，北屯司马，朱爵司马，东明司马，朔平司马。《汉官目录》曰："右三卿，太尉所部。"

八月十七日即旧历七月二十日星期三，窦彤城携来呈扶风县文来看，为改定数字。糜仲章来久谈，书示一诗颇佳，录左："子规啼尽东风歇，驷马高门挂残月。宾从杂遝会葬来，犹子佳儿共临穴。星霜回首隔三载，母氏徽音终不改。漫将欧范竟前贤，斯风卓卓千古在。幽宫冷兮闷黄肠，冈陵郁郁树苍苍。母氏享寿七十尽，母氏留芳清水长。"

八月二十二日即旧历七月二十五日星期一，问渠来，重提公请友琴事，一托于伊办理。段仲嘉来，为其世兄觅《癸卯闱墨》。周犊山时文奇极，因将不全之《十家文钞》赠之，内有周犊山也。

八月二十五日即旧历七月二十八日星期四，午后三时半，同年弟往问渠家，今日公请友琴。主人八人，继云、鹤亭、琴伯、小梅、问渠、吴彬如暨余兄弟，五时入座，六时饭罢，年弟先归，余略留而散。敬斋来，当面同余将赵叔扬荐之友琴。余言此等逆产清理处机关，本地人甚不便入，友琴云亦不勉强云云。

八月三十一日即旧历八月初五日星期三，恭谒圣庙，春秋祀事已废，今日由绅界举行。主献芝田、聚五、仲特，余分献东哲，仍行三跪九叩礼，礼成时约八钟。

九月二日即旧历八月初七日星期五，拟挽俞嗣如太夫人一联如左："故里接蓬莱仙乐迎归五夜笙箫鸾鹤驭，新阡近韦杜桐乡配食百年俎豆凤凰原。"

九月十一日即旧历八月十六日星期，读《官场现形记》五编，终此书，前半甚佳，四五两集言之多有过当者。

九月十五日即旧历八月二十日星期四，早九钟起，十一钟乘车至年弟家，偕往梁府街为友琴送行。以旧藏俞理初为张石洲写楷书一条赠友琴，因伊极仰石洲先生故也。一钟归，三钟琴伯来，言不日返京，作《长安留别》诗两首，斟酌良久去。

十月一日即旧历九月初六日星期六，晚读孙渊如《续古文苑》所选王褒《僮约》，可订孙樵本误处甚多，移录孙本内，此文竟可读。又所选石崇《奴券》、戴良《失父零丁》二文，皆奇作也，惜不完全。

十月八日即旧历九月十三日星期六，敬之来，约同赴省署，因余睡未坐即去，其时太早，伊尚须他往。余即起用膳，饭后方十钟。十一钟出门，至省署在秘书处闲谈。敬之、聚五、怡然、仲旗同在此，十二钟开会。李参谋长兴中代报告东方并山西情况，又泾原与宋哲元为韩得禄、黄得贵两匪故，将起战祸云云。会毕，仲特与余与主席言，泾原是多年未破坏者，能调停免开战为至善也。余又催拨款事，并托张子宜代催之。

十月十一日即旧历九月十六日星期二，闻有右任仍回陕主持陕政之信，未来时以宋哲元代理云云，则又与前时一样文章也。

十月十二日即旧历九月十七日星期三，李子彝来，知于复回陕事已确，惟暂由宋代，彼归尚不知在何日也。

十月二十四日即旧历九月二十九日星期一霜降，褚培之来，略坐去。因报载留石电有余名，甚怪也。六钟省政府送来郑州电一纸，云于、宋均暂不能来，已请政府仍留石代主席矣，即将原电送王润生。

十月二十五日即旧历十月初一日星期二，早八时起，读芳谷振方，常熟人《金石订例》四卷，此书在金石九例之外，《后知不足斋》刊本。书成于道光丁未年，取《金石例》《金石要例》两书而折衷之，甚略。末附《学文订例》，则采苍崖而节删之，而苍崖实取王伯厚《辞学指南》而删节之者也。全书实无可取，宜为刻《金石例》者所弃。《新秦报》载覆芝田等电，与昨电同，石暂留不去。

十月二十六日即旧历十月初二日星期三，在市场购《二十四史分类言行录》《清异录》各一部，二十二千文。《言行录》钱竹汀纂，购求十余年未得，竟无意中得之，且价极贱，大幸。

十一月二十日即旧历十月二十七日星期，政府知会明日十钟在新城聚餐，敬之、荫之均来，约明日同行。新城者，即旧皇城明藩故址，故相沿有此称。今年于右任执政，深恶皇字，易为红城。近人又易新字，不知新城乃旧时满城名，近执政者所不知也。即至细事，无不可笑。荆公、吕惠卿所为，不至如此。

十一月二十六日即旧历十一月初三日星期六，读《宋史演义》十卷终，此书古越蔡东帆著，十一年会文堂出板，叙述详而不冗，夹叙契丹、西夏、金、元头绪甚清，初学读此一过，再读正史，至为便利。

十一月二十九日即旧历十一月初六日星期二，午后写挽王仙洲联，送交韵清家，觅便代寄："平生风义兼师友，乡国人伦失典型。"

十二月十二日即旧历十一月十九日星期一，午后一钟书联挽孟符如左："君今西极骖虬去，谁共南山射虎来。"余与孟符世丈同射灯谜，为订交之始，匆匆四十余年矣。枨触前尘，黯然制此以吊。既痛逝者，行自念也。

十二月十五日即旧历十一月二十二日星期四，晚拟杨伯海尊翁芸阶联，又为杨礼堂改挽立如联如左。"有子象贤名高关辅，以善为宝泽被乡闾。"右挽杨芸阶。挽寇立如："盛德称耆年半生坐拥皋比教思无穷常留关辅，为官持大体廿载宦游巴蜀使君遗爱远暨川边。"

十二月三十一日即旧历十二月初八日星期六，早九钟起，食腊八粥一碗。写春联，略有改易："借将腊鼓迎新岁，自写春词换旧符。"

# 君子馆日记卷七

民国十七年一月十一日即旧历十六年十二月十九日星期三，写吕秀实挽联一付："白杨萧萧奠君安宅，玄风冽冽送子远郊。"

一月十六日即旧历十二月二十四日星期一，昨日报载通志局聘芝田为总纂，石笙委提调，拨三千元为开办费，直接隶属于省政府。张文穆前日有书辞局长，未见下文，观此令当已取销局长之名矣。

一月十九日即旧历十二月二十七日星期四，周石笙来谈，宋主席拟聘通志分纂，以病体万难担任，托为婉谢。敬之来看，细谈志局事，宋菊坞亦以病谢去。

二月十五日即旧历正月二十四日星期三，郭蕴生由华来省畅谈，志局事实不易下手。

二月十八日即旧历正月二十七日星期六，谢文青来，自晋归来谈修志，金石一类，最难着手。所深谈者，皆中窾要，非个中人不能知此也。谢去，因往志局答拜，石笙未见，见芝老、蕴生、敬之。董福田来看芝老，谈及放脚事骚扰特甚。有一回坊放足员舞弊，经查实办三月徒刑。

二月二十五日即旧历二月初五日星期六，五钟时文青来谈，属余将旧稿搜集，伊拟为择尤付印。盛情可感，惟余一生无多制作，大半皆酬应之文，在古人例不入集也。

二月二十九日即旧历二月初九日星期(一)[三]，昨夜书托顾鼎梅向锦章书局取《十三经注疏》，附致锦章一函挂号，今早付邮。又致耀三甥一片，要精拓《石门颂》《石门铭》，亦今早交邮。

三月二日即旧历二月十一日星期五，晚为笠僧墓坊制一联："一代英名齐华岳，千秋高冢象祁连。”

三月四日即旧历二月十三日星期，昨晚撰挽联二如左。袁迪庵太翁桐冈先生：“棣萼联芬早岁声华冠庠序，岐黄济世暮年乡里颂仁慈。”张景秋太夫人王：“持家奉东海风规树一乡阃范，教子守西铭学说成三辅英材。”

三月七日即旧历二月十六日星期三，梦九来托写字，并属为青年会撰赠新绍介人联语，为撰二联：“词华倾后辈，谈笑奖人伦。”“玉府标孤映，青云满后尘。”又为杨晋三书联一付，集李杜：“我寻高士传，因见古人情。”

三月十日即旧历二月十九日星期六，谢文青来久谈，殷殷属余葺理旧作。写示词数首极佳，伊于此道用力深矣，乡人无第二人也。

三月十七日即旧历二月二十六日星期六，晤杨晋三，在彼看何子贞篆联极佳，又看旧(榻)[拓]《雁塔圣教》一本，治字未封口，玄字点未凿，然墨色并不过旧。又见铁梅庵一联一横披均佳。

三月十八日即旧历二月二十七日星期，读报知《说文解字诂林》售预约六十元一部，特托右任代订，并附请王陆一帮忙办理，此书渴想数年，急欲一见也。

三月二十九日即旧历闰二月初八日星期四，三钟半子彝携其幼女贯珠来，子逸将南游，今日为饯行。素姬自办家常菜八碟八碗，外客仅杨幼尼一人作陪耳。四时入座，六时散。润生将墓表携来，询撰书格式，并商量墓道碑应否用碑阴。余谓碑阴可不用，以其既有志铭，又有墓表，墓道只书大字一行及年月，他皆可省也。亚武送润笔百蚨，受之。

三月三十一日即旧历闰二月初十日星期六，写挽林太夫人联：“霜月听乌啼机杼三更难忘母教，幽宫邻雁塔浮图七级永识慈恩。”

四月四日即旧历闰二月十四日星期三，闲游南院门，在树德堂书摊购读本《诗经》一部，不知何人所批，专论文法，为说经家所罕见，甚可宝贵，惜刻板既劣，纸张尤恶，已烂坏不能读矣。又在冷摊上购阮文达原刻《王复斋钟鼎款识》一本，亦烂破，尚未缺少，价一元二角，至便宜也。

四月七日即旧历闰二月十七日星期六，拟联一付，胡笠僧本月十日三年纪念，挥泪书此："时有泪沾巾几度摩挲岘山碣，更无人载酒三年寂寞子云亭。"

四月十日即旧历闰二月二十日星期二，子彝南游江宁，赋诗留别，即次原韵赠行。

四月十六日即旧历闰二月二十六日星期一，昨夜拟挽孟香泉二联："鶗鴂鸣春刚逢百草初生日，龙蛇入梦更值黄杨厄闰年。""撒手人天春色平分三日后，怆怀故旧交期回忆卌年前。"

五月二日即旧历三月十三日星期三，读《新生命》第二册戴季陶《行易知难》一篇，极言国民革命不从科学着手研究，万一与外人开战，我国衣食、医药、战术、器械无一非自杀之具也，议论甚通。

五月三日即旧历三月十四日星期四，写挽庄小瀛一联即送去，又拟挽井崧生夫人赵一联如左，仍需改定。庄小瀛挽联商务书馆经理："此日方醒蝴蝶梦，一生终老蠹鱼丛。"井嫂赵夫人二月十二日卒："撒手人间翠羽明珰返蓬岛，归真天上凄风惨雨逼花朝。"

五月四日即旧历三月十五日星期五，改井联："依然八座尊荣羽旆云车返蓬岛，可耐二分春色急风甚雨厄花朝。"

五月十日即旧历三月二十一日星期四，早约四钟为素姬唤醒，枪炮声四作，城内冯部全调关外，城防空虚，陕军乘此隙来攻，此举大约樊部动作，即已计画周备，而冯一意东方，毫不顾虑及此，为民众谋利益者，乃如是乎。八钟时枪声稍停，而街上遂有行人。陈秉坤、张华、黄元、涛甥、振东等均来看。黄元由南门进城，据述南关三部门均闭，二军昨夜行三十里始抵城下，天明开枪云云。晚传六钟静街。

五月十一日即旧历三月二十二日星期五，炮声一夜未绝，早九时少止，十时后遂停。十二钟出，步往南院门一看，正俗社居然开演，观者寥寥。在南华公司购自制饼干一斤三角，归至商会略座，正开会为公家筹洋五万元，维持西北银行。

五月十八日即旧历三月二十九日星期五，早八钟起，十钟时闻人言南门开，然只准进不准出。午后约二钟乃大开，任人出进。盖马军长鸿宾自东来，故围者皆退。大喜过望，因往南院门一看，商家已大半启门。绕卢进士巷归，为敬老谢步，未见。归少座即往通志局，同人皆在芝老室闲谈，并杨闻齐韶，福建人亦在座谈次，向闻齐借旧拓《云麾碑》。归未多时，即遣人送来，因携与《萃编》所录对读，尚少数十字，盖下半已泐之本，且看其神情，犹恐非原石，芝老亦云然。归来后，人纷纷言每元可购面二十斤矣。

五月十九日即旧历四月初一日星期六，早七钟起，尚闻炮一两声。即令人赶购白米一石十三元，并脚用共用洋十四元。午后访仲和、叔惺，吊张海帆。步归，作张晕夫人姚氏志铭跋尾一篇，尚未清稿。

五月二十五日即旧历四月初七日星期五，在南院门金姓处购得造像四条，皆外国文字，其像系六朝时物，据帖贾云出河南在前数年，究不知为何时何人所制。

五月二十六日即旧历四月初八日星期六，余至志局见蕴生，白绍虞、席梧轩先在座，询知蕴家三院均烧尽，本族一侄被杀，叔吉家全毁，其二兄被害。在芝老、王汉卿房略坐归。

六月一日即旧历四月十四日星期五，定五托带来冯复电一纸，文如左："西安孙总指挥转。宋先生、毛先生、周先生、吴先生、郭先生、霍先生，冯、武、陈、赵、查、侯、孙、贺先生大鉴：漾电奉悉。秦中不靖，变起萧墙。虽星火未致燎原，而风鹤已惊关右，消弭隐祸，自愧未能。重苦吾民，益深惭悚。宋主席前以豫西匪炽，奉命剿办。大兵所至，小丑歼除。刻已次第肃清，不日西旋，力谋抚辑。诸先生枌乡硕望，仍请就近指导，弼成郅治。尤盼在远不遗，多多惠教。专肃布复，毋任企祷。冯玉祥。宥。第二方面军总指挥部照钞原电。"

六月三日即旧历四月十六日星期，挽刘鲁堂母李太夫人："留慈爱于乡闾懿范仰千秋锺郝,参元戎之幕府贤郎尽三辅英豪。""诸子尽英豪绿水红莲依幕府,一乡仰慈惠素车白马送灵輀。"归来未久,幼尼来,云外间传说敌军离城只十余里,警生传告居民令早备粮食云云。亟购米五斗,用洋九元。

六月八日即旧历四月二十一日星期五,至通志局闲谈,芝老、石笙乃自东关接宋主席归,据言带归兵四五师,省城当可安静,但供应必加重耳。

六月十一日即旧历四月二十四日星期一,往通志局闲谈,《召公刀释文》交念堂收,因未见王汉卿也。并见谢文卿、董云五,云五述长安城沿革至详尽,记诵之博迥绝寻常,可佩也。

六月二十九日即旧历五月十二日星期五,隋《郁久闾伏仁砖志》释文:

## 督东宫左亲卫郁久闾伏仁墓志铭

君讳伏仁,本姓茹茹。夏有淳维,君其苗裔。魏晋以来,世长幕北。阴山以北,丁零以东,地广兵强,无非国有。高祖慕容盖可汗,英才天挺,硕谟秀立。部洛落同番蕃同滋,边方无事。曾祖俟利佛,祖吐□度吐阿入弗,父车朱浑,骠骑大将军、开府仪同三司、使持节、都督□兖州诸军、兖州刺史、太常卿。太和之时,值魏南徙,始□□□□为河南洛阳人也。改姓郁久闾氏,君即公长子也,幼□□□□□□神,生便岐嶷。波澜不测,墙仞难窥。□贵金驹,珍□□□□□里。齐武平五年,年甫十岁,乃堪从政,授给事中。裘裳朱衣,簪璎缨同已袭。岂宜张良之子,幼插丰貂;甘茂之孙,早悬金印。及初平东夏,杞梓无遗。西从入关,迁大都督。周鼎既移,大隋承运。春官式建,文武斯择。开皇元年,入为亲卫,参陪栏槛,容容阶墀。方□股肱□志,□□天地不仁,奄然□遘病,盛年夭枉行各。呜呼。以十月四日亡于私第,春秋廿有二,以开皇六年岁次丙午十月戊申十三日庚申,葬于长安城西七里杜村西。呜呼哀哉，为铭曰。

右砖柯莘农以五十元购得，数年未有识者，因太残蚀也。前日精打本为细译之，以备考证。文青送来和余与绎如话旧诗一章如左，因在卓亭扇头，见原作也："神州莽莽正风烟，放浪情怀忆昔年。尘世不堪来眼底，幽悰无奈付毫颠。安仁有赋思朋旧，崇礼何时见武宣。我亦长安重回首，读君诗罢益凄然。"

七月二日即旧历五月十五日星期一，严谷孙来谈，云二十前后仍往沪，由沪返川，托写顾鼎梅绍介信。

七月二十五日即旧历六月初九日星期三，题雷友初先生墓铭稿本后仲南尊人："十步之内，必有芳草。先正典型，见此一老。高阳之里，通德之门。懿惟我公，古处是敦。束躬治家，惟勤惟谨。居乡处友，必诚必信。洸洸大文，著之玄石。佑启后人，古训是式。"

八月二日即旧历六月十七日星期四，题《耄耋图》为王同春，常姓号春轩："八十曰耋，九十曰耄。谁为斯图，使君寿考。"又"猫之言耄也，蝶之言耋也。因声求义，以言乎其老洫也；惟老而洫，神明静谧，引而进之寿无极也。"

八月九日即旧历六月二十四日星期四，韩仲鲁尊人墓联："千年桐树韩家宅，百尺松陵渭水滨。""崇冈卜得眠牛吉，华表何年化鹤归。""郁郁松楸神明是处，绵绵瓜瓞子孙世昌。""白首同归永安窀穸，玄宫一闷长隔音尘。"

八月十三日即旧历六月二十八日星期一，致井总司令函："崧生尊兄总司令麾下：前奉大函，正值病中，未即肃复，叨在知爱，谅不为罪。近惟勋猷日懋，为颂为慰。榆林拨款，实因弟处省垣，不谂北山状况。奉读来书，备悉种种情形，良深忧灼。省城附近亦苦亢旱，麦收极薄。上月底本月初，叠获甘霖，四郊沾足，秋粮收获尚有四五成可望，实不幸中之大幸也。未知北山一带，近日已得透雨否？良念良念。榆林县署财政既极困难，弟处拨款自当取销，现已函达裘县长，请将拨文退回矣。至老兄眷念故人，慨然以千元见赠，隆情厚意，高薄云天。感激涕零，无可言说。谨赋七律一章，抒感愧之意，附录呈教，稍缓当觅佳纸书成条幅寄上。”

八月十五日即旧历七月初一日星期三，仲鲁来，志铭苦太长，属为删节。晚因为改正，二钟后脱稿，原作千六百余字，删存九百余字。通篇机杼全行更动，直与别作一篇无异也。过劳苦不能睡，四钟后始眠。

八月二十一日即旧历七月初七日星期二，至通志局见石笙、蕴生，闻石笙谈主席此次在蒲富收枪五千余支，大快人心，陕祸从此或可弭乎。惟闻耿、段皆遁入黄龙山，又不能无他日之患。且所收枪五千余，亦有民团之数否？富平东四联杨君所训民团数十村，极能保卫乡里抵御匪人，十余年远近感颂。若误以硬肚红枪会一类视之，则大可惜矣。

九月二日即旧历七月十九日星期，贺师亲民完婚："画眉黛染荆山翠，照鬓花争锦水娇。""江上芙蓉开并蒂，门前桃李绽双花。"写贺子敬联，另拟一付如左："人息机心阶下驯禽来就食，门多喜气膝前幺凤又将雏注：戊辰七月，子敬我兄为少子亲民完婚时，解组归田，谢绝人事三年矣，撰联寄贺。"

九月十七日即旧历八月初四日星期一，早九钟冯焕公遣汽车来迓即往，只余一人。既至因言昨日与胡优丞、郭蕴生同来谒未见，因即遣车迓蕴生共谈。先与余言拟办水利，问有此项人才否，余以李宜之对，冯公云此子现在浙，即命秘书电于右任代招之，或水利局或建设厅，可听择一席云云。午后一钟归。

九月十八日即旧历八月初五日星期二，早九钟起，拟联语三付，冯焕公属代笔也。十钟蕴生来，录出交之。与敬之阅看斟酌，伊托敬之另撰三付同送去，听其择用。联如左。黄帝祠中部："愿吾四百兆生民无忘祖德，阐我五千年文化遂跻大同。"留侯祠留霸县紫柏山庙台子："紫柏千章是神仙窟，素书一卷为王者师。"武侯祠沔县菜园子："宗臣遗像丹青古，丞相祠堂俎豆新。”

九月二十三日即旧历八月初十日星期，敬之来，约同行赴冯焕公之约。伊先在通志局相候，四钟至通志局。少时冯处来催请，因即前往。余搭敬之车，至则鉴三已在门首相候矣。少谈入座，同席宋芝老、李桐轩、郭蕴生、吴敬之、霍竹汀、武念堂、张西轩、周石笙、邓鉴三、宋明轩，主客十一人。长餐桌，菜四样，八大炖，甚丰满。冯公亲为客盛饭奉菜，宾主极欢，饭后略谈归。

九月二十四日即旧历八月十一日星期一，早八钟起，与张子屏写信退长安县志局聘书。正修函时，侯乾初来，因即将信托其代送，此事今日方摆脱，一大快也。

九月二十九日即旧历八月十六日星期六，午后拟挽联二如左。韩姻婶盛恭人：“吉壤近占忠孝里，故乡遥望藐姑山。”挽韩仲鲁尊翁子谦先生：“下笔幸无惭敬师郭泰，登龙空有愿未识荆州。”

九月三十日即旧历八月十七日星期，昨夜改韩联如左：“虽然未识荆州面，犹幸能为有道碑。”

十月六日即旧历八月二十三日星期六，早八钟起，昨夜代冯焕公作革命公园国殇墓碑记一篇，早命达儿誊清，饭后往通志局，乃知冯已于今早六时行矣。

十月八日即旧历八月二十五日星期一，挽惠春波夫人王淑人：“百岁相庄德曜未偿谐老愿，五车遍读惠施工赋悼亡诗。”“迟十日中秋冰轮未涌玉宇初凉先效素娥归上界，有多情夫婿落叶添薪野蔬充膳赓吟元相遣悲怀。”宋主席尊翁先生挽联：“先生是万朔乡人东海栖真声闻四国，令子有广平风度西京留守福被三秦。”

十月十日即旧历八月二十七日星期三，早七钟起即诣圣庙，诸人大致已到，邓鉴三来传，说政府有电，定孔子生日为纪念日，别定新礼节，废拜跪礼，行三鞠躬礼，因即照行。礼毕略谈，余附卓亭车归。

十月十一日即旧历八月二十八日星期四，晤郭养轩，又闻一回教人谈伊见凤翔所出诸铜器皆商器，甚精美，内有一方鼎字甚多，据伊所述形制大小，与叔父子静公所得于凤翔者相同，但叔父器只数字，此器字多，更可贵耳。

十月十三日即旧历九月初一日星期六，早九钟起，录薛寿老《长安志叙目》共二十三篇，内唯《地理》《田赋》二篇未作。又志局采访册十二本生字三四九十，昆字一至八亦送来，明日当面送去。

十一月四日即旧历九月二十三日星期，晚函幼农，附校定《沣西先生诗集》十三条。

十一月十四日即旧历十月初三日星期三，撰挽联二。挽张亚雄尊人光远："物与民胞家学仍承张子厚，排患释难乡里群钦鲁仲连。"挽刘依仁尊人："家学世传刘子政，乡人群仰郑康成。"

十一月二十二日即旧历十月十一日星期四，蕴生、敬之来，云自卫团训练所拟聘余为教习，每星期任课三四点，劝余勉任之。蕴兄先来致意，征得同意再令润生来达意。蕴、敬二公为余筹画颇周，允之。张次屏维翰来见，伊现寓袁继武家。段仲嘉携来《信行禅师碑》，系薛寿轩旧物，向所未见。薛少保稷书与褚登善如出一手，惜只半本耳。王润生来，代孙隆吉道意，请余任训练所教习，专教曾胡治兵要略。余告以多病之身，钟点若多，绝不胜任，总以钟点多寡定去就。

十一月二十四日即旧历十月十三日星期六，敬之来，约午餐，今日新生儿弥月。芝田诸公必欲申贺，因约午餐，浼余作陪。午后二钟往，诸人已到。入座，同席宋芝田、周石笙、张扶万、霍竹汀、武念堂、郭蕴生、冯孝伯，主宾共九人。念堂属查《金石录》有《信行禅师碑》否，归查无其名，即函复之。五钟接自卫团训练所聘书一件。

十二月三日即旧历十月二十二日星期一，晚写贺许壁臣世兄联："坦腹东床王家快婿，蜚声南阁汉学宗工。"

十二月二十七日即旧历十一月十六日星期四，早八钟起，午后一钟至训练所月试问答题两道。问："古论将有五德，五德为何？"问："曾胡皆书生，乃出任兵事，泽被海内，孰驱使之？"

十二月三十一日即旧历十一月二十日星期一，遇王同，云通志局来寻。即往志局，见芝老、石笙。石笙云主席明日九钟半遣汽车来迓，告余同在志局聚齐同往。归知宋主席以训练所名义赠洋四百元。

民国十八年一月三日即旧历十七年十一月二十三日星期四，早八钟起，午十二钟写勿幕纪念碑。

二月四日即旧历十二月二十五日星期一，跋《石门颂》为张价人参谋长："此碑最为诸家聚讼者，在'中遭元二'一句，大半主石鼓，重文旁注，例读为'元元'。杰案：其说固自可通，惟就本碑考之。曰'丞二交宁'，曰'君德明二'，曰'无偏荡二'，曰'世二叹诵'，曰'勤二竭诚'，重文皆旁注，且字形皆作二。'元二'二字居中正书，与诸句不同，则定当读为'元二'，不烦言而可决也。价人先生以为何如？"右跋昨夜书之，早九钟起。午后一钟访敬之，将《石门颂》交之，请题后仍交来转付继之。

二月八日即旧历十二月二十九日星期五，读马叙伦杭人《庄子礼记》数卷，甚详博，惜只成外篇十五卷，其内篇七卷、杂篇十一卷及庄子年谱尚未成书。

二月十日即旧历十八年正月初一日星期，早八钟起，祀先。十钟敬之来拜年，十二钟年弟来，述赵友琴赠伊岁费百三十二元，还我十一元。

二月十四日即旧历正月初五日星期四，敬之将题过《石门颂》送来，因余即欲上课，少坐即去。傍晚杨季符送来松轩墓记一篇，为志文作资料，且云匠人已到县，属速将文作好寄归。晚跋芝老画册，为甘园，稿存文稿中。

二月十七日即旧历正月初八日星期，昨夜为杨松轩改墓志，至三钟始寝。原文系华县张益斋所作，正文未多改，惟于首段加叙一节，故较自作为省力也。

二月二十日即旧历正月十一日星期三，至科学仪器馆看顾惺夫，据言鼎梅科馆已辞谢，但虽准而需四月开大会后交替，则来陕尚在五六月也。

三月二日即旧历正月二十一日星期六，蕴生述及东方粮食急切，无火车可运，而此间需粮甚急甚危险也。

三月二十日即旧历二月初十日星期三，答拜卓亭，久谈。看翁常熟少年时手批读本《毛诗集传》，尽有佳刻而特用钞本，书法亦甚平常，纸用竹纸，皆非特别精美，不知何故。眉批杂录他家说，是少年用功书，非著作也。晚书挽联一付如左。挽杨松轩四月七日安葬："人仰宗风家学远承杨伯起，我铭玄石颂词无愧蔡中郎。"

三月二十二日即旧历二月十二日星期五，三钟在通志局闲谈，并见吕诚一、戴震三。敬之在念堂家燕饮，作四绝句，颇轻灵松秀。今日王振麟为请领振坤恤金，由年弟代拟禀稿，由伊自书，稿甚佳，微嫌过文，非粗豪武夫所知也。

三月三十日即旧历二月二十日星期六，晚闻张次屏之世兄来询刘省长来否，始知定五归来，即往看之，次屏、袁继武、温天伟、李蔚青、谢香斋诸人均在彼座中相候。据云同马师长往观剧，归时尚早，余即返，继武、次屏、天伟亦均返。定五明日回凤，到凤一二日即返省云。拟联二如左："大将威名远垂鄂渚，祁连高冢近接尧山。"陈骊阳学博墓阙联："绣岭葱茏幽人是宅，太邱风范奕世之师。"

四月七日即旧历二月二十八日星期，读《燕京学报》第一期十六年六月出版，每年两册，内容庚所著《殷周礼乐器考略》一篇，后附一百三十五图，考据详博而核，惟兼采考古、博古及《西清古鉴》《宁寿鉴古》诸书，殊欠鉴别。要为治此学，必不可不读之书也。

四月八日即旧历二月二十九日星期一，挽张子桥太夫人徐代仲和："持家奉东海遗规人遵礼法，有子守西铭学说望重乡邦。"挽陈兰亭太夫人除夕卒，代仲和："屠苏饮罢乘鸾去，薤露歌中吊鹤来。"

六月二十四日即旧历五月十八日星期一，四钟王尚玺携来钞本《观象玩占》询问，案此书《四库提要》已收，其已有刻本，可知即使真是孤本，此等书亦实无一顾之价值也。

八月三日即旧历六月二十八日星期六，挽孙玉溪明日头七："故里重逢一鹤一琴笑我寒酸归老后，旧欢如梦某山某水共君游钓少年时。"午后读严鹿溪《文虚阁遗集》，丁酉年有赠诗一章，除夕送余北上一诗，期望良厚，至今读之颇深愧沮也。

八月九日即旧历七月初五日星期五，为严翔鹤夫人拟贺人迁居联由柳巷迁郭签市巷："蝉曳余声移从柳市，莺迁乔木作我芳邻。"

八月二十九日即旧历七月二十五日星期四，为润生、温天伟拟联二付。挽张价人之妻，事实一无所知，但知死一张姓之妇人而已。挽张价人夫人某代王润生："窗下画眉昔日风流说京兆，臼中炊饭今朝噩梦痛张瞻。""京兆空余画[眉]笔[1]，安仁工赋悼亡诗。""悼亡词赋张三影，诔德才惭温八叉。""可怜京兆画眉笔，用写安仁哀逝文。"

九月六日即旧历八月初四日星期五，民厅送来公文一件，委乃疆为紫阳县毛坝关县佐，遣往继之处道谢，此皆继之之力也。

九月十三日即旧历八月十一日星期五，早八钟起，十钟杨幼石来谈，示陶在东镛《名公至力歌》，曾在志局见过，诗极博大。缪石逸自鄠来谈，伊述清德宗及那拉后过怀来县事极详，伊时在该署目击也。

九月二十日即旧历八月十八日星期五，写贺联一付。贺林杏旃新婚女家董姓："桂魄初生双成下嫁，梅花与共和靖多情。"

九月二十九日即旧历八月二十七日星期，早七钟起，七钟半恭诣圣庙。同人业经行礼，因即补行两跪四拜礼。同时陈惺园、范紫东亦后到，同行礼毕即往拜。张西轩礼毕后，会议保全孔庙事，同时议举孔教会副会长，紫东提议以余承其乏，众皆赞成，余力辞未有结果。

十月三日即旧历九月初一日星期四，刘玉珊景琨，灵宝人，旧张百英军需官来访，并携雪帅名片致问，谈及范润芳现亦在雪帅幕内。正谈顷，张永甫亦来访。少时，玉珊去，永甫告崧生赠款汇到。因同往楼西公正纸店，掌柜张君他出，由王君手遣人随我送归四百元，余随

---

[1] 按：原文夺一字。据文意，似可补"眉"字。

时往取听便。到家后即具一收条，交其伙带回。

十月九日即旧历九月初(八)[七]日星期三，刘玉珊(景琨)来传雪督语，赠洋一百元。玉珊三两日即行。

十月二十三日即旧历九月二十一日星期三，挽黄俊臣："小冠谁别杜子夏，惊座更无陈孟公。"

十二月十四日即旧历十一月十四日星期六，自十月二十七日病，至今日始能执笔，整五十日矣。初病痢极重，痛至不可忍。惟以雅片止之，如是者十余日。幸痢止而雅片亦断，未至上瘾，大幸也。痢愈体弱，叠受感冒，仍服荫之方十余剂始瘥。今日为同仁孙弥月之期，汤饼之筵，无力置办，只艾女、五女两家来贺，以牛羊肉款之。病中王君子立来谈，以《刘根造像记》属题，此君皖人，笠僧幕下客，颇富收藏，今日为题跋之。

# 君子馆日记卷八

民国十九年一月二日即旧历十八年十二月初三日星期四，冯继之携来省政府主任秘书委状一纸一月一日，受之。惟一刻不能到差，已与秘书长谈过，然亦不能过迟也。垂暮病躯，仍不免于奔走。衣食苦矣，哀哉！晚考定余寄文裱本《魏志》毕，自上月二十九日至今日共五日，成跋尾十六篇，尚余《隋志》两种、单片四种。《隋志》书法亦佳，以惮于翻书，其单片《魏志》则因披读不便，均未着笔。

一月四日即旧历十二月初五日星期六，致杨秘书长一函，函送继之转交："镇公秘书长大鉴：继之来奉到委状，猥以樗材，辱蒙荐拔，藉得趋侍左右，畅聆教言，良为庆幸。弟孱躯多病，学殖荒落。恐刘道祖实不副名，有辜殷中军之推许也。大病两月，刻虽勿药，仍须避风，缓日方可从公请，先呈明主席为祷。"

一月十八日即旧历十二月十九日星期六，跋百花诗："咏物诗有二难，不失之空，即失之滞。此作为百花写照，征引故事，各称身分而泛泛有弦外音。不沾不脱，斯体极则，且多至二百而词无重复，首尾若一，无一懈笔，尤为美意延年之征。"函赵友琴："友琴仁仲麾下：亟思趋谈，奈病将三月，迄未大痊，良深歉仄。兹启者敝居对门，渭南赵君叔扬，有赵伯驹手卷，世藏旧物，为家计所迫，将以易盐米。闻弟博雅好古，托兄函询，如有意购藏，请约期降临其家一看，价在二三千元之间。可否请赐复。此颂勋绥。"

一月二十一日即旧历十二月二十二日星期二，早十钟下床，今日天气甚和。午后拟联一付。贺杨仁天为子完婚："方荐黄羊祀司命，喜逢灵鹊渡天孙。"跋玉书拓本："此叔父子静公所藏器，不知何时失去。余藏此拓片数纸，与陈寿卿手拓《毛公鼎》同置一处。辛亥岁，为江宁乱民拉杂摧烧之。今见手泽，黯然欲涕，盖叔父弃世于今将四十年矣。”

一月二十二日即旧历十二月二十三日星期三，题宋芝公诗书画册，为惺源：“此册诗书画并温润佳妙，可称三绝。郑广文不得专美于前矣，惺源兄其宝之。”

二月十日即旧历正月十二日星期一，幼尼来，忽言郭蕴兄作故。余初不之信，湘、辰两孙自外归，复言之。乃命王同向通志局探询，归云昨日傍晚由局中归，晚间即故。实万分所不料也。年来知己只希仁、蕴生两人，希仁于六年前死，今蕴生复先我而去。痛哉！

二月十四日即旧历正月十六日星期五，挽翁思柔、华甫兄弟安葬：“荆树方摧棣华继陨，青山共穴白首同归。”

二月十五日即旧历正月十七日星期六，敬之处借来王益吾《三家诗义集疏》，首载陈朴园《三家遗说考》。细读，节其要于左：

> 《鲁诗》。申公受《诗》于浮邱伯，浮邱伯受业于孙卿，故《荀子》书引诗缀为《鲁诗》，原其所自始也。孔安国从申公受《诗》。太史公从安国问故。楚元王少与鲁穆生、白生、申公俱受《诗》浮邱伯，刘向为元王子休侯富曾孙，故知《说苑》《新序》《列女传》所称述出《鲁诗》。白虎观讲经诸儒，如鲁恭、魏应皆习《鲁诗》，故《白虎通》引诗定为鲁说。《尔雅》传于叔孙通，鲁人也。臧镛堂定《尔雅》所释《诗》为《鲁诗》。《熹平石经》以《鲁诗》为主。《东京赋》“改奢即俭，制美《斯干》”说同刘向，知张衡习《鲁诗》。《楚词注》“繁鸟萃集，负子肆情”事同《列女传》，知王逸必习《鲁诗》。《论衡》《法言》皆以《关雎》为康王时诗，可证王充、扬雄习《鲁诗》。《潜夫论》《淮南注》并以《鹿鸣》为刺上之作，可证王符、高诱习《鲁诗》。
>
> 《齐诗》，于经征之《仪礼》《大小戴礼记》。辕生以治《诗》为

博士，诸齐以《诗》贵显者，皆固之弟子，而夏侯始昌最明。后苍事始昌，戴德、戴圣、庆普皆后苍弟子。郑注《礼记》，未得《毛传》时说皆用《齐诗》。于史征之《汉书》《汉纪》。《齐诗》有翼奉、匡衡、师丹、伏理之学，班固之从祖伯，受《诗》于师丹，《地理志》引"子之营兮""自杜沮漆"，并据《齐诗》之文。又云"陈俗巫鬼""晋俗俭陋"与匡衡说《诗》亦合。陈寔子纪传《齐诗》，荀悦叔父爽师事陈寔。于诸子百家征之《春秋繁露》《易林》《盐铁论》《申鉴》。公羊本齐学，治《公羊》者，其于《诗》皆称齐。董仲舒治《公羊》，与齐人胡母生同业，则习齐《诗》可知。《易林》"甲戊己庚，达性任情"之语与翼氏《齐诗》言"五性六情"合，又"亥午相错，败乱绪业"与《诗泛历枢》言"午亥之际为革命"合，故知焦延寿习《齐诗》。《盐铁论》以《周南》之"罝兔"为刺义，以《邶风》之"鸣雁"为(稚)[鳱][1]，文与鲁、韩、毛并殊，显见为《齐诗》也。荀悦习《齐诗》，故申鉴所引必《齐》说。

《韩诗》。唐人经义及类书所引《韩诗》，要皆《薛氏章句》为多。至于《内传》，仅散见一二焉。《经典释文》间采毛、韩异同，而罣漏尚多。宋元以后，仅有存者，《外传》十篇而已。

二月十八日即旧历正月二十日星期二，仲和来，托拟王晓岷太夫人挽联如左："勤俭相夫三辅仪型贤母教，义方训子一门孝友外家风。"昨晚拟挽蕴兄一联，挽郭蕴生兄："卅载深交相忘于道术，十日不见遽判乎死生。"

二月二十一日即旧历正月二十三日星期五，建侯携幼子来，送来顾耳翁日记四册、诗稿数本。

---

① 《君子馆类稿》作"稚"，吴格点校本《诗三家义集疏·序例》作"鳱"，今从其说。参见王先谦撰，吴格点校《诗三家义集疏·序例》，中华书局 1987 年版，第 9 页。

二月二十二日即旧历正月二十四日星期六，早八钟，天阴微雨，一日无事，读顾耳翁日记。

二月二十四日即旧历正月二十六日星期一，柯莘农来谈，携来《汉南武阳功曹阙画像》，云系老张者索价五六元。按《金石聚》，此阙有东西南三面，此只其南阙也。石在山东临沂县，模糊太甚，古人只赵氏《金石录》载之，他书未著录。

二月二十六日即旧历正月二十八日星期三，读兴化赵亚楼名驭卿，顾耳翁之舅氏《醒兰馆诗稿》，《寓感》八律余最爱之，择录佳句如左："漫说谢家争咏絮，可知秦女学吹箫。当筵只解回红袖，隔座频看整翠翘。""枇杷巷里谱芳姓，鹦鹉帘前唤小名。""事到垂成偏是梦，心才欲醉便如麻。""偷唱离歌调白纻，密封锦字付青鸾。""十斛明珠元有价，三升红豆最相思。""画舫玲珑依碧水，湘波潋滟护红妆。多情拼折才华福，有酒曾浇锦绣肠。""烛边时落横钗影，襟上空余堕泪痕。""一时铸错何须铁，百计藏娇合费金。回首蓬山知更远，且从花下学长吟。"更择其断句如左："君何淡如此，予亦瘦堪怜《看菊》。""久病寒先中，多情梦易痴《冬月书怀》。""不向尊前问贤圣，只从药里配君臣。鹤能健饭应骄我，花到颓颜转媚人《病起》。""一病身从秋后健，百年诗向眼前吟《和人自挽诗》。""锦帐未容巢翡翠，罗帏空自绣鸳鸯《漫兴》。""岂有苏秦能相国，断无赵括敢谈兵《咏史》。""夕阳衰草短，暮雨落花深《秋夜》。""半村杨柳笼朝雾，十里芙蓉映晚霞。""有志骅骝偏伏枥，能言鹦鹉久拘笼《述怀》。""烟尘容古佛，风雨耐孤僧《破寺》。""雪碗茶香联旧雨，纸窗榻冷卧秋人《看菊》。""风尘各憔悴，时事共艰辛《与友夜话》。""风定杵声急，月高人影孤。长贫来客少，久病得诗癯《秋夜书怀》。""酒熟恨无知己共，月圆赢得故乡看《中秋》。"

二月二十八日即旧历二月初一日星期五，早八钟起，余写马润之屏八幅、郭绎甫四幅，又写挽蕴生联一付。吕益斋来谈，云教厅长政府拟与文穆，然主意不决，拟属我函定午为之推毂。余告，若政府意不属文穆，知此事须不相宜，而外人观之固胜于局中人也。大媳得响女信，知朴生同年于今年元旦病故渝城，孩提至交，一朝死别，不禁怆然。赵友琴往甘肃。

三月十日即旧历二月十一日星期一，撰挽蕴生联，为孔教会："是吾道干城当众说披靡之会，作人伦师表为三秦物望所归。"

三月十二日即旧历二月十三日星期三，昨拟挽蕴生二付："师表关西杨伯起，人伦东国郭林宗。""陈太邱文为德表范为士则，郭有道贞不绝俗隐不违亲。"

三月二十日即旧历二月二十一日星期四，早七钟时冯焕公来拜，余未起床，客已入门，即起接谈。两年之别，神采如故。甄寿山同来，略座即往吊蕴生，先遣湘、未两孙告其家。午后蒋子珍偕焦师来谈，去后访敬之略谈归。冯公赠洋二百、面粉两袋，遣王同在建侯家取归。《孔传参正》并《诗三家[义]集疏》送还敬之。

三月二十二日即旧历二月二十三日星期六，博古斋绍介吴竹铭国勋，山东诸城人，公安局第三科来见，拟从吾学古文。问读何本，告以备有《注古文词类纂》一部供浏览，《古文百篇》一部备揣摹，总以熟读为主。

四月三日即旧历三月初五日星期四，三钟为陈公岚晴篆碑额六字。"晴"，《说文》作"殅"。"岚"依《说文》当作"葻"，大徐《新附》言"岚"字，因即用《新附》。往见吴恒轩篆联，曾有此例。

四月十五日即旧历三月十(一)[七]日星期二，张叔冶来谈，咸阳县长姚继华肇封，河南延津人，北京大学学生托撰花园小亭、花墙对各一付如左。咸阳县署三角亭柱联："此地是西出岩疆东来孔道，斯亭可南观渭水北眺嵕山。"花墙门对："径暖草如积王荆公，墙高月有痕李义山。"

四月二十四日即旧历三月二十六日星期四，早十钟下床，为荫之撰挽蕴生一联："旧雨难忘何日重归辽海鹤，前尘若梦当年同食武昌鱼。"

四月二十五日即旧历三月二十七日星期五，湘孙手制纸插一枚，为撰铭一则。《竹纸插铭》:“断简零缣,聚斯一插。铢积寸累,可迎筐箧。邱陵学山,古今良法。”

五月六日即旧历四月初八日星期二,为世界大药房写挽联一付,挽杨和翁:“清白传家仰杨公之懿训,枌榆共社接孟氏之芳邻。”

五月八日即旧历四月初十日星期四,陈岚晴墓碑跋尾:“去岁凡书四碑,此碑稍有古意,然远逊二十年前书矣,再数年不知更何如也。”陈骊阳墓碑跋尾:“芝翁年近八旬,书法犹鲜秀绝伦,真寿老之征也。吾文庸庸,乃假芝公书以传,史公谓附骥尾而名益彰,亦可幸矣。”

五月九日即旧历四月十一日星期五,挽刘母张太夫人代仲皋:“吾师效仲氏养亲负米常萦游子痛,鲰生著欧公学籍画荻亲闻母教严。”

六月七日即旧历五月十一日星期六,十二钟归,午后二钟吊蕴生,行至小湘子庙街,知李问渠遇火灾,急往看之,拟为帮忙,而公安局阻禁,无论何人不得过,更不能至其家也。无已,由包吉巷绕道四府街至蕴兄家,直至点主礼毕,火已熄。始偕王润生、孙伯衡同往一看,只余街房并二门内两厢,余悉化灰烬矣。最可惜者,书籍字画颇有精品,一物未能持出,略视一遍未见问渠,怏然而返。

六月二十八日即旧历六月初三日星期六,改定《跋颖拓印谱》:“颖拓印章,以吾所见,非失之粗疏,即失之板滞。唯友人陈绯青、吴羹梅最善此技,今羹梅墓草久宿,绯青前岁重见长安,白发盈头,亦不复作此狡狯。尧廷此册用笔灵活,其佳者几与印本无异。披阅一过,仿佛三十年前亲见陈、吴奏技时也。庚午六月,毛昌杰识。”

七月一日即旧历六月初六日星期二,今日开庆祝克复济南大会,放假一日。本拟注射腿疾,因此中止。龚德庵携来严谷孙信,开示《关中胜迹图志》缺六开,《黄河图卷》第十三四五六、卷三十《绥德志》第一二,共六页,拟向谢文卿借书钞补。魏碑跋尾今日交送报人带回。

七月十一日即旧历六月十六日星期五，拟挽联三付。挽韩继云暨其子裕斋，安葬南乡杜城新茔："百里循声留鄠杜，九原孝子侍晨昏。"又代仲和："讴歌常颂神明宰，生死相依孝子心。"又未用："治迹尚存沣水曲，新茔近筑杜城隈。"

七月二十六日即旧历闰六月初一日星期六，午后建侯来谈，借得《新郑古器图录》《宜禄堂金石记》宝应朱士端著《古墨斋金石跋》三种泾县赵绍祖著。建侯借去《唐诗贯珠》及《千甓亭砖录》二种。

七月二十七日即旧历闰六月初二日星期，昨晚至今晚读借来书三种竣。《宜禄堂》第四卷有记大父季海公自巴州寄赠严武《楠木诗》拓本，又第五卷《唐楚州使院石柱题名》，萧令裕跋一篇，考唐人官制及石刻署衔至为详赡，苦天热不及钞录。

七月三十一日即旧历闰六月初六日星期四，读《文学丛刊》第一期，己巳年成都大学中国文学系出板。内有杜工部年谱三篇，一梁造今编，一杨益恒编，一巩固编。入《杜诗(诗)[地]名考》一篇，陶嘉根作，皆极详赡。又陈鸣西《杜诗地图十幅》尤为精美，实读杜集必不可少之书也，暇日拟托严谷孙代购之。

八月一日即旧历闰六月初七日星期五，读《苍石山房文字谈》，著者石广权，号一参。穿凿附会，向壁虚造，不可知之说谬托于今文学家，痛詈许洨长，实则毫无学识，无殊痴人说梦。于右任、谭延闿、赵戴文均为题赙，惟胡汉民书"不守故常，时有所获"八字，尚非全无皂白者。

八月二日即旧历闰六月初八日星期六，今日读《文字谈》竟，解释背谬，文字冗杂不通处甚多，若细为驳正，非数十日不能竣事，然其书实无可驳之价值，听其自生自灭可也。

八月三日即旧历闰六月初九日星期，李郭三生来，为讲《庾子山年谱》后总括大要一篇。

八月五日即旧历闰六月十一日星期二，老五来，言公家索捐麦，每亩派一升六合，老母坟地共十九亩三分，摊麦共三斗八合，给洋十元购麦，以时价计洋二元五角，当用七元七角之谱，此地四年以来租稞斗粒未收，而出款如此者屡矣，有田反为累也。

八月十七日即旧历闰六月二十三日星期，《跋翟文泉隶书联》："文泉先生当乾嘉金石学极盛之后，著《隶篇》一书，考据精严，双钩解字，风神奕奕，与原碑不失累黍，不仅虎贲之肖中郎也。此联朴质厚重，接武未谷，雅得师承。惟联本未署款，后人妄加子良款字。鹏霄先生以为白璧之玷，命工抹去而遗迹终在。明人句云：'纵教浣尽千江水，争似当初未涴时。'君子于此可以知守身之道矣。"

八月二十一日即旧历闰六月二十七日星期四，见曹道符一西，席来君述道符习字甚勤，每日习篆隶各百，风雨无间云。

八月二十二日即旧历闰六月二十八日星期五，吴竹铭来，代拟挽王子坤一联："君是商界英豪幕府襄勤贤声卓著，我惜老成凋谢秋风未到撒手先归。"

八月二十五日即旧历七月初二日星期一，早九钟起，大雨终日，既霑既足，蝗虫可以扑灭，荞麦可种。使此雨早半月得之，秋粮不至全行枯槁，蝗虫亦早消灭，岂不佳乎。

八月二十八日即旧历七月初五日星期四，禾父拟开讲学会，令余讲《孝经》，席间并饭后力言不敢担任。盖当今之世欲谈学，非能沟通中西、融会新旧不可，我实无此能力。若照旧时讲解，按之时势沮碍太多。吾辈不能开张新文化，亦不宜反背新文明也。

九月八日即旧历七月十六日星期一，禾父、段象山二人同来，言卍字会讲书事仍请我担任，每月不过一次，所讲可听人自由，因允之，与酌拟讲《廿一史感应录》云。

九月十四日即旧历七月二十二日星期，挽段室王璞卿夫人，代冯执斋："吉协熊罴幼子呱呱方堕地，梦征鹤雁仙云缈缈遽登天。"又"天上石麟方下降，梦中旗鹤忽相迎。"

九月十六日即旧历七月二十四日星期(四)[二]，挽杨仁夫太翁和翁与仲和同送："戒深四知恪守家声清白，年跻九秩饱看世变沧桑。"

十月六日即旧历八月十五日星期一，往孔庙，恭行释菜礼，余主祭，礼颇单简。行礼后聚议，紫东提议向政府索孔庙归会中主管，推余及扶万往见主席，邓鉴三明日八钟先往民厅。

十月七日即旧历八月十六日星期二，早七钟起到民政厅，扶万已先到，即见邓鉴三略谈孔庙事。云伊可代主席达意，遇孔庙事极愿帮忙，但需会中上公事，上政府民、教两厅，伊即据公事进言。赠小照各一，并赠余《国殇碑记》一本。出复见紫东，云二十七日可公推邓为孔教会名誉会长，同出余即归。

十月八日即旧历八月十七日星期三，拟程仲皋太夫人挽联。挽陕西剿匪阵亡将士代平民医院，王焕然托："痛遍地疮痍我辈愧非医国手，除积年寇盗诸君已遂救时心。"

十月十三日即旧历八月二十二日星期一，敬之自宋宅电话来召，云诸人皆到，盖候余入席也。即乘车至贺喜，并见新人。新人为席子厚女，二时入座，三时半归。贺宋联："酒饮黄花重闹燕喜，词成红杏文苑蜚声。"

十月十七日即旧历八月二十六日星期五，至通志局见敬之，将伯父子林公、叔父子静公小传送与，并致函赵宝山，说明明日因腿疾不能到孔庙行礼，并托代恳辞孔教会会长，兼托敬之、冯孝伯从旁赞助。在孝伯处略谈，并见王斌卿，雨至归。

十月十八日即旧历八月二十七日星期六，今日至圣诞辰，因腿疾未能恭诣孔庙行礼，昨函告同人并辞会长。今晚敬之来告，因天雨只到二十余人，辞职事多赖文穆赞助，大约可以如愿，下星期复召集开会云。

民国二十年六月一日即旧历二十年四月十六日星期一，自去岁旧历八月三十日忽得小便不通之症，嗣经李院长广仁医院割开小腹放溺二次，又以象皮管置溺管中取溺，凡五十日始能通行，住院共七十九日。归家直至今日小便仍未大畅，溺时疼痛，便中时带脓汁，时轻时重，精神困顿异常，今日始能接续写日记。近日读《唐诗贯珠》，集得数联如左："门外旌旗屯虎豹罗隐《投钱塘元帅尚父》，人间声价是文章刘禹锡《同乐天送令狐相公赴东都》。""枥上骅骝嘶鼓角耿沣《上裴行军中丞》，壁间章句动风雷罗隐《投钱塘元帅尚父》。""世上功名兼相将刘禹锡《送令狐赴东都》，人间声价是文章。""两地山河分节制武元衡《送崔巡使还太原》，六州蕃落从戎鞍薛逢《送灵州田尚书》。""十洲风景助新诗刘禹锡《马大夫命作诗》，八方风雨会中央刘禹锡《郡内书情献裴侍中留守》。""一笼烽火报平安刘禹锡《令狐相公示诗酬寄》，九流人物待(甄陶)[陶甄]薛逢《送西川杜司空》。""四面诸侯瞻节制刘禹锡《令狐见示杨少尹赠答》，九流人物待陶甄薛逢。"

七月三日即旧历五月十八日星期五，鼎梅寄到书两包，计辅卿《因园函札》《河朔访古新录》《河朔金石目》各四部，以一部送敬之。

七月十日即旧历五月二十五日星期五，跋《益延寿砖》："此砖花纹篆书并精美，余旧作跋尾一篇，考之甚详。的系汉武帝时制作，至可宝贵。本为怀宁柯莘农所藏，荒年以贱值售于人。先运沪上，今日度已渡海而东矣，惜哉！辛未夏日题。"跋施静谷画："徐青藤《与画史》书曰：'奇峰绝壁，大水悬流，怪石苍松，幽人羽客，大抵以墨汁淋漓，烟岚满纸，旷如无天，密如无地为上。'余不知画，静谷画境仿佛近青藤语，望尼仁兄属跋，因謻书青藤语于其后。"

七月十一日即旧历五月二十六日星期六，有《题画诗》一首录如左："有石皆灵透，无松不老苍。松根石乳白，石顶松花黄。细咀石中味，高闻松上香。仙翁俱饱德，寿与石松长。"郑自毅来送子屏墓志，芝田撰并书，披读一过，黯然欲涕。盖子屏与我情同师弟，年少早丧，可惜也。向子毅借子屏旧藏长安详图，云觅得送来。

七月十三日即旧历五月二十八日星期一，往志局见竹汀、敬之、孝伯、念堂，久谈归。今日为病后出门第一日，自去岁旧历八月三十日至今日，足病九月，今犹未霍然也。

七月二十七日即旧历六月十三日星期一，早七钟起，午后一钟建侯来谈，携示《龙藏寺碑》一部，墨色颇旧，索价甚廉，余旧藏不及也。

八月七日即旧历六月二十四日星期五，祝杨主席太夫人孙寿："爵晋东方筵开北海，寿同西母颂献南山。"早八钟起，撰祝杨主席母孙太夫人五旬晋七寿联，搜索枯肠竟不得，勉强作此联，殊可笑也。

八月九日即旧历六月二十六日星期，贺西北饭店开张："酒渌灯红远慕西园雅集，马烦车殆来寻北道主人。"

八月十日即旧历六月二十七日星期一，陈尧庭携来《大观帖》第一、二、十三册与观，系其亲戚谢姓得自山东者，十册全部无缺，真难得也。张叔未跋认为"宋拓首册"，篆书题"宋拓大观帖十册"七字效《天发神(忏)[谶]碑》，极佳，所用不知何墨，色黯，然颇似旧拓碑帖，当是胜朝以前物。此帖墨色以余观之，亦不过明时拓本，此未必是原石。张叔未认为原石宋拓，误也。杨主席拟购之，现出价千元，谢君尚不允。

八月十八日即旧历七月初五日星期二，昨微雨一宵，今早六钟起仍雨，九钟时止，午后大晴，秋禾盼雨甚急，只此尚嫌不足也。而东南数省悉被水灾，近百年所未有。高邮通海之坝南新、车罗均已开放，而运河仍涨不止，职是之故，日日忧虑，吾乡十余县均有其鱼之患。

八月二十日即旧历七月七日星期四，跋僧晉等二十七人造《定光佛像记》。

八月二十八日即旧历七月十五日星期五，赵昆山太夫人王三周纪念联："相夫子输粟振饥昔日梓桑深戴德，喜哲嗣升堂教士至今桃李已成阴。"又"接孟氏之芳邻列女高风齐德曜，溯韦公之教泽经师家法出宣文。"

九月十七日即旧历八月初六日星期四，《跋二王帖残本》为博古堂李题："《淳化阁帖》今所见者，为明人刻本，肤泽有余，神骨不足，诚如王孟津所讥。此帖取材《阁帖》，颇有挺峻处，不知何人所摹勒。其中《玄度帖》标名作'元度'，其为清初刻可断言也。纸墨亦旧，惟右军一本已佚，可惜也。"《冯恭定公象赞为焦尧賓题》："夙佩公学，尚简崇真。

平心易气，虚己下人。敢取公言，敬铭公象。生于其后，高山是仰。辛未秋同邑后学毛昌杰敬题。"题汪西山会文《哭妹诗册》。

九月二十六日即旧历八月十五日星期六，挽唐李堂："自锡嘉名木本水源至性近追唐李杜，子为美仕霜威赤棒声名远比汉金吾。"

九月二十八日即旧历八月十七日星期一，挽景继光："才有专长文字语言为一贯，教亦多术作育人材逾廿年。"挽路太夫人："慈荫潜颓蒲编堂北，香花接引紫竹林中。"

十月三日即旧历八月二十二日星期六，至通志馆闲谈，并见陈润之、董云五。润之、敬之各和芝老中秋前一日《秋兴诗》七古，润诗声调不甚谐，敬作颇佳。

十月五日即旧历八月二十四日星期一，挽景继光代杨幼尼："昔年幸沐菁莪化，今日悲吟薤露歌。"挽路太夫人代幼尼："慈训传家钟礼郝法，蒲编教子武达文通。"挽刘莲浦："五年共饮东湖渌，九月赓歌陶令诗。"挽孙母代杨家桢："持家德媲欧阳母，生子才如孙仲谋。"

十一月十九日即旧历十月初十日星期四，又病四十日，经胡优丞诊治，服药近二十剂稍轻，然痼疾终难冀脱然也。今日函鼎梅，托购《词源续编》、白浊丸治咳丹。

民国二十一年一月二十四日即旧历二十年十二月十七日星期，昨日寿天章偕程善三博士同来为诊病，此乃第二次也。又程君同乡赵侯公路局长亦同来，诊毕同去。今日先大父生辰，未能亲祭，死罪死罪。张焦桐琴由南京来见，李子逸属其来看，故昨日下车，今日即来。

三月十四日即旧历二月初八日星期一，又病多日，今日方好。子彝自南京归，来谈，大快大快。前夕樊楚材亦来陕，日昨兴平晁晓愚君自南京来相访，系右任会计处人员也。

三月十六日即旧历二月初十日星期三，午后子逸偕李文卿来略谈，赠晋碑一，新出于洛阳者。

三月二十四日即旧历二月十八日星期四，楚材交来樊师挽联集一本，附有数诗，仇涞之五古长篇甚佳。

三月二十五日即旧历二月十九日星期五，王卓亭来，送《通志》《金石志》十本，属校订，因函建侯，借《薛氏钟鼎款识》及刘幼丹金石书。

三月二十七日即旧历二月二十一日星期，李寿亭来谈，借《补注楚词》一函，甚有心读书，苦无多暇，告以专读《通鉴》，可以省读多书。

三月三十一日即旧历二月二十五日星期四，《跋郑文公下碑代王卓亭》："此碑赵德甫已著录，书法超逸，文章亦雅。孙渊如氏且采入《续古文苑》，《金石萃编》乃未收录，陆绍闻、方彦闻、王兰谷三家书，专作补王氏之缺，亦均未采入。目营四表，十步之内有芳草而不知，宁非咄咄怪事。"

四月一日即旧历二月二十六日星期五，早七钟起，午后一钟念堂来谈，借《十二砚斋金石录》四本，考证《封龙山颂》，他书多未载，此书收录。盖此颂刘楚桢先生道光时宰元城初搜得也。

四月三日即旧历二月二十八日星期，早八钟起，午后一钟郑自毅为求其母刘太夫人篆志盖。赵友琴自三原归，来看，求吾书，允之。白介澂自南京归，来看，住李子逸家。客去，写条幅四、对联一赠谢西麟，又写联赠友琴，又为子纬托写中堂一号子正外。集句两联，一赠楚材，一赠子逸："身多疾病思田里，晚有弟子传芬芳。"

四月四日即旧历二月二十九日星期一，李学甫属题像片，匆匆去，王幼农有约也。卓亭来，正写字，因并为写一小联，今日写字甚多，大约积债明日再写一日可偿清，然尚有须撰文者，虽极小篇幅，亦作难也。

四月六日即旧历三月初一日星期三，题李学甫同年小照："貌清而古，心劬而苦。独立闲庭，空诸依附。嵯峨之麓，池水之阳。三径未荒，可以徜徉。云胡不乐，逍摇婿乡。静言思之，蠹焉心伤。"

四月九日即旧历三月初四日星期六，子彝来畅谈，晚餐挂面，无菜。归述两年与元澂侄往来情形，吾久病，元澂故亦未告我，今始知之，而侄已修文天上逾百日矣，吁。子彝留诗集两本，大有进步，游历之功也。

四月十日即旧历三月初五日星期，早十钟杨家桢来，属为书喜对一付，饭后拟挽容谦甫联一付如左："三度凫飞西蜀尚留名宰迹，廿年豹隐东陵谁识故侯居。"

四月十八日即旧历三月十三日星期一，昨夜所篆《长安志》及《图》赙首颇不恶，一学吴愙斋，一学杨濠叟名沂孙，即函送志馆。午有畏寒意，即服药一包。午后约三钟时赵友琴来谈，伊将往北平，劝我同往就医，作根本之疗治，颇善，留册叶六开索书。

四月十九日即旧历三月十四日星期二，今日为友琴写册叶六开，小字节录《书谱》颇工整。

四月二十日即旧历三月十五日星期三，挽陈汇东母杨太恭人："辛苦持家卅年不息，诗书教子五世其昌。"早八钟起，约十钟时芝老公馆来电话，告有洛阳来客欲过访，少时十七路驻洛办事处长赵际五凌霄，山东偕张溥泉继，河北沧县、居觉生正，湖北广济县两中委来谈，盖皆由右任、友琴二人称誉之故也。并携陈少白名片一，约午餐在新城大楼聚会，因病托两公代谢。

四月二十一即旧历三月十六日星期四，贺诸炽轩新婚代李安民："鸠杖同扶双亲并健，凤飞协吉五世其昌。"

四月二十二日即旧历三月十七日星期五，购得四尺加厚玉版宣一张，为友琴书小屏四幅，又代李安民书诸家喜对一付，今日所为，如斯而已。

四月二十三日即旧历三月十八日星期六，赵婿雅自城固归来见，由汉中起身，八日至虢镇，昨十一钟搭车，傍晚至省。伊现调宁羌承审，惟该处正闹土匪，不能往也。挽邓临生伯父备五联一付："高密乡人尊硕德，邓攸晚岁得佳儿。"

四月二十四日即旧历三月十九日星期，早九钟起，十钟友琴偕施今墨先生来为余诊脉，云余病系膀胱结砂日久，积聚甚大，唯有剖割之法，必能奏功，而不能受蒙无法也。若以中法治，须用极热大剂，庶几可望渐渐化去。然余身体不能受，但可以极好肉桂粉，用米饭作团，徐徐服之，以求减轻，带病延年可耳。将友琴册页并赠伊，小坑屏交之。

四月二十五日即旧历三月二十日星期一，郭建侯来谈，借来李莼客《两汉三国札记》四本。阜宁同乡顾德钧来，言三两日仍归洛，其来何事不便问也。

四月二十七日即旧历三月二十二日星期三，以子彝诗集第一本送敬之，并片告以若遇应商处从实指正，若能改正更感，子彝于此甚心虚云云。但不知敬之肯从实否，读子彝诗第二本竣。

四月二十九日即旧历三月二十四日星期五，蔺德如完璧来询《陕西通志》购处，告以难搜求。德如亦在监察院，此次奉右任命陪戴季陶来，《陕西通志》即戴所托购也。

四月三十日即旧历三月二十五日星期六，早九钟起，十二钟后写《杜茶村诗稿》，《焦山寺》诗六首书法极飞动，有凌云会仙之态，诗之佳更不待言。此稿本册页约得百余首，去岁卓亭无意中以贱价得之，余曾借阅，爱不忍释，因用蜡纸影写数张。今日见之，忍俊不禁，拨冗临写数首。午后二钟至通志馆，先在竹汀同年室坐。稍时王同来，告子彝遣其子鹤儿送书来，因命来馆相见云。子彝问须阅《章氏丛书》否，告以不须即去。旋敬之来，久谈归。子彝送来《大乘起信论》一本、《石遗[室]诗话》四本、《吴梅村文集》四本、《双钩夏承碑》一本、《汉书补注补正》两本，皆佳书，不知从何看起。

五月一日即旧历三月二十六日，读《石遗室诗话》，午后临《茶村诗稿》数首。卓亭将诗稿送来属题，颇难下笔。仲皋来，言拟为宣儿荐机器局事，令写字样寄之。借去钱竹汀《二十四史言行录》一部八本、《历史感应录》二本。今日服人功盐一包。志馆请戴季陶、张溥泉、焦易堂、许某四君素餐，请余作陪，因作函谢之。

五月十九日即旧历四月十四日星期四，为楚材写对一付挥手自兹去，同心与我违，楚材数日即南下也，又为右任女阿楞书字二幅，楚材托也。

五月二十二日即旧历四月十七日星期，早楚材来告，后日全家东行，先回衙门，再请假北上，料理刻稿事。代其妹楚青索书条幅一纸，录题蓝田叔画诗四首之三，云师挽联本即交还之，借我《苏堪诗集》一本，赠我玄羊神品笔一枝，上海徐葆三选制者甚佳。余赠以初拓《颜勤礼碑》一部，尚有初拓《司马景和妻志》拟赠之，未寻得，只好续寄。挽云师联勉凑成，晚身惫极未写，拟明日书送去。挽樊山夫子联："注籍四十年白发门生余我在，遗诗三万首青箱世业赖孙传。"

五月二十六日即旧历四月二十一日星期四，王伯龙来言修《文王陵志》，六月一日开会讨论，前日主席请饭，大半即为此也。

五月二十七日即旧历四月二十二日星期五，县志局送宋敏求《长安志》、李好文《长安志图》各一部，侯乾初同年送来此两书。前县长陈子坚铜山人排印，余篆赙首，此其酬劳品也。

五月二十八日即旧历四月二十三日星期六，早九钟起，午十一钟晁季吾世兄携来砖拓片一纸，云是宋主席得之党拐子，党掘之秦穆公墓中者。以余观之，其古拙尚不似武梁祠秦画，不当类是，故不敢着一词，仍令携去。

# 跋

右《君子馆日记》八卷，长安毛俊臣先生所著也。始于民国七年三月二十一日，终于民国二十一年五月二十八日，距先生易箦时只数日耳。先生原籍江苏甘泉，清同治间随宦来秦，遂膺科第。少贫力学，经史词章，均有心得。敦品励行，为世所重。主讲关中味经各书院，英才乐育，得士称盛，论者比诸文中子，颇足当之。

太原赵友琴厅长曾立程门，惧堙潜德，以出资编印遗稿引为己任。谂知燮光于先生有文字之雅也，爰以整理遗稿下属。西河道范，久已钦迟；天水高风，更深佩仰。梳剔校阅，为时年余。孱入诗文，迻录于集。删冗去芜，得有关学术史料者，约九万余言，厘为八卷，附诗文集以行。世之欲瞻仰先生学业者，于此足见一斑矣。

当民国十五年时，秦中多故。先生时官关中道尹，处围城中八阅月，调护维持，心力交瘁。所记粮价之奇昂、民生之困苦，均足为史料之资。是时至友王君仲和，受长安县令苛派巨金，以无力援救，引为大戚。而刘君定五之获安全，尤见风义之笃，诚所为君子人也。

编订既竣，合识于后。时丙子四月，会稽顾燮光跋于西湖遁世无闷楼。

# 《中国近现代稀见史料丛刊》已出书目

**第一辑**

莫友芝日记
汪荣宝日记
翁曾翰日记
邓华熙日记
贺葆真日记
徐兆玮杂著七种
白雨斋诗话
俞樾函札辑证
清民两代金石书画史
扶桑十旬记(外三种)

**第二辑**

翁斌孙日记
张佩纶日记
吴兔床日记
赵元成日记(外一种)
1934—1935中缅边界调查日记
十八国游历日记
潘德舆家书与日记(外四种)
翁同爵家书系年考
张祥河奏折
爱日精庐文稿
沈信卿先生文集
联语粹编
近代珍稀集句诗文集

**第三辑**

孟宪彝日记
潘道根日记
蟫庐日记(外五种)
壬癸避难日志　辛卯年日记
嘉业堂藏书日记抄
吴大澂书信四种
赵尊岳集
贺培新集
珠泉草庐师友录　珠泉草庐文录
校辑民权素诗话廿一种

**第四辑**

江瀚日记
英轺日记两种
胡嗣瑗日记
王振声日记
黄秉义日记
粟奉之日记
王承传日记
唐烜日记
王锺霖日记(外一种)
翁同龢家书诠释
甲午日本汉诗选录
达亭老人遗稿

**第五辑**

袁昶日记
吉城日记
有泰日记
额勒和布日记
孟心史日记·吴慈培日记
孙毓汶日记信稿奏折(外一种)
高等考试锁闱日录
东游考察学校记
翁同书手札系年考
辜鸿铭信札辑证
郭则沄自订年谱
庚子事变史料四种(外一种)
《申报》所见晚清书院课题课案汇录
近现代“忆语”汇编

**第六辑**

江标日记
高心夔日记
何宗逊日记
黄尊三日记
周腾虎日记
沈锡庆日记
潘钟瑞日记
吴云函札辑释
新见近现代名贤尺牍五种
稀见淮安史料四种
杨懋建集
叶恭绰全集
孙凤云集
贺又新张度诗文集
王东培笔记二种

**第七辑**

豫敬日记　洗俗斋诗草
宗源瀚日记(外二种)
曹元弼日记
耆龄日记
恩光日记
徐乃昌日记
翟文选日记
袁崇霖日记
潘曾绶日记
常熟翁氏友朋书札
王振声诗文书信集
吴庆坻亲友手札
画话
《永安月刊》笔记萃编
浙江省文献展览会文献叙录
杨没累集

**第八辑**

徐敦仁日记
王际华日记
英和日记
使蜀日记　勉喜斋主人日记　浮海日记
翁曾纯日记　瀚如氏日记(外二种)
朱鄂生日记
谭正璧日记
近代女性日记五种(外一种)
阎敬铭友朋书札
海昌俞氏家集
师竹庐随笔
邵祖平文集

**第九辑**

姚覲元日记
俞鸿筹日记
陶存煦日记
傅肇敏日记
姚星五日记
高枏日记
钱仪吉日记书札辑存(外二种)
张人骏往来函电集
李准集
张尔耆集
夏同善年谱　王祖畬年谱(外一种)
袁士杰年谱　黄子珍年谱